Vogelblick

Emily Glotz

Bibliografische Information der Deutschen Nationalbibliothek:
Die Deutsche Nationalbibliothek verzeichnet diese Publikation
in der Deutschen Nationalbibliografie; detaillierte bibliografische Daten sind im Internet über http://dnb.dnb.de abrufbar.

© 2023 Emily Glotz
Lektorat: Acelya Soylu
Korrektorat: Stefanie Brandt
Umschlaggestaltung: Acelya Soylu von Buchcover_design
Bildmaterial von www.freepik.de

Herstellung und Verlag: BoD – Books on Demand, Norderstedt

ISBN: 978-3741205880

Kapitel 1

Es war einer dieser schönen, perfekten Tage im Frühling. Die Sonne schien an einem wolkenlosen Himmel. In diesem Jahr stieg die Temperatur das erste Mal über fünfzehn Grad. Die Natur schien wieder zu neuem Leben zu erwachen. Am Rande der Wege sprossen die Krokusse. Aus den Baumkronen hörte man das erste Vogelzwitschern.

Die Parks füllten sich mit Menschen, die sich aus ihren Winterjacken schälten und es genossen, endlich wieder ein paar Sonnenstrahlen abzubekommen. Sie lachten und trafen sich mit Freunden oder nutzten das tolle Wetter, um draußen eine Runde Sport zu treiben.

Ella war einer dieser Menschen. Doch während alle anderen durch den Park spazieren gingen, ohne auch nur im Geringsten die Schönheit der, um sie erwachenden Natur wahrzunehmen, saß Ella unter einer alten, großen Eiche im frischen Gras. Es war noch feucht vom Tau, welches sich während der Nacht wie eine Decke um die Grashalme gelegt hatte. Ellas Hose war durch das Gras bereits durchnässt. Doch das schien die junge Frau nicht mitzubekommen. Für Außenstehende schien die kleine, zierliche Frau, die dort verträumt unter dem Baum saß, überhaupt nichts mitzubekommen.

Aber das stimmte nicht! Sie nahm alles ganz genau

wahr. Die Passanten, die an ihr vorbeiliefen, die, die lachten und auch die, die ganz gedankenverloren über den Schotterweg hinwegschlichen.

Sie sah aber auch den Ameisenhügel, der sich rechts neben ihrem Schuh befand. Oder das hungrige Eichhörnchen, welches verzweifelt seinen Vorrat aus dem letzten Herbst zu suchen schien.

Ella war eine junge Frau mit langen blonden Haaren, die sie meistens zu einem Pferdeschwanz zusammengebunden hatte. Hinter ihren dichten, langen Wimpern lugten ihre kastanienbraunen Augen hervor. Obwohl sie viel Zeit draußen in der Natur verbrachte, war ihr Hautton eher blass. Doch ihre Wangen waren immer ein wenig gerötet. Auf Make-up und sonstige Kosmetik machte sie sich nicht viel. Sie mochte es schlicht und natürlich, genauso wie ihren Kleidungsstil. Meist trug sie nur eine lockere Jeans, dazu einen schlichten Sweater darüber. Wurden die Temperaturen wärmer, wechselte sie den Sweater gegen ein mindestens genauso unscheinbares T-Shirt.

Heute waren die Temperaturen noch viel zu kalt, um nur im T-Shirt im Park zu sitzen. Also hatte sie sich in der Früh einen waldgrünen Pullover geschnappt und darüber noch ihre graue Winterjacke übergeworfen.

Die Jacke hatte sie mittlerweile abgelegt, denn auf ihrem Platz unter der alten Eiche schien herrlich die Sonne und wärmte sie. Auf ihrem Schoß lag ihr Zeichenblock und um sie herum waren ihre Malutensilien verteilt. Am liebsten zeichnete Ella Bilder, so wie sie sich ihre Zukunft vorstellte. Schlicht!

Dafür benutzte sie Tusche und Bleistift. Das Bild, welches heute auf ihrem Zeichenblock entstand, war wie so oft eine sehr detaillierte Zeichnung ihrer Umwelt. Gerade bekam die Weide, die ihr gegenüber am Ufer des kleinen Teiches stand, ihre signifikante Baumkrone mit den fließenden Ästen.

„Also wenn du noch länger in dem nassen Gras sitzt, wundert es mich überhaupt nicht, dass du ständig erkältet bist."

Erschrocken zuckte Ella zusammen, denn sie hatte nicht mitbekommen, wie sich ihr ein Besucher genähert hatte. Ein junger Mann ließ sich mit einem tiefen Seufzer neben ihr ins Gras plumpsen. Es war Manuel, einer von Ellas Mitbewohnern. „Bäh, das ist ja wirklich noch alles ganz nass", quäkte er. Angewidert schaute Manuel auf seine nassen Finger, bevor er mit den Achseln zuckte und seine Hände einfach an seiner schwarzen Jogginghose abwischte. Er war ein großgewachsener, drahtiger Kerl, dessen dunkle Haare immer aussahen, als wäre er gerade eben erst aus dem Bett gefallen.

„Das stärkt das Immunsystem. Solltest du auch mal ausprobieren", erwiderte Ella, ohne von ihrer Zeichnung aufzusehen.

„Nein danke, was bleibt mir noch, wenn ich nicht alle zwei Wochen krank im Bett liege", lachte Manuel.

Ella wusste, dass das eigentlich ein Thema war, mit dem er sehr viele Probleme hatte. Der Mann war in der 32. Schwangerschaftswoche als einer von eineiigen Zwillingen auf die Welt gekommen. Das er und sein Bruder am Leben waren, grenzte an ein Wunder. Doch für jedes Wunder mussten Preise gezahlt werden. Bei Manuel war es seine Gesundheit. Bei jedem umherschwirrenden Virus schien er laut „HIER" zu schreien.

„Was zeichnest du da?", fragte er. Neugierig rutschte er ein bisschen näher, um besser erkennen zu können, was Ella dort gerade auf das Papier zauberte. „Sieht gut aus. Aber kann es sein, dass du nicht schon mindestens sechsundvierzig Exemplare von diesem Baum zu Hause hast?", lachte Manuel beim Sprechen auf.

„Mag sein", erwiderte Ella kurz. Sie mochte es nicht, wenn man sie beim Zeichnen, Lesen, Musik hören oder Sonstigen störte. Dies wusste Manuel auch.

„Schon gut. Musst nicht gleich pampig werden." Er rutschte wieder ein Stück von ihr weg. Ella sah auf, seufzte und legte ihre Tuschefeder zur Seite. „Entschuldigung, aber ich bin mit Absicht hierhergekommen. Ich brauche ein bisschen Abstand. Zu Hause ist momentan so viel los."

„Zu Hause", so nannten Ella und Manuel seit nun fast acht Monaten die städtische Allgemeinklinik für Psychiatrie und Neurologie oder wie sie es nannten, die StAP.

„Ja, ich weiß, was du meinst! Die Neulinge sind wirklich anstrengend. Von geregelten Schlafenszeiten haben die auch noch nichts gehört", erwiderte Manuel.

„Die Neulinge" waren Mitpatienten und Patientinnen, die neu in die Klinik aufgenommen worden waren.

Neben den Gebäuden für die akute Behandlung, die sich mitten in der Stadt befanden, betrieb die StAP auch ein großes Rehabilitationszentrum am Rande der Stadt. Hier wohnten Ella und Manuel gemeinsam mit 250 Mitpatienten und Mitpatientinnen. Das Rehabilitationszentrum sah von außen eher wie ein kleines Schloss, als nach einem Zentrum für psychische Erkrankungen aus. Das lag daran, dass es früher zu Zeiten von König Friedrich II. ein Kurort für den Hochadel war. Durch die guten Luftverhältnisse und die schöne Landschaft, die das Schlösschen umgab, war es Jahrhunderte lang ein beliebter Reise- und Erholungsort für die ganz Reichen der Gesellschaft gewesen.

Heute war die Luft nicht mehr ganz so rein und die Schönheit der Landschaft beschränkte sich zunehmend auf den kleinen Park, in dem Ella und Manuel nun saßen.

„Ich sollte zurückgehen. Meine Eltern kommen heute zu Besuch. Wenn sie sehen, dass ich mit der teuren Jeans im Gras herumgerutscht bin, darf ich mir wieder anhören, dass ich gefälligst dankbarer gegenüber den wertvollen Stoffen und den Menschen, die daran gearbeitet haben, sein soll."

Ella setzte sich auf ihre Knie, sammelte ihre Zeichenutensilien zusammen, dann legte sie sie fein säuberlich in ihr Etui.

„Haben sie damit nicht irgendwo recht?", fragte Manuel.

„Ja, natürlich", stockte Ella, die in ihrer Bewegung innehielt, bevor sie aufstand, um sich ihren Block unter den Arm zu klemmen. „Aber ich habe momentan andere Dinge im Kopf, als wertvolle Stoffe und wie sie entstanden sind." Ohne sich noch einmal umzudrehen, ging sie los in Richtung StAP, welches sich erhaben am Horizont abzeichnete. Der Park war nicht besonders breit, dafür erstaunlich lange, der sich über eineinhalb Kilometer erstreckte, bevor sich am Ende das StAP befand.

Während Ella über den Schotterweg schritt, lauschte sie den Geräuschen ihrer Umwelt. Die meisten ihrer Mitpatienten und Mitpatientinnen würden sich für diesen Weg Kopfhörer in die Ohren stecken und die Musik auf die höchste Lautstärke drehen, aber Ella genoss es, ihre Umwelt mit allen Sinnen wahrzunehmen.

Als sie ihre Zimmertür öffnete, kam ihr ein Schwall Parfüm entgegen. „Puh, ist dir deine Parfümflasche geplatzt?", keuchte Ella, die in der Zimmertür stehen blieb und ihre Mitbewohnerin fragend ansah. Die saß im Schneidersitz auf ihrem Bett. Um sie herum lagen drei unterschiedliche Parfümflaschen. Auf ihrem Schoß hatte sie ein rotes Sommerkleid liegen.

„Ich wollte heute unbedingt mein rotes Kleid anziehen, das ich gestern am Lagerfeuer anhatte", erwiderte Jasmin. Trotzdem sah Ella sie immer noch fragend an. „Na ja, es riecht halt total nach Rauch. Jetzt habe ich auch keine Zeit mehr, es zu waschen. Den Geruch wollte ich irgendwie neutralisieren?"

Schnell hielt sie Ella ihr Kleid entgegen.

„Und da helfen drei Flaschen Parfüm?"

Ella schmiss ihren Zeichenblock auf ihre Matratze und setzte sich neben Jasmin aufs Bett, die sie verzweifelt ansah und ihr weiterhin das Kleid entgegenhielt. Ella nahm es und legte es neben sich.

„Ich wusste nicht, was ich sonst anziehen soll. Heute kommt mich Jonas das erste Mal besuchen, da wollte ich mich ein bisschen schick machen", gestand Jasmin.

Jonas war Jasmins Langzeitfreund. Mittlerweile waren sie seit nun fast fünf Jahren ein Paar. Seitdem waren sie noch nie so lange voneinander getrennt gewesen. Seit vier Wochen war Jasmin bereits Ellas Zimmernachbarin. Bereits seit vielen Jahren hatte sie mit Anorexie zu kämpfen und war nach einem Krankenhausaufenthalt, bei dem sich multiple Mängel und Herzrhythmusstörungen herausgestellt hatten, ins StAP zur Anschlussbehandlung gekommen.

Gemächlich stand Ella auf, ging zu ihrem Kleiderschrank, öffnete ihn und zog aus dem obersten Fach etwas heraus. „Hier, nimm das. Ist genauso hübsch, aber es riecht nicht nach Drogerie und Rauchbombe", meinte sie, dann reichte sie Jasmin den türkisenen Stoff.

„Oh, vielen lieben Dank!" Begeistert sprang Jasmin auf und fiel Ella überschwänglich um den Hals. „Ja, das passt schon."

Kurz erwiderte Ella ihre Umarmung, bevor sie diese wieder löste und die freudestrahlende Jasmin von sich wegschob. Die schnappte sich quietschend das Kleid, welches Ella aus ihrem Schrank hervorgezaubert hatte und hüpfte ins Bad. Als sich die Badezimmertür schloss, ließ sich Ella mit einem tiefen Seufzer aufs Bett fallen.

Wie viele im StAP teilten Jasmin und Ella sich ein gemeinsames Zimmer. Diese sahen eigentlich alle gleich aus. Zwei Betten lagen sich gegenüber. Auf einer Seite stand ein großer, hölzerner Kleiderschrank, der für beide Bewohner reichen musste. Auf der anderen befand sich noch eine Tür, die ins angrenzende Bad führte. Gegenüber der Eingangstür lag das Fenster, darunter stand ein kleiner Tisch mit zwei Stühlen.

Schwungvoll riss Jasmin die Badezimmertür auf. „Na, wie findest du mich?", quietschte sie. Auf Zehenspitzen drehend, präsentierte sie sich in Ellas türkisen Kleid, welches knielang war und einen Carmen-Ausschnitt aus feiner Blumenspitze hatte. Der Rock war aus zwei matten Satins, was ihn besonders leicht und locker fallen ließ. Eigentlich war das Kleid sehr figurbetont geschnitten, doch an Jasmin saß es gerade um die Taille herum sehr locker und ließ sie dadurch nicht mehr ganz so mager wirken. Auch die Ärmel, die einen normalerweise in jeglicher Beweglichkeit einschränkte, hingen an ihr eher in der Ellenbeuge als an den Schultern. Doch obwohl man meinen könnte, dass es Jasmin eher weniger gut stand, sah sie darin wirklich sehr hübsch aus. Sie hatte sich ihre lockigen,

blonden Haare nach oben in einen lockeren Dutt gesteckt. Ihr zierliches Gesicht wurde von zwei Strähnen umrahmt. Zudem hatte sie ein wenig Wimperntusche aufgetragen, welche ihre grün-grauen Augen
betonten. Ihre Lippen glänzten leicht rosa vom Lipgloss.

Stolz lächelte Ella sie an. Noch vor vier Wochen hätte Jasmin niemals freiwillig so viel von ihrem Körper gezeigt. Jetzt schien sie geradezu vor Selbstbewusstsein zu strotzen und konnte gar nicht aufhören, sich im Spiegel an der Schranktür zu bewundern.

„Du siehst umwerfend aus." Ella stand auf und zupfte noch einmal die Ärmel gerade. „Da wird Jonas aus dem Staunen gar nicht mehr herauskommen, wenn er dich so sieht."

„Na, das will ich doch meinen", erwiderte Jasmin lachend. Dann fiel ihr Blick auf die Uhr, die über dem Türrahmen hing. Die Uhr zeigte Viertel vor neun an. „O nein, schon so spät! Meine Familie wird bestimmt schon unten auf mich warten." Eilig sammelte sie eine der Parfümflaschen, dazu ihren Geldbeutel ein und stopfte alles hastig in eine kleine Umhängetasche. Dann hetzte sie zur Tür, rief Ella noch ein: „Vielen Dank noch mal. Bis später", zu und schon war sie verschwunden. Die Tür fiel hinter ihr ins Schloss.

„So und was mach ich jetzt?", fragte Ella leise sich selbst. Ihre Eltern würden heute erst nach dem Mittagessen vorbeikommen. So beschloss sie sich noch einmal ihrer Zeichnung zu widmen, denn sie wollte in den Teich unter der Weide noch ein paar Enten hineinzeichnen. Vögel waren ihre Leidenschaft, dabei konnte sie sich stundenlang in Details verlieren.

„Ella, alles gut bei dir?", fragte plötzlich eine Stimme, dabei klopfte es an der Tür. Augenblicklich schrak Ella hoch. Ihr Blick fiel auf die Uhr. Verdammt, schon 12:12 Uhr. Frau Wittel, eine der Krankenschwestern, streckte ihren Kopf durch die Tür herein.

„Ja, Entschuldigung! Ich habe die Zeit komplett vergessen." Hastig sprang Ella auf.

„Alles gut, aber jetzt beeil dich. Die anderen warten schon. Annabell und Josephine haben Quesadilla gemacht, die duften einfach nur fantastisch", beruhigte Frau Wittel sie.

Auf Station 32 wurde gemeinsam gekocht und gegessen, denn Station 32 war die Abteilung für Rehabilitation bei Essstörungen, spezialisiert auf Anorexia nervosa und Bulimia nervosa. Eine der Therapien war das Zubereiten und danach das gemeinsame Essen von allen drei Mahlzeiten. Unter der Woche wurden die Patient*innen in drei Gruppen aufgeteilt. Jede Gruppe bestand aus circa vier bis fünf Patient*innen und war für eine Hauptmahlzeit zuständig. Gemeinsam mit ausgebildeten Therapeut*innen, wurde das Essen vorbereitet. Dabei ging das Personal auch auf die verwendeten Lebensmittel ein. Wie viel Nährstoffe sich in den einzelnen Dingen befand. Was sich daraus zubereiten ließ, vor allem das Essen nichts Schlechtes war und nichts Böses wollte. Während der Woche mussten die Patient*innen zu allen drei Mahlzeiten erscheinen. Am Wochenende durften sie sich für insgesamt ein Essen von ihren zuständigen Ärzt*innen befreien lassen. Zudem durfte man sich freiwillig für das Kochen melden. Heute Mittag waren es Annabell und Josefine gewesen.

Zwei junge Mädchen, Annabell war vor drei Tagen fünfzehn Jahre alt geworden. Josefine hingegen war gerade einmal elf Jahre alt. Die zwei waren Zimmernachbarinnen und seitdem nicht mehr ohneeinander anzutreffen.

Ella packte ihre Tuschefeder zurück in ihr Etui, dann folgte sie Frau Wittel Richtung Speisesaal. Wobei Speisesaal wohl etwas übertrieben war. Es war ein großer Raum mit hohen Decken. Früher war es wohl wirklich mal ein Saal gewesen, doch es wurden mehrere Wände gezogen, sodass jetzt nur noch Platz für insgesamt acht Tische à vier Personen war. Normalerweise waren alle Tische voll besetzt. Heute saßen nur vereinzelt Leute an den Tischen. Durch das Wochenende waren viele entweder zu Hause oder mit ihrem Besuch auswärts essen. Ella holte sich ein Tablett und Besteck. Das Essen musste sich jeder selber holen. So legte sie sich einen der Quesadillas auf den Teller. Daneben schaufelte sie sich noch eine große Portion des Eisbergsalates drauf. Jeder ihre Bewegungen wurde von einer Schwester beobachtet. „Josefine hat extra zwei der Veganen für dich gemacht. Die isst sonst keiner." Kurz zögerte Ella, doch dann legte sie schließlich den zweiten Quesadilla auf den ersten. Anschließend nahm ihr die Schwester den Teller ab, um ihn einmal abzuwiegen.

Jeder Patient*in hatte eine vorgeschriebene Kalorienmenge, die sie jeden Tag erreichen mussten. Daher wurde jede Mahlzeit abgewogen und dokumentiert. Wortlos reichte die Schwester Ella ihren Teller zurück und notierte etwas in den Computer.

„Danke", flüsterte Ella und suchte sich einen Sitzplatz an einem der Tische, an den noch niemand saß. Lustlos stocherte sie in ihrem Salat herum, bevor sie schließlich doch ein Blatt auf die Gabel spießte. In den vergangenen acht Monaten hatte sie hier elf Kilo zugenommen. Langsam störte sie das Essen und die damit verbundenen Kalorien nicht mehr. Ihr war nur gänzlich der Appetit darauf vergangen. Es erfüllte sie nicht und den Hunger schien sie schon seit Langem kaum mehr zu spüren. Trotzdem aß sie brav ihre Portion auf. Langsam, aber immerhin. Jeder Patient*in hatte eine Stunde Zeit, um seinen/ihren Teller leer zu machen. Das war nötig, da viele der Patient/innen, Meister*innen im langsam essen waren. Auch Ella hatte vor acht Monaten noch drei Stunden für einen Apfel gebraucht. Selbst dann war oft noch ¼ übrig. Ach ja, vieles hatte sich in den letzten Monaten geändert. Ella war entspannter geworden. Entspannter sich und ihrem Körper gegenüber.

Seit vielen Jahren hatte sie mit ihrer Essstörung zu kämpfen, seit ihre Mum vor elf Jahren bei einem Autounfall tödlich verunglückt war. Um irgendwie mit ihrer Trauer umgehen zu können, fing sie an, weniger zu essen, es schien so gleichlos und ohne Belang. Irgendwann hörte sie dann ganz auf. Nachdem sie in der Schule einmal aufgrund ihrer Schwäche zusammengebrochen war, erkannte auch ihr Vater das Problem und fing an, sie zu Psychiater*innen und Psychotherapeut*innen zu schicken.

Ohne langfristigen Erfolg. Ella nahm in diesen Jahren immer mal wieder fünf bis sechs Kilo zu. Doch die waren schnell wieder runter. Das Grundproblem war immer noch nicht gelöst. Zudem entwickelte Ella zunehmend ein selbstverletzendes Verhalten. Anfangs ließ sie Haargummis auf ihr Handgelenk schnalzen, irgendwann fing sie an, sich Beine und Arme blutig zu kratzen. Bis sie schließlich eines Abends zu Papas liebsten Küchenmesser griff. Es war nur ein kleiner Schnitt, nicht tief, das Messer hatte kaum ihre oberste Hautschicht durchtrennt. Doch von da an wurden die Verletzungen tiefer. Manche Wunden klafften fast bis zur untersten Hautschicht auf. Sie wurde häufig in verschiedenen Notaufnahmen behandelt. Genäht und versorgt durfte sie jedes Mal danach wieder nach Hause. Da sie zu diesem Zeitpunkt bereits volljährig war, erfuhr ihr Vater davon nichts. Die Wunden und Narben hielt sie versteckt. Bis vor neun Monaten, als die neue Freundin ihres Vaters, ohne zu klopfen, ins Bad gestürmt kam. In diesem Moment stand Ella nackt unter der Dusche. So hatte sie die Narben und Wunden gesehen. Die Frau hatte geschrien, dann war sie entsetzt zu Ellas Vater Klaus gerannt. Es gab einen furchtbaren Streit zwischen Ella und ihrem Vater, bis dieser irgendwann beschloss, sie ins StAP zu bringen. Dort wurde sie aufgenommen und für drei Woche auf eine geschlossene Abteilung gesperrt.

Kapitel 2

Neun Monate zuvor

Ella wachte in einem kahlen Zimmer auf. In dem weißen Raum befand sich nur ein Bett, dazu ein Schreibtisch mit einem Stuhl. Sonst nichts. Kein Schrank, keine Bilder an der Wand, keine Uhr. „So mussten sich Gefängnisinsassen fühlen", dachte Ella, während sie die Decke zurückschlug und sich an die Bettkante setzte. Die Bettwäsche war noch das bunteste in diesem Raum, die wenigstens dünne rote und grüne Streifen besaß. Wer auch immer sich diese Kombination ausgedacht hatte, brauchte ganz dringend eine Stilberatung. Es war kalt und noch dunkel draußen, daher schlüpfte Ella in ihre Hausschuhe. Wie viel Uhr es wohl war? Langsam ging sie Richtung Tür. Irgendwo musste es doch eine Uhr geben. Sie öffnete ihre Zimmertür und schaute auf den leeren Gang hinaus. Die Nachtschwestern saßen lachend im Stationszimmer. Gegenüber von ihrem Zimmer befand sich die Toilette. Sehr gut, die brauchte sie dringend. Leise tapste Ella den Flur entlang, denn sie wollte nicht, dass die Schwestern merkten, dass sie schon wach war. Ganz vorsichtig öffnete sie die Tür und verschwand auf dem Klo. Als sie wieder herauskam, entdeckte Ella auf der anderen Seite eine Uhr. 05:34 Uhr.

Verdammt, kein Wunder, dass es draußen noch so dunkel war.

„Guten Morgen, Frau Ilg. Haben Sie gut geschlafen?" Erschrocken zuckte Ella zusammen und setzte sich auf. Neben ihrem Bett stand eine junge Frau, vermutlich eine Auszubildende von der Station.

„Oh, Entschuldigung! Ich wollte Sie nicht erschrecken. Mein Name ist Maya, ich bin eine der Schülerinnen hier. Ich wollte Ihnen nur sagen, dass es um 8:00 Uhr Frühstück gibt. Aber vorher dürfen Sie noch zum Wiegen und zur Blutabnahme gehen", sagte sie, dabei öffnete sie den Vorhang. Draußen war es neblig. Es hingen tiefe Regenwolken am Himmel.

„Guten Morgen, ich muss noch mal richtig tief eingeschlafen sein", lachte Ella, dann schälte sie sich langsam aus dem Bett.

„Ja, die Nächte hier sind eher weniger erholsam", erwiderte Maya lächelnd. Sie hatte ein sehr freundliches Gesicht und trotz ihrem, vermutlich noch sehr jungen Alter, ein sehr erwachsenes und reifes Auftreten.

„Jetzt werden Sie erst einmal richtig wach, dann dürfen Sie in das Behandlungszimmer gehen. Das ist das mit der weißen Tür am Ende vom Gang."

Anschließend ging Maya zur Tür, winkte Ella noch einmal kurz zu, dann verließ sie den Raum.

Es war kalt, obwohl es Anfang August war. Durch ihr Untergewicht fror Ella allerdings fast immer. Umso mehr beeilte sich die junge Frau, sich warm anzuziehen. Schnell zog sie eine graue Jogginghose, dazu einen großen Sweater aus ihrem Rucksack.

Da die Einweisung ins Krankenhaus so überraschend kam, hatte sie nur die nötigsten Dinge eingepackt. Als sie auf der Station angekommen war, wurde ihr Rucksack mehrfach durchsucht. Dabei wurden Ella ihre Brille, das Handy und ihre Einwegrasierer abgenommen. Telefonieren durfte sie nur mit dem Stationstelefon. Aber gerade hatte sie eh nicht das Bedürfnis, irgendjemanden anzurufen. Zum Zähneputzen musste Ella wieder ins Bad, da sie kein eigenes Waschbecken im Zimmer hatte. Als sie die Badezimmertür öffnete, schwappte ihr stickige Luft, eine Menge Deodorant und lautes Gelächter entgegen. Das verstummte allerdings, als die drei Mädchen, die im Bad standen, Ella entdeckten.

„Guten Morgen. Du musst die Neue sein. Wegen dir musste ich gestern mein Einzelzimmer räumen", meinte die junge Frau lächelnd.

„Ich bin Maggy und das sind Ally und Julia." Sie deutete auf die anderen zwei und reichte anschließend Ella die Hand, die sie ergriff.

„Guten Morgen, ich bin Ella. Das mit deinem Zimmer tut mir leid. Das wollte ich nicht."

Jetzt lachte Maggy, die abwinkte: „Ach, das ist doch überhaupt nicht schlimm! Ich bin froh, endlich aus dieser Einzelhaft raus zu sein."

„Ella ist ja ein wunderschöner Name. Nicht so langweilig wie Julia", meinte Julia, die großgewachsene Frau, die durch ihr deutliches Untergewicht viel kleiner und zierlicher wirkte, als sie eigentlich war.

„Das klingt ähnlich wie Ally", sagte die letzte der drei, in einer unerwartet tiefen Stimme. Ally war das komplette Gegenteil von Julia. Sie war sehr klein, wahrscheinlich gerade einmal 1,55 m groß und wirkte ein wenig korpulent. Das war neben Julia allerdings auch kein Wunder, neben ihr würde noch ein Victoria Secret-Model aussehen wie ein gestrandeter Wal. Alle drei waren gerade dabei, sich fertigzumachen, ob für die Pariser Modewoche oder tatsächlich nur für das anstehende Frühstück, war nicht gerade erkennbar. Überall lagen Lidschattenpaletten, Abschminktücher, Kajale, Lippenstifte und heiße Glätteisen herum.

„Rutscht mal ein bisschen, dann kann sie auch noch mit her", sagte Maggy und schob einen kleinen Teil des Chaos auf die Seite. „Tut uns leid, aber irgendwie artet das bei uns immer ein bisschen aus."

Entschuldigend zuckte Julia mit den Schultern, bevor sie sich wieder der Umrandung ihrer Lippen widmete.

„Ein bisschen? Du siehst jeden Tag aus, als würdest du jeden Moment drauf warten, dass ein Fotograf um die Ecke kommt und dich zum neuen Topmodel macht", kicherte Ally. Gerade sie musste reden. Ihre grünen Augen wurden von einem schwarzen Eyeliner umrandet, der dramatischer nicht sein könnte. Ihre Lippen waren schwarz geschminkt, was sie noch ein bisschen schmaler wirken ließ, als sie eh schon waren.

„Ja, du musst reden. Unauffällig ist dein Look jetzt auch nicht gerade", entgegnete Julia ein bisschen eingeschnappt.

„Ladys, jetzt beruhigt euch mal. Von einem dezenten Look haben wir alle noch nichts gehört", sagte Maggy und erstickte damit die Diskussion im Keim. Ella stellte ihren Zahnputzbecher auf dem hintersten der drei Waschbecken ab. Als sie aufblickte, sah sie in ihr verschwommenes Spiegelbild. Denn statt Spiegel gab es hier nur Blechfolien, um die Patient*innen vor sich selbst und anderen zu schützen. Theatralisch seufzte Ella.

„Alles gut bei dir? Die ersten Tage hier sind hart. Irgendwann wird es leichter", fragte Maggy, die Ella besorgt ansah.

„Ja, sie hat recht. Die ersten zwei Wochen war ich im Überwachungszimmer. Ich dachte, ich erhäng mich jeden Moment", bestätigte Ally Maggys Aussage.

Das Überwachungszimmer schloss direkt an das Stationszimmer an und hieß so, da die Patient*innen, die dort untergebracht waren, durch ein großes Fenster durchgehend beobachtet werden konnten. Dorthin wurden die Personen gebracht, die weiterhin akut selbstmordgefährdet waren.

„O Gott, das würde mich wahnsinnig machen! Ich brauche meine Privatsphäre. Was ist, wenn ich im Schlaf irgendwelche komischen Dinge tue? Dann wüsste es die ganze Station, nur ich nicht."

Entgeistert schüttelte Maggy den Kopf. „Wem sagst du das. Du kannst nicht mal deine Unterhose wechseln, ohne dass es mindestens drei Pfleger sehen."

Entsetzt schüttelte Julia sich.

„Warum glaubt ihr, trage ich seit zwei Wochen dasselbe", erwiderte Ally trocken. Die drei anderen sahen sie entsetzt an.

„Das war ein Witz, Leute. Was denkt ihr denn von mir?"

„Das wir dir das durchaus zugetraut hätten."

Maggy widmete sich wieder ihren Haaren. „Also echt", beschwerte sich Ally entrüstet und schnappte nach Luft.

„Falls es dich beruhigt, riechen tut man nichts", versuchte Julia sie zu beruhigen. Daraufhin lachte Ally auf: „Ihr seid unfassbar."

„Wissen wir", entgegnete Julia. Die drei lachten und auch Ella konnte sich ein kleines Schmunzeln nicht verkneifen. Hier war es doch gar nicht so schlimm.

Die Tür öffnete sich und eine Frau Mitte vierzig guckte herein. „Meine Damen, es ist 7:55 Uhr. Ihr wart alle vier noch nicht im Behandlungszimmer. Jetzt aber dalli, dalli."

„Alles klar, geben Sie uns noch zwei Sekunden", forderte Maggy. Schnell packte sie ihr Glätteisen zusammen.

„Das will ich meinen", antwortete sie, dann fiel die Tür wieder ins Schloss.

„So ein Griesgram", murmelte Ally. „Die Gute ist einfach schon zu lange hier. Da werden sie alle grantig", analysierte Maggy.

Ella packte ihre Zahnbürste wieder ein. „Ich schau gleich einmal vorbei, bevor es hier noch Theater gibt." Als sie aus dem Bad ging, atmete Ella einmal tief durch. Ihr Kopf dröhnte. Die schlaflose Nacht hatte Spuren hinterlassen. Bevor sie ins Behandlungszimmer ging, schmiss Ella noch kurz ihren Zahnputzbecher aufs Bett, dabei hoffte sie, dass er keinen großen Wasserfleck auf der Bettwäsche hinterlassen würde.

Der Pfleger sah sie besorgt an, nachdem sie auf der Waage war. „Dreiundvierzig Kilogramm bei einer Größe von 1,73 m. Das ist nicht gut", bemerkte er.

Beschämt sah Ella an sich herunter auf den Fußboden. Um sich ein wenig schwerer zu machen, hatte sie noch ein wenig aus dem Waschbecken getrunken und sich extra ein wenig dicker angezogen. Sie mochte es nicht, wenn fremde Leute über ihren Körper urteilten, der sich mit jedem Tag fremder anfühlte und für den sie sich so sehr schämte. Durch ihren langjährigen Nährstoffmangel hatte sich ihre Figur in der Pubertät nicht groß weiterentwickelt. Sie hatte kaum Brüste und war auch sonst sehr zierlich gebaut. Ihre Periode bekam sie nur sehr unregelmäßig, die letzte war nun bereits sechs Monate her. Schon immer hatte Ella von einer großen Familie geträumt. Einem liebevollen Mann und mindestens drei Kindern, dazu ein großes Haus und vielleicht einen Hund. Dass dies vermutlich ein Traum bleiben würde, wusste sie. Ihr Körper würde wahrscheinlich nie stark genug dafür sein, ein Kind neun Monate auszutragen. Und welcher Mann würde sie nur jemals lieben? Sie, das Skelett ohne weibliche Züge und Sex-Appeal. Gedanken wie diese hatten sie früher sehr traurig gemacht. Heute stand sie dem Ganzen eher neutral gegenüber.

Wie eigentlich allem in ihrem Leben. Es war ihr gleichgültig geworden. Alles war ihr gleichgültig geworden.

„Sie dürfen sich alles nehmen, was Sie möchten. Sie müssen allerdings mindestens eine Semmel und eine Beilage dazu essen. Alles, was Sie zu sich nehmen, wird dokumentiert, nach dem Essen müssen Sie eine halbe Stunde warten, bevor Sie wieder zurück auf Ihr Zimmer dürfen", erklärte die ältere Krankenschwester, die, die vorhin im Bad war und unterwies Ella in die Regeln. „Essen müssen Sie leider getrennt von den anderen, gemeinsam mit Frau Meier." Freundlich reichte sie Ella und Julia jeweils einen Teller. Da die beiden mit der Hauptdiagnose Magersucht eingeliefert wurden, mussten sie im Gegensatz zu allen anderen in einem externen Zimmer mit einer Schwester essen, anstatt gemeinsam mit ihnen in der Küche. Heute war es die junge Auszubildende Maya, die mit den zwei Frauen frühstückte. Ella nahm sich eine der Vollkornsemmel, dazu ein Stück Margarine. Sie ernährte sich seit circa zwei Jahren vegan. Nachdem sie sich vor einigen Jahren ausgiebig mit dem Thema Ernährung auseinandergesetzt hatte, achtete sie sehr genau darauf, was sie zu sich nahm. Anfangs versuchte sie auf Zucker und leere Kohlenhydrate zu verzichten. Später kam Fleisch und Fisch dazu. Irgendwann ließ Ella dann auch Eier und Milchprodukte weg. Ihre Mahlzeiten in den letzten Monaten bestanden hauptsächlich aus Obst, Gemüse und Wasser. Um das Verlangen nach Süßen zu stillen, trank sie Tee. Viel Tee, teilweise bis zu fünf Litern am Tag. Dann fühlte sich der Magen nicht so leer an.

„Wollen Sie nicht noch etwas zum Belegen nehmen? Der Käse ist gar nicht so schlecht."

Schon hielt Maya ihr den Käseteller hin.

„Nein danke, ich mag keinen Käse. Margarine reicht mir", lehnte Ella leise ab.

„Sind Sie sicher? Das sieht ziemlich trocken aus. Außerdem müssen Sie noch einen Aufschnitt nehmen, sonst kommen Sie nicht auf Ihre Kalorien", versuchte es Maya erneut.

„Nein, ich möchte wirklich nicht." Ella kämpfte mit den Tränen, denn sie hasste es, wenn jemand so auf den Inhalt ihres Tellers starrte und darüber urteilte. Ihr Vater hatte das immer gemacht. Nachdem sie das erste Mal in der Schule zusammengebrochen war, hatte er ihr immer extra große Portionen gegeben, die ein zweihundert Kilo Mann nicht schaffen würde. Anschließend musste sie so lange sitzen bleiben, bis sie alles aufgegessen hatte. Ella wusste, dass er es eigentlich nur gut gemeint hatte und sich einfach nicht besser zu helfen wusste. Doch das hatte alles nur noch schlimmer gemacht. Nach dem Essen bekam sie starke Bauchschmerzen. Irgendwann hatte sie angefangen, nach dem Essen wieder alles zu erbrechen. Stundenlang hing sie über der Toilette und erbrach sich, bis nur noch grüne schleimige Magensäure in die Kloschüssel fiel. Ihr Hals brannte danach und ihre Augen waren mit Tränen gefüllt. Oft saß sie danach noch zusammengekauert neben dem Klo.

Erschöpft von der Tortur, erschöpft von der wenigen Nahrung und erschöpft vom Leben.

„Es tut mir leid. Ich wollte Sie nicht unter Druck setzen. Haben Sie irgendwelche Wünsche oder essen Sie gerne etwas Bestimmtes?" Mitleidig sah Maya Ella an, die nur beschämt auf den Boden sah, dann schüttelte sie den Kopf.

„Okay! Frau Meier, sind Sie fertig?", erkundigte sich die junge Auszubildende, die sich Julia zugewendet hatte. Die hatte sich bereits eine Semmel mit Aufschnitt, Wurst und eine Banane auf ihren Teller gelegt. Man sah ihr an, dass sie die Abläufe bereits kannte und mit dem Ganzen im Reinen wahr. Zumindest wirkte sie so. Ella wusste, dass dem wahrscheinlich nicht so war. Julia hatte in den vier Wochen, in denen sie bereits hier war, ihre eigenen Strategien entwickelt, um das Personal glauben zu lassen, dass ihre Genesung voran schritt. Die zwei jungen Frauen gingen gemeinsam mit Maya in einen anderen Raum, vorbei an den anderen Patienten und Patientinnen. Es waren ungefähr noch fünf andere Frauen, darunter Ally und Maggy, dazu drei Männer. Keiner älter als dreißig Jahre, aber alle mit einer ganz individuellen Geschichte, wie und warum sie hier gelandet waren. Aufmunternd winkten Maggy und Ally den zwei zu. Ella fühlte sich vorgeführt und erniedrigt. Es war bestimmt nicht so gemeint und nicht anders möglich. Aber Ella fühlte sich miserabel und wünschte sich gerade wieder zurück in ihr Einzelzimmer. Das Zimmer mit den kahlen Wänden und der hässlichen Bettwäsche.

„Das Wetter ist in diesem Sommer wirklich ein Witz. Ständig regnet es", versuchte Maya ein wenig Small Talk zu betreiben.

„Ja, das stimmt. Ich habe meine Gummistiefel dieses Jahr schon häufiger getragen als meinen Bikini", lachte Julia. „Dabei habe ich mir letztes Jahr einen richtig schönen im Schlussverkauf gekauft."

„Wirklich? Wo? Ich bin noch auf der Suche nach einem neuen." Während sich Maya und Julia weiter über Bikinis und sonstige Bademode unterhielten, schweifte Ellas Blick aus dem Fenster. Es hatte aufgehört zu regnen. Vor dem Fenster stand ein großer Baum. Eine Amsel spitzte aus dem Blätterdach hervor. Auf der Suche nach Futter hüpfte sie die Äste entlang und sah sich immer wieder nach möglichen Fressfeinden um. Ella mochte Vögel, da sie so unbeschwert und frei waren. Sie konnten hinfliegen, wo immer sie wollten, hatten keine Verpflichtungen und sahen Orte, von denen Ella nur träumen konnte. Manchmal wünschte sie sich, sie wäre eines dieser wundervollen Geschöpfe. Dann wäre sie endlich frei, müsste sich keine Gedanken um Essen wollen oder nicht machen, brauchte sich dann nicht um den ganzen Weltschmerz und den Schmerz tief in ihrem Herzen kümmern. All das würde dann nicht existieren, es wäre belanglos, denn es gäbe nur den Augenblick und die weite, freie Welt.

„Frau Ilg, Sie müssen was essen", holte die Schülerin Ella zurück in den Moment. In diesen furchtbaren Moment, hier in diesen furchtbaren Raum, in dieser furchtbaren Klinik mit diesem schrecklichen Frühstück.

„Oh, Entschuldigung, ich bin wohl gedanklich ein wenig abgedriftet!"

Sofort griff Ella zu ihrem Messer und schnitt sich ihre Semmel auf.

„Na, mit dem Aufstrich hast du aber auch nicht gespart", sagte Julia mit einem Blick auf Ellas Teller.

„Ja, ich mag keine Wurst und ich esse keine Milchprodukte. Die vertrage ich nicht so gut." Die Ausrede mit der Laktoseintoleranz wirkte immer. Man musste sich nicht lange erklären und die Leute fragten meistens auch nicht mehr nach. Wenn man dagegen mit dem Thema vegane Ernährung anfing, war eine Diskussion meist abzusehen. Die Argumente dagegen, schienen uferlos.

„O nein, das muss total nervig sein! Kein Eis, keine Schokolade oder Käse", tat Julia mitleidig. „Ja, aber alles ist besser als dann drei Tage nur auf dem Klo zu sitzen", meinte Ella, dann biss sie beherzt in ihre Semmel.

Maya und Julia lachten. „Das glaub ich dir. Als Kind hatte ich auch mal den Verdacht auf eine Laktoseintoleranz, weil mir auf Pudding immer schlecht geworden ist. So im Nachhinein betrachtet, habe ich wahrscheinlich einfach nur immer zu viel gegessen", erzählte Maya.

Während sich die Frauen unterhielten, fiel Ellas Blick auf Julias Teller. Sie hatte schon beinahe aufgegessen, allerdings lagen auf ihrem Teller erstaunlich viele Krümel. Sofort wusste Ella, was das bedeutete, denn Julia hatte, während sie sich mit Maya unterhielt, langsam die Semmel auseinandergenommen. So hatte sie mindestens ¼ des Gebäcks auf ihrem Teller verteilt. Magersüchtigen war alles recht, um auf mögliche Kalorien zu verzichten. Julia folgte Ellas Blick und machte ihr mit ihrem Blick deutlich, nichts zu sagen.

Nach dem Essen standen sie auf. „Ich hasse diese halbe Stunde. Die ist doch eh voll für den Arsch", beschwerte sich Julia, die sich auf die Bank vor dem Stationszimmer fallenließ. Eine halbe Stunde mussten die zwei Frauen nun hier sitzen bleiben. Damit wollte das Personal verhindern, dass sie die gegessene Mahlzeit wieder erbrachen.

„Na ja, ist doch nur eine halbe Stunde!", erwiderte Ella, die sich neben sie setzte. Julia sah sie vorwurfsvoll an.

„Wenn du das vier Wochen jeden Tag dreimal täglich machst, dann wird es selbst dich stören", maulte Julia und griff neben sich. Dort hatte sie vor dem Frühstück bereits ein Buch platziert, welches sie aufschlug.

„Was liest du da?", fragte sie.

„Ach, das weiß ich noch gar nicht so genau. Das Buch hat mir meine Mum mitgebracht, damit ich hier nicht auf dumme Gedanken komme."

„Na, ihr Süßen, wieder auf die Strafbank versetzt worden?" Maggy und Ally schlenderten Arm in Arm, an den zwei vorbei. „Geht ihr mit zur Musiktherapie?", erkundigte sich Ally, die kurz stehen blieb.

„Meine Damen, keine Gespräche mit den Patientinnen auf der Bank", rief eine der Schwestern.

„Wir sehen uns später", die zwei Frauen gingen weiter. „Warum dürfen sie nicht mit uns reden?", flüsterte Ella Julia zu.

„Du musst nicht flüstern. Das ist nur eine der nutzlosen Regeln, die es hier zu Haufe gibt", rief Julia Richtung Stationszimmer.

„Was sehen Sie uns dabei so an? Wir machen nur das, was uns gesagt wird", sagte ein bärtiger, großer Pfleger, der aus der gläsernen Tür kam. Er war mindestens zwei Meter groß und hatte dunkles, dichtes Haar, welches sich an vereinzelten Strähnen bereits grau färbte.

„Und wer macht dann diese verdammt unnützen Regeln?", fragte Julia, die motzig die Arme vor der Brust verschränkte.

„Unser werter Herr Chefarzt, aber ich bin mir sicher, dass er sich etwas dabei gedacht hat", erwiderte er, ohne dabei groß auf Julias trotziges Verhalten einzugehen. Diese schnaubte verärgert und lehnte sich zurück.

„Ach komm, so schlimm ist es doch nicht!", versuchte Ella sie zu beruhigen.

„Ja, du hast gut reden. Mein Hintern ist langsam schon ganz wund vom Sitzen", maulte sie. „Aber ich bin froh, dass ich jetzt endlich eine Leidensgenossin habe." Ihr Gesichtsausdruck entspannte sich und sie lächelte Ella an.

„Eine? Die ganze Station ist voll", bemerkte Ella.

„Ja, du hast recht. Aber es ist schwerer, wenn einen niemanden versteht." Julia sah auf ihre Knie.

„Ich weiß. Ständig werden einem irgendwelche Essensreste vor die Nase gehalten und alle beobachten einen, wenn man irgendwas zu sich nimmt."

„Ja, entweder die Leute sagen einem, dass man doch viel zu dürr sei und das doch keinem gefällt. Oder sie beneiden mich für meine Disziplin und mein Durchhaltevermögen."

Genervt verdrehte Julia die Augen. „Ja, du weißt gar nicht, wie oft die Freundin meines Vaters zu mir gesagt hat: Wenn du noch dünner wirst, will dich kein Mann mehr. Ein richtiger Mann will etwas zum Anfassen und kein Skelett", äffte Ella ihre Stiefmutter in spe nach.

„Puh, als ob es um so etwas geht! Ich tu das doch nicht, um einem Mann zu gefallen. Mich will eh keiner", sagte Julia leise, ohne von ihren Knien aufzusehen. Nervös spielte sie an dem Einband ihres Buches.

„Sag doch so etwas nicht. Der Richtige wird dich auch mit Krankheit lieben. Dein Körper ist schließlich nicht alles, was du zu bieten hast. Du hast doch noch so viele andere Qualitäten." Sanft berührte Ella die Blondine an der Schulter.

Sofort zuckte Julia zusammen. Es schien lang her, dass sie das letzte Mal von einer fremden Person berührt worden war. „Na ja, darüber kann man sich streiten. Aber das Thema Männer habe ich vorerst eh an den Nagel gehängt. Spätestens, seit ich hier bin. Die Männerauswahl hier drinnen ist sehr mau."

Julia richtete sich wieder auf und setzte ein Lächeln auf. Aber Ella sah, dass es kein aufrichtiges Lachen war, denn Julia hatte einen tieftraurigen Ausdruck in den Augen. Auch ihr restlicher Körper war von Traurigkeit gezeichnet. Ihre Körperhaltung schrie vor mangelndem Selbstbewusstsein. Sie schien regelrecht zu verschwinden. Ella verspürte einen tiefen Stich in ihrem Herzen. Ihr wurde bewusst, dass sie wohl genauso aussah. Ein Häufchen Elend, zerfressen vom Leben ohne Aussicht auf eine Zukunft. Es war, als würde sie in einen Spiegel sehen. Plötzlich verspürte sie den starken Drang, Julia in die Arme zu schließen. Ohne groß nachzudenken, schloss sie die für sie eigentlich fremde Frau in die Arme.

Zwar tolerierte Julia die Umarmung, aber erwiderte sie nicht, trotzdem schien es ihr gut zu tun. Die Anspannung wich aus ihren Muskeln und sie fing an, sich ein wenig fallen zu lassen. Es war nur ein kurzer Moment, bevor Ella die Umarmung wieder löste. Doch es schien ihr wieder ein wenig Kraft gegeben zu haben.

„Danke", flüsterte Julia kaum hörbar. Ihr Blick war wieder auf ihre Beine und das darauf liegende Buch gerichtet. Ihre Augen waren gerötet.

„Ich weiß, wie du dich fühlst. Ich weiß, dass das immer eine dumme Aussage ist, aber ich …", stockte sie.

„Ich weiß, was du sagen willst. Das ist das Schöne hier drinnen. Endlich verstehen einen die Leute wirklich, weil sie dasselbe durchmachen, oder zumindest etwas Ähnliches.

Kein dummes Geschwätz mit: Stell dich nicht so an. Du hast doch gar keinen Grund, anderen Leuten geht es viel schlechter als dir. Bla, bla, bla. Ich kann es langsam nicht mehr hören. Ständig muss man sich dafür rechtfertigen, warum bestimmte Dinge einfach nicht gehen", redete Julia sich richtig in Rage.

„Ja, das stimmt! Wenn man dann das Wort Krankheit in den Mund nimmt, sind sie alle entsetzt. Du bist schließlich nicht krank. Krebspatient*innen sind krank oder Leute mit einem Schlaganfall, oder mit einer Grippe. Aber doch nicht mit so einer Lappalie, wie einer Essstörung." Ella spürte, wie die Wut in ihr hochkroch. Oft genug hatte sie solche Sätze gehört. Auch aus ihrer eigenen Familie, schien keiner dafür Verständnis zu haben. Natürlich war sie immer das arme Mädchen gewesen, das seine Mum auf so tragische Weise verloren hatte. Aber ihr Vater hatte schließlich die Ehefrau verloren und „stellte" sich auch nicht so an. Das er seit vielen Jahren Alkoholiker war und seine Tochter vernachlässigte, wusste keiner. Selbst wenn, dann würde es nur heißen: „Der arme Mann, der hatte einfach Pech im Leben, kein Wunder, dass er so geworden ist. Da muss man wirklich Verständnis für haben. Jedoch hatte Ella schon lange kein Verständnis mehr. Am Anfang hatte sie versucht, es ihm so leicht wie möglich zu machen, um ihm nicht auch noch zur Last zu fallen. Sie hatte den Tod ihrer Mum nie angesprochen, hatte allein in ihrem Zimmer geweint und versucht, für ihn stark zu sein. Doch das war ihm egal gewesen. Stattdessen wurde sie beleidigt, wenn der Haushalt nicht richtig gemacht war.

Dann gab es Hausarrest, wenn etwas nicht nach seiner Nase lief. Das war oft so willkürlich, dass es Zeiten gab, in denen Ella sich noch nicht einmal traute, nach Geld zum Einkaufen zu fragen. Dann gab es halt nichts. Er aß eh in seiner Firma mit seinen ganzen ach so großartigen Arbeitskollegen. Ella aß nichts. Oft tagelang. Während sich ihr Vater zurück ins Leben zu kämpfen versuchte, wurde Ella immer mehr von der Trauer eingenommen. Es war wie ein gnadenloser Abwärtsstrudel, der sie mit sich riss und aus dem es kein Entkommen gab. Irgendwann waren ihre Tränen aufgebraucht, aber die Trauer in ihrem Herzen blieb. Unaufhörlich nagte sie weiter an ihr, zerrte an ihren Kräften, bis sie irgendwann das Einzige war, was ihr noch blieb. Das Einzige, woran sie spürte, dass sie noch am Leben war und nicht nur eine Hülle, die durch den Tag wankte.

„So, eure halbe Stunde ist um. Ab 10:30 Uhr ist Zimmervisite. Bitte nicht vergessen", riss der bärtige Pfleger Ella aus den Gedanken.

„Boah endlich, auf dieser Bank kann man ja nicht sitzen!", stöhnte Julia, die sich ächzend erhob.

„Frau Meier, gibt es noch ein Problem?" Der Pfleger zog seine rechte Augenbraue nach oben.

„Nein, natürlich nicht, Herr Groos", erwiderte sie, drehte sich um und ging zu ihrem Zimmer, welches direkt neben Ellas Einzelzimmer lag.

Kapitel 3

Als die Tür hinter ihr ins Schloss gefallen war, atmete Ella einmal tief ein. Die Luft roch ein wenig modrig. Was wahrscheinlich daher rührte, dass man kein einziges Fenster auf dieser Station öffnen konnte. Seufzend setzte Ella sich auf den Holzstuhl vor dem Schreibtisch. Auf dem Tisch lagen drei Blätter mit den Regeln und Abläufen der Station. Die Schwester, die sie aufgenommen hatte, hatte sie ihr in die Hand gedrückt. Bis jetzt hatte sie noch keine Lust und Zeit gehabt, ihn sich durchzulesen.

Hallo, herzlich willkommen auf Station 2b, stand als Überschrift auf dem ersten Zettel. Danach folgte ein Stundenplan für die ganze Woche, wo alle Therapiemöglichkeiten, dazu sonstige Aktivitäten aufgelistet waren. Kunsttherapie, Kreativgruppe, Zimmervisite, Trommelgruppe, Spiel- und Spaßgruppe. Das klang ja wie im Ferienlager. Aber Kunsttherapie klang vielversprechend. Schließlich mochte sie Kunst in jeglicher Form. Am liebsten allerdings die malerische Kunst.

Schon immer hatte Ella viel gezeichnet. Sie würde von sich behaupten, dass sie darin sogar begabt war. Während sie bei sportlichen oder schriftlichen Aktivitäten eher weniger begnadet, bis sehr unfähig war, konnte sie sich beim Zeichnen richtig kreativ ausleben und fallen lassen. Zu Hause saß sie oft stundenlang auf ihrem Bett, sah aus dem Fenster und versuchte das, was sie eben draußen beobachtet hatte, auf ein Blatt Papier zu bekommen. Wenn es warm war, ging sie auch gerne in ihren Garten. Der war schließlich groß genug. Dort setzte sie sich unter eine uralte Linde und beobachtete die Tiere und Pflanzen, die den Garten so lebendig machten. Manchmal versuchte sie sich auch an Porträts. Dafür musste bereits mehr als nur einmal Steve, der Gärtner, als Model herhalten. Der wusste allerdings überhaupt nichts von seinem Glück. Doch am liebsten zeichnete Ella immer noch die Natur.

Wieder seufzend blätterte sie weiter. Über die nächsten zwei Seiten erstreckten sich Verbote und Regeln. Mittags- und Abendruhe, Ausgang- und Handyverbote. So wie ein striktes Alkohol- und Drogenverbot. Na, wer hätte das gedacht? Telefonzeiten gab es nur von 16:00 bis 17:00 Uhr. Hervorragend, wahrscheinlich gab es auch nur ein Telefon, welches dann alle auf einmal benutzen wollten. Aber Ella wollte eh keinen anrufen und Besuch erst recht nicht. Den durfte sie auch nur einmal in der Woche für eine Stunde empfangen. Das fand sie eine außergewöhnlich gute Idee, so musste sie wenigstens nicht jeden Tag mit dem Besuch von Papas Freundin rechnen. Wahrscheinlich würde er eh nicht kommen. Bestimmt gab es kurzfristig einen ganz wichtigen Termin, den er wahrnehmen musste. Dann würde Petra allein vor der Tür stehen und versuchen, mit ihr ein Gespräch anzufangen, dabei würde sie Ella mit ihrer aufgeregten, viel zu schrillen Stimme unterschwellige Beleidigungen zu werfen. Anschließend wäre sie dann am Boden zerstört, wenn Ella sich nicht ausreichend bei ihr bedanken würde. Schließlich hatte sie sich für diesen Tag extra die Zeit genommen und sich erbarmt, um das Kind ihres Lovers zu kümmern. Für diese barmherzige Tat zeigte Ella keinen Respekt oder Dankbarkeit, denn Ella mochte Petra nicht. Sie war eine so nichtssagende Persönlichkeit, die keinerlei Rückgrat oder jegliche Charaktereigenschaften besaß. Obwohl sie für ihr Alter noch ganz ansehnlich aussah. Das war wahrscheinlich auch der einzige Grund, wie sie bei ihrem Vater Klaus landen konnte. Ihr Charme konnte es nicht gewesen sein.

Was sie an ihm fand, wusste Ella ganz genau. Nämlich genau zwei Porsche, einen Audi Q3, dazu ein großes Anwesen in einer reichen Snob-Gegend. Dass das Geld eigentlich zum Großteil Ellas Mum gehört hatte, wusste Petra schließlich nicht. Obwohl Klaus in seiner Anstellung, als Manager bei irgendeiner Investmentfirma auch nicht schlecht verdiente, bezweifelte Ella, dass er seinen Lebensstil noch unendlich lange so weiter leben konnte.

Bedächtig legte Ella die Liste beiseite. Wirklich aufregend und erkenntnisreich waren diese Infos jetzt nicht gewesen. Langsam merkte sie, wie schwer ihr das Frühstück im Magen lag, daher lehnte sie sich in ihrem Stuhl zurück. Das war ihr Köper einfach nicht mehr gewöhnt: Eine ganze Semmel war dann wahrscheinlich doch ein wenig zu gut gemeint.

Nachdem sie noch eine Weile auf dem Stuhl gesessen hatte, stand Ella irgendwann auf. Das ganze Sitzen und Nichtstun war sie nicht gewöhnt. Zu Hause ging sie mindestens zwei Stunden jeden Tag spazieren, dazu gab es täglich noch ein bis zwei Stündchen Work-out. Früher war sie gerne ins Fitnessstudio gegangen. Das Training mit den Geräten und Hanteln hatte ihr viel Spaß bereitet. Aber je mehr sie abnahm, umso unwohler fühlte sie sich dort. Oft hatte sie das Gefühl, dass die anderen sie beobachteten und hinter ihrem Rücken über sie redeten. Irgendwann hatte sie sich dann nicht mehr hin getraut. Seitdem machte sie zu Hause über YouTube Videotraining. Diese bereiteten ihr zwar nicht so viel Freude, aber es war besser als nichts. Auch jetzt beschloss sie, ein wenig Sport zu machen. Die Ärztin in der Notaufnahme hatte es ihr zwar verboten, aber wer würde es hier drinnen schon mitbekommen? Sie hatte keine Sportmatte dabei, also musste sie mit dem kalten Boden vorliebnehmen.

Zum Aufwärmen fing sie mit Hampelmännern an. In Gedanken versuchte sie, die Sekunden mitzuzählen. Jede Übung machte sie mindestens dreißig Sekunden. Schon nach drei Übungen war sie aus der Puste. Das verdammte Frühstück! Mit so einem vollen Magen konnte man ja auch keinen Sport treiben. Wie machten das denn die anderen Leute? Kein Wunder, dass die Gesellschaft immer unbeweglicher und fauler wurde. Was sich diese Leute schon zum Frühstück rein stopften, da konnte man ja nicht mehr richtig leistungsfähig sein.

Ella würde sich etwas überlegen müssen, um nicht auch so zu werden. Die Portionen, die sie ihr hier vorsetzten, waren utopisch. Dass sie ein bisschen zunehmen sollte, das wusste sie selbst. Aber doch nicht so. Dann würde sie sich in drei Wochen gar nicht mehr bewegen können. Je länger sie über all das nachdachte, umso unwohler fühlte sie sich. Zu Hause hatte sie in solchen Situationen oft zur Rasierklinge gegriffen. Situation, in denen sie der festen Überzeugung war, dass sie versagt hatte. Zum Leben brauchte sie kein Essen, sie musste sich nicht vollstopfen, um glücklich zu sein. Ihr Glück lag darin zu fasten, ihre Disziplin zu stärken und sich nicht so einem belanglosen Verlangen wie Hunger hinzugeben.

Angespannt lief Ella in ihrem Zimmer auf und ab, dabei fing sie ganz unbewusst an, sich die Arme aufzukratzen. Erst als sie das warme, schmierige Blut an ihren Fingern spürte, schrak sie hoch. Drei Kratzspuren zogen sich über ihren linken Unterarm. Auch am rechten Arm hatte sie kleine Wunden, diese waren aber noch nicht ganz so tief wie die auf der anderen Seite.

„O nein!", flüsterte Ella erschrocken. Wenn das jemand zu Gesicht bekam, die würden sie umgehend in eines der Überwachungszimmer schicken. Dies wollte Ella auf gar keinen Fall. Die Blutung war nicht schlimm, es waren nur vereinzelte Tröpfchen, die hervorkamen. Trotzdem würden diese wahrscheinlich ausreichen, um ihren Pullover durchzubluten. Hatte sie nicht noch Taschentücher in ihrem Rucksack?

Schnell hastete sie zu ihrer Tasche. Die Taschentücher müssten in einer der vorderen Fächer sein, sie musste sich beeilen. Da sie nicht wusste, wie viel Uhr es war, könnte jeden Moment die Visite hereinplatzen. Ah, hier waren sie ja! Genau noch zwei Tücher waren übrig, perfekt. Ella drückte sie fest gegen ihre Wunden. Gerade noch rechtzeitig, denn als würden sie ahnen, was in Ellas Zimmer vor sich ging, klopfte es plötzlich an ihrer Tür.

Hastig zog Ella die Ärmel hinunter, dabei achtete sie darauf, dass sich die Taschentücher nicht verschoben. „Herein!", rief sie währenddessen. Die Tür öffnete sich. Insgesamt vier Personen standen im Türrahmen. Einer von ihnen war der bärtige, große Pfleger, den Julia vorhin mit Herr Groos angesprochen hatte. Die anderen drei Personen kannte Ella nicht. Es waren noch ein Mann, dazu zwei Frauen. Eine von beiden trug einen Arztkittel, der sie beinahe zu verschlucken schien, vermutlich die Stationsärztin.

„Guten Morgen, Frau Ilg. Ich bin Herr Leimer, der zuständige Oberarzt. Herrn Groos kennen Sie ja bereits und die bezaubernden Damen sind Frau Ambianosch, die Stationsärztin und Frau Pilm, unsere Psychologin der Station", stellte der Mann sich und seine Begleitungen vor. „Wie geht es Ihnen heute?"

Auf Anhieb mochte Ella ihn nicht. Er wirkte wie jemand, der sich sehr über seine Stellung identifizierte und dies auch die Personen, die unter ihm arbeiteten, spüren ließ.

„Danke, ganz gut eigentlich", antwortete sie auf

seine Frage. Die Gruppe war mittlerweile ins Zimmer getreten, die sich vor Ella aufbaute. Inzwischen hatte sie auf dem Stuhl Platz genommen. Ihr Unwohlsein nahm noch zu. Auch wenn die zwei Frauen sie freundlich anlächelten, hatte sie ein ungutes Gefühl bei der Situation.

„Das freut uns zu hören. Sie wurden von Ihren Eltern hierhergebracht, da diese sich große Sorgen um Sie machen. Sie haben dort auch anscheinend lebensmüde Gedanken geäußert. Wie sind die Gedanken jetzt im Moment? Haben Sie jetzt das Bedürfnis, sich selbst zu verletzen?", redete der Arzt weiter.

Genervt verdrehte Ella die Augen. Das waren nicht ihre Eltern, zumindest die Hälfte davon nicht und Sorgen machte sich ihr Vater sowieso nicht. Höchstens, was andere davon denken könnten.

„Ähm, eigentlich ganz gut! Ich glaube, prinzipiell hat die Freundin meines Vaters in der Situation ein bisschen überdramatisiert."

„Sie denken also nicht, dass der Aufenthalt hier nötig ist?", mischte sich die junge Ärztin ein. „Der Kollege, der Sie gestern Abend aufgenommen hat, hat mir von einigen Verletzungen, die Sie sich selbst zugefügt haben, erzählt."

Kaum merklich nickte Ella. „Frau Ilg, ich weiß, Sie werden das vermutlich nicht als so schlimm betrachten. Aber wir nehmen das hier sehr ernst. Auch mit dem Blick auf Ihre körperliche Situation. Wir sind eine geschlossene Abteilung und wollen Ihnen die Möglichkeit geben, sich hier aus Ihrem Alltag zurückzuziehen. Es scheint ja doch irgendwo ein größeres Problem zu sitzen. Sonst wären Ihre Angehörigen nicht in die Situation gekommen, Sie hierherbringen zu müssen", meinte der Arzt, der sie durchdringend ansah.

Dem Blick konnte Ella nicht standhalten, sie senkte den Kopf. „Frau Ilg, wir sind darauf angewiesen, dass Sie mit uns reden und uns offen und ehrlich über Ihre aktuelle Gefühlslage Bescheid sagen. Also, frage ich Sie noch einmal. Wie geht es Ihnen heute?", brachte sich die Therapeutin mit in das Gespräch ein.

Nachdem Ella nicht antwortete, fuhr sie fort: „Können wir uns darauf verlassen, dass Sie sich nichts antun und sich sofort bei uns melden, wenn selbstverletzende Gedanken aufkommen? Dafür sind wir da."

„Wenn Sie mit keinen Ärzten oder Therapeuten reden möchten, oder diese nicht zu sprechen sind, können Sie sich jederzeit auch an das Pflegepersonal wenden", fügte der Bärtige noch hinzu.

Mit zittriger Stimme antwortete Ella, die aufsah: „Vielen Danke, aber es geht mir so weit ganz gut."

„Okay, können wir jetzt noch etwas für Sie tun?", fragte die junge Ärztin. Schnell schüttelte Ella mit dem Kopf.

„Ich werde nachher noch einmal nach Ihnen sehen. Dann können wir den weiteren Therapieplan besprechen", erwiderte Frau Pilm, dabei lächelte sie ihr noch einmal zu, bevor sich die ganze Gruppe wieder in Bewegung setzte.

Nachdem die Tür ins Schloss gefallen war, sackte

Ella in sich zusammen. Sie war sich nicht sicher, ob sie weinen sollte oder es einfach sein ließ. Als ihr die ersten Tränen in die Augen schossen, zog sie den Ärmel ihres verletzten Armes hoch. Schließlich hatte sie ihre letzten zwei Taschentücher dafür geopfert, die Blutung ein wenig zu stillen. Das Tuch klebte unangenehm in der Wunde und brannte, als sie es nach oben zog. Doch Ella genoss den Schmerz. Es war ein Zeichen, dass sie noch am Leben war.

Das weiße Taschentuch hatte sich an vereinzelten Stellen rot verfärbt. Es waren nur Pünktchen, nichts im Vergleich zu den Verletzungen, die sie sich bereits zugefügt hatte. Einmal hatte sie sich so tief geschnitten, dass das Blut gar nicht mehr richtig aufhörte zu spritzen. Aus Versehen hatte sie wohl ein größeres Gefäß verletzt. Weil es nicht aufhörte, rief sie irgendwann den Notarzt an. Die Sanitäter stoppten die Blutung, dann fuhren sie sie mit Blaulicht ins Krankenhaus. Dort musste sie operiert werden. Ihrem Vater sagte sie, sie würde heute bei Freunden übernachten. Aber eigentlich war es ihm eh egal, wo sie war. Wahrscheinlich hätte er es noch nicht einmal mitbekommen, wenn sie einfach nicht nach Hause gekommen wäre. Am nächsten Tag durfte Ella wieder heimgehen. Ihr behandelnder Arzt hatte ihr mehrfach geraten, sich im StAP für eine stationäre psychologische Betreuung zu melden.

Aber Ella wollte nicht. Schließlich war sie nicht krank. Zumindest nicht krank genug. Jemand anderes brauchte diesen Platz bestimmt viel mehr.

Da wollte sie sich mit ihren Lappalien nicht vordrängeln.

Kapitel 4

Schon stand Ella wieder auf, denn sie konnte nicht einfach nur so rumsitzen. Während sie weiterhin ihre Bahnen durch das Zimmer zog, flog die Tür plötzlich auf. Ertappt zuckte sie zusammen.

„Hey, du, kommst du mit zur Trommeltherapie?", fragte Ally, die im Türrahmen stand. Hinter ihr sah sie Julia und Maggy.

„Ähm, ich weiß nicht, ob ich mitdarf!", zögerte Ella.

„Herr Groos, darf Ella mit zum Trommeln?", rief Ally über ihre Schulter.

„Natürlich, die Stunde ist sogar Pflicht. Das wisst ihr aber auch alle", kam zurück.

„Na dann, komm." Gut gelaunt trat Ally aus dem Türrahmen und winkte Ella heraus. Vor dem Stationszimmer hatte sich schon eine kleine Menschentraube gebildet. Ella erkannte die Leute, die sie vor dem Essen schon gesehen hatte.

„Hey ho, schau her, Neuzugang!", rief ihr einer der Männer zu. Er war ungefähr Mitte zwanzig, groß, gut gebaut und ein wenig pummelig. Seine tiefschwarzen Haare kräuselten sich in kleinen Löckchen um seinen Kopf. Er sah gut aus.

„Benimm dich und sei nett zu ihr", ermahnte ihn Maggy.

„Ich bin nett. Ich bin doch nett, nicht wahr?", wandte er sich an Ella und zwinkerte ihr zu.

Beschämt schaute Ella zu Boden. Durch das Gespräch lagen nun alle Blicke auf ihr. Das war ihr unangenehm, denn sie fiel nicht gerne auf.

„Hey Leute, das ist Ella! Sie ist jetzt neu in unserer Familie", rief Ally, die zu merken schien, dass Ella die Situation unangenehm war und versuchte sie dadurch ein wenig zu lockern. Verlegen sah Ella auf und hauchte ein leises: „Hallo", in die Runde.

„Hey, nur nicht so schüchtern! Wir beißen nicht. Zumindest nicht immer", rief ein Junge aus dem Hintergrund lachend.

„Halt´s Maul, Mario", entgegnete Maggy.

„Frau Niklas, bitte achten Sie auf Ihre Wortwahl", ermahnte sie Herr Groos, der sich vor Maggy aufbaute.

„Entschuldigung. Herr Groos, Sie haben recht. Es tut mir furchtbar leid. Auch bei dir möchte ich mich natürlich für meine unsittliche Wortwahl entschuldigen", sagte sie in die Richtung des Jungen, in die sie sich drehte. An ihrem schelmischen Grinsen sah man allerdings, dass sie das nicht so ernst nahm.

„Danke, ich nehme deine Entschuldigung natürlich an", erwiderte Mario genauso ironisch.

„Ihr seid mir vielleicht ein komischer Haufen", meinte Herr Groos kopfschüttelnd, als er zurück ins Stationszimmer ging.

„Sie meinen wohl ein verrückter Haufen." Mario grinste frech, dadurch sah er noch sehr jung aus.

Er war groß und hager.

Sein Gesicht war übersät von Sommersprossen und

seine blonden Haare hingen ihm fettig ins Gesicht.

„Sei einfach ruhig, Kleiner", seufzte der hübsche Mann mit den dunklen Haaren, dabei boxte er Mario auf den Arm.

„Auuu, das hat wehgetan!", jammerte er und zog mit einem gespielt schmerzverzerrtem Gesicht seinen Arm an sich.

„Bevor ihr euch jetzt noch gegenseitig grün und blau prügelt, geht ihr lieber zur Musiktherapie. Frau Schmidt wartet bestimmt schon auf euch", sagte Frau Pongratz. Die blonde, ältere Schwester kam gerade aus dem Stationszimmer.

„Na, das klingt doch nach einem hervorragenden Plan!", rief Herr Groos aus dem Stationszimmer hervor.

„Komm, wir gehen", forderte der hübsche Mann sie auf, dann legte er einen Arm um Ellas Schultern. Sofort zuckte sie zusammen und trat einen Schritt zurück.

„Lukas, keinen Körperkontakt", ermahnte ihn Ally.

„Ja ja, Regeln sind da, um gebrochen zu werden und ihr gefällt das, stimmts?" Lukas drehte sich zu Ella um und grinste sie an, dabei zwinkerte er ihr noch einmal zu.

„Ja, man kann ihr die Begeisterung richtig ansehen!", erwiderte Ally Augen verdrehend. „Komm Ella, dem muss man seine Grenzen klar aufzeigen. Sonst befummelt er alles, was nicht bei drei auf dem Baum sitzt." Mit einem bösen Blick strafte sie Lukas.

„Na, bei dir hab ich es ja wohl nie probiert.

Nicht wahr, Mopsie", lachte er und sah Bestätigung suchend in die Runde. Doch dort traf er nur auf die wütenden Blicke von Maggy und Julia. „Kommt, wir gehen." Maggy drehte sich um und ging den Gang hinauf. Julia, Ally und Ella folgten ihr.

„Was machen wir jetzt?", flüsterte Ella Ally zu, die neben ihr ging.

„Zur Trommeltherapie gehen. Megaunnötig, wenn du mich fragst. Aber die wollen uns hier halt durchgehend beschäftigt wissen. Nicht dass wir irgendeinen Blödsinn bauen", schnaubte Ally, die verärgert fortfuhr und erbost auflachte. „Wenn die wüssten, was hier hinter ihrem Rücken abgeht. Die Abteilung würde sofort geschlossen werden."

„Was meinst du damit?", fragte Ella. Die Truppe blieb vor einer geöffneten Tür stehen. Im Inneren waren bereits neun Stühle zu einem Stuhlkreis aufgereiht. Vor jedem Stuhl standen verschieden Arten von Trommeln, sanduhrförmige, doppelte und Bechertrommeln. In der Mitte des Stuhlkreises erwartete sie bereits eine Frau, die aussah, als hätte sie das Prinzip der Trommeltherapie erfunden. Ihre Haare waren offen und vereinzelt zu Dreadlocks zusammengedreht. Ihre Hose war so weit geschnitten, dass sie darin mindestens noch dreimal reingepasst hätte. Genauso wie ihr Oberteil, es sah aus, als würde es aus hundert Prozent Baumwolle bestehen. Ihre Füße steckten barfuß in grünen Sandalen.

„Erzähl ich dir später", flüsterte Ally Ella noch zu, bevor die Gruppe den Raum betrat.

Eine Frau sah auf. „Na, da seid ihr ja. Ich dachte schon, ich habe mich auf der Station geirrt", kicherte sie. Ihr Grinsen war so ansteckend, dass Ella sich dabei ertappte, wie ihr ein kleines Lächeln über die Lippen huschte. Diese Frau hatte eine so positive Ausstrahlung, dass sie den ganzen Raum damit einzunehmen schien. Ihre Stimme war klar und freundlich, ihr Blick warm, dazu barmherzig. Man musste sie einfach mögen.

„Setzt euch doch", bot sie an, dabei zeigte sie einladend auf den Stuhlkreis. „Und, wie ich sehe, haben wir ein neues Gesicht. Ich bin Frau Schmidt, Sie dürfen mich aber auch gerne Paula nennen. Ich bin so schlecht darin, mir Nachnahmen zu merken. Wenn es für Sie in Ordnung ist, würde ich Sie gerne mit Du ansprechen", stellte sich Paula vor.

„Ich bin Ella", erwiderte sie schüchtern und streckte Paula die Hand entgegen. Die ergriff beherzt ihre Hand und drückte fest zu. Langsam füllte sich der Raum. Jeder suchte sich einen Platz und eine Trommel. Die Stimmung war gut, es wurden Witze gerissen und viel gelacht. Es wirkte alles mehr wie auf einem Schulausflug, als nach einer geschlossenen Abteilung der Psychiatrie.

Als alle saßen, ergriff Paula das Wort. „Ich freu mich sehr, dass ihr heute hier seid. Wie ihr seht, haben wir ein neues Mitglied. Deswegen möchte ich, dass wir uns alle einmal vorstellen. Ich würde sagen, jeder nennt seinen Namen. Wer möchte, kann noch eine kleine Eigenschaft von sich hinzufügen. Am besten fange ich an. Also ich bin Paula, gelernte Musiktherapeutin. In meiner Freizeit gehe ich gerne raus in die Natur oder treffe mich mit Freunden. Lukas, möchtest du weitermachen?"

„Ähm ja", meinte Lukas und rutschte auf seinem Stuhl hin und her. „Also ich bin Lukas, meine Hobbys sind rauchen und joa, manchmal bisschen Sport." Die Gruppe lachte.

„Danke Lukas, an wen möchtest du denn das Wort weitergeben?", fragte Paula freundlich.

„Na, da machen wir doch gleich mal mit unserem Neuzugang weiter", quatschte Lukas verschmitzt grinsend Ella an, die nervös zusammenzuckte. Ihr Herz fing an zu rasen und ihre Hände zu schwitzen. Sie konnte es einfach nicht leiden, wenn alle Augen auf sie gerichtet waren. „Hallo, ich bin Ella. In meiner Freizeit zeichne ich gerne oder versuche prinzipiell, mich kreativ auszuleben", stellte Ella sich leise mit brüchiger Stimme vor. Aber sie traute sich nicht aufzublicken, so richtete sie den Blick auf einen Punkt vor ihr auf dem Boden.

„Essen tust du bestimmt auch gerne", rief jemand lachend dazwischen. Es war Mario, der sich für seinen großartigen Witz jetzt selbst zu feiern schien.

„Mario, bitte unterlasse solche Kommentare. Sonst muss ich dich von der Gruppe leider ausschließen", ermahnte ihn Paula. An Ella gewandt, sagte sie: „Vielen Dank Ella, dass du dich getraut hast, dich uns ein wenig vorzustellen."

Ella versuchte sich zu einem Lächeln zu bewegen.

Das gelang ihr eher schlecht als recht. Nach und nach stellten sich jetzt auch die anderen vor. Allerdings konnte Ella sich nicht so recht konzentrieren. Ihre Gedanken waren immer noch bei dem Kommentar von Mario. Ihr war bewusst, dass sie sehr schlank war, aber bis jetzt hatte sie noch niemand so direkt darauf angesprochen. Für sie selbst war es einfach zur Normalität geworden. Es war für sie selbstverständlich, dass man ihre Rippen sah. Mit ihren Händen konnte sie ihre Oberschenkel umgreifen und ihre Knie schmerzten, wenn sie abends auf der Seite lag, weil dabei Knochen auf Knochen lag. Aber lieber doch ein wenig zu dünn als zu dick, oder? Schließlich waren beinahe alle unsere Volkskrankheiten auf Übergewicht zurückzuführen. Erhöhten Blutdruck, Herzinfarkte, Schlaganfälle, aber auch Diabetes, all das waren Krankheiten, die aus unserer Gesellschaft nicht mehr wegzudenken waren. Wie viele Erkrankungen gab es durch ein wenig Untergewicht? Ella hatten noch von keiner gehört. Außerdem strebten doch eh 99 % der Menschen nach einem schlanken, zierlichen Körper. Zumindest bei den Frauen. Es hieß doch immer, man sollte möglichst schlank und groß sein. Das schlank häufig nicht mit einer großen Oberweite und einen großen Hintern vereinbar war, musste den Leuten doch bewusst sein. Aber egal, wie sie aussehen würde, es würde immer Leute geben, die sie nicht gut fanden. Obwohl Ella auch bezweifelte, dass irgendjemand sie jemals attraktiv finden würde oder sogar jetzt schon fand. Früher, als sie noch zur Schule ging, bevor ihre

Mum verstarb, gehörte sie eher zu den „moppeligen" Kindern. Ihre Mum hatte immer gesagt, dass das nur Babyspeck war, der von allein verwachsen würde. Trotzdem war es Ella unfassbar unangenehm, als ihre Mum sie das erste Mal mit in die Frauenabteilung mitnahm, um dort einen BH für sie zu kaufen. Es war noch nicht mal ein richtiger BH, so einer mit Bügeln und Körbchen. Nein, es war ein ganz einfacher weißer Sport-BH oder Bustier, wie ihre Mum dazu noch sagte. Er sollte nur alles an Ort und Stelle halten. Man sah ihn unter dem T-Shirt gar nicht, trotzdem war es Ella unangenehm, ihn zu tragen. Die anderen Mädchen brauchten doch auch keinen. Am schlimmsten war es beim Sport, wenn sie sich in der Umkleide umziehen mussten, da sahen alle, dass Ella bereits einen BH trug. Die meisten der Mädels fanden das cool und total toll. Aber Ella wäre am liebsten im Erdboden versunken und nie wieder aufgetaucht.

Die Therapiestunde verging, ohne dass viel passierte. Es wurde viel getrommelt. Mal einzeln, mal als Gruppe und dann hintereinander. So recht konnte sich Ella allerdings nicht mit der Trommel anfreunden, obwohl sie Musik liebte. Sogar viele unterschiedliche Arten hörte sie gerne, mal die neusten Lieder aus den Charts, dann wieder die 5. Sinfonie von Beethoven. Ella ging auch gerne ins Theater, die Oper oder in ein Musical. Manchmal versuchte sie auch, sich zu der Musik zu bewegen. Aber selbst musizieren war einfach so gar nicht ihres. Sie hatte kein Rhythmusgefühl, auch sonst hielt sie das Draufhauen auf Tierhaut eher für sinnlos. Also ließ sie die Stunde einfach über sich ergehen und versuchte, nicht großartig aufzufallen. Es fiel ihr eh schwer, sich zu konzentrieren. Ihre Gedanken schweiften immer wieder ab, ihr Magen knurrte. Das war allerdings neu. Normalerweise hielt sich ihr Bauch eher bedeckt. Oft fiel es Ella erst auf, dass sie den ganzen Tag über nichts gegessen hatte, wenn es bereits dunkel draußen wurde. Irgendwann hatte es ihr Magen aufgegeben, auf sich aufmerksam machen zu wollen. Als wüsste er, dass es sowieso nichts bringen würde. Doch das Frühstück schien ihn anscheinend an seine eigentliche Pflicht erinnert zu haben. Nachdem jetzt kein Nachschub kam, machte er lauthals auf sich aufmerksam. Hoffentlich hörte das keiner. Auf gar keinen Fall wollte Ella noch einen doofen Kommentar von Mario heraufbeschwören. Zum Glück trommelten alle so laut, sodass man nichts hören konnte.

Nach einer Stunde klatschte Paula in die Hände. „So Leute, das war es schon wieder. Ich hoffe, es hat euch gefallen und wir sehen uns Mittwoch wieder", meinte sie. Wenn sie es so sagte, klang es, als würde jeder hier freiwillig seinen Vormittag verbringen. Dass der Großteil eigentlich nichts mehr wollte, als endlich aus diesem Gefängnis entlassen zu werden, ließ sie dabei völlig außen vor. „Bevor ihr raus geht, räumt bitte jeder seinen Stuhl und sein Instrument weg", rief sie noch in die Runde, während sich alle von ihrem Sitz erhoben. Stühle kratzten über den Boden und alle fingen an, wild durcheinanderzureden.

Sofort stellte Ella sich hinter die anderen, als die ihre Instrumente abgaben. Sie hatte Kopf- und Bauchschmerzen, daher wollte sie jetzt einfach nur ihre Ruhe haben. So viele soziale Kontakte war sie einfach nicht gewöhnt. Zum Glück waren die anderen so in ihre Gespräche oder Gedanken vertieft, dass Ella sich ohne Probleme ausklinken konnte. Unbeobachtet huschte sie zurück in ihr Zimmer. Als die Tür hinter ihr zufiel, merkte sie, wie die Anspannung von ihr abfiel. Wollte nicht eigentlich noch die Therapeutin nach ihr sehen? Ach, egal. Jetzt wollte sie erst mal ihre Ruhe.

Von nebenan hörte sie Stimmen zu ihr rüber dringen. Sie bildete sich ein, die Stimmen von Maggy und Julia zu erkennen, aber ganz sicher war sie sich da auch nicht. Jetzt durfte es ungefähr zwanzig nach zehn sein. Obwohl Ella noch keine vierundzwanzig Stunden hier auf Station war, kam es ihr vor wie eine Ewigkeit. Es war bereits so viel passiert, dass Ella der Kopf schwirrte. Ihr Bedarf an Ereignissen und Erfahrungen war für die nächsten drei Stunden gedeckt. Ihr Blick schweifte aus dem Fenster. Es regnete noch immer. Langsam und rhythmisch fielen die einzelnen Tropfen auf die Fensterscheibe, dabei verursachten sie ein leises, dumpfes *Dong*, als würde jemand gegen das Fenster klopfen. Der Ausblick war auch sonst eher weniger beeindruckend. Alles war grau und einsam.

Obwohl sich draußen eine Baustelle befand, sah Ella nirgendwo einen Bauarbeiter. Die hatten an so einem Tag, in einer so trostlosen Gegend, wahrscheinlich auch keine Lust auf Arbeit. Sehr nachvollziehbar. Hinter der Baustelle gab es nur noch eine weitere graue Hauswand, die von der Witterung bereits sehr gezeichnet war. Nicht sehr einladend.

Den Preis für die ästhetischste Klinik würde diese hier bestimmt nicht gewinnen. Ella saß wieder auf dem Stuhl neben dem Fenster. Auf dem Tisch lag noch ihr Taschentuch mit den Blutflecken. Das hatte sie vorhin hier abgelegt und in dem Durcheinander dann ganz vergessen, zu verstecken. Wenn es jemand gesehen hätte, würde es jetzt mächtig Ärger geben, denn so leicht war das nicht zu erklären. Bevor Ella überhaupt in diese Situation kommen würde, packte sie das Tuch und stopfte es in die Seitentasche ihres Rucksacks. Bei der nächsten Gelegenheit würde sie versuchen, es irgendwo loszuwerden. Sie fuhr sich über die Arme. Die Wunden brannten ein bisschen bei der Berührung. In ein paar Stunden würde sie schon gar nichts mehr davon merken und in ein paar Tagen war wahrscheinlich schon alles verheilt. Ihren Arm würden dann ein paar Narben mehr zieren, aber wen interessierte das schon? Die paar Narben mehr oder weniger, auf die kam es jetzt auch nicht mehr an. Daran würde Ella sich bestimmt nicht stören. Die Narben würden ihr irgendwann gar nicht mehr auffallen. Sie würden einfach zu ihr gehören. Papas Freundin hatte entsetzt auf die teilweise zehn Zentimeter langen Vernarbungen gestarrt und ihr danach mindestens zwanzig Mal gesagt, dass kein Mann der

Welt sie so nehmen würde. Oder was sollten nur ihre zukünftigen Arbeitskollegen oder gar Vorgesetzten davon halten. Was war, wenn sie einmal Mutter werden würde, dann müsste sie ihren Kindern so unter die Augen treten. Die Armen hätten dann ja gar keinen Bezug zu einem „normalen" Körper. Am Ende würden die armen Kinder durch ihre verschobene Wahrnehmung der Welt noch versuchen, es ihrer Mum gleich zu tun und sich am Ende selbst so zurichten. Oder noch schlimmer, sich gegenseitig verletzen.

Die gute Frau hatte eindeutig zu viel Fantasie und den Bezug zur Realität schon längst verloren. Sie sah einfach nicht, dass es momentan Wichtigeres gab, als das, was irgendwelche außenstehenden Personen denken könnten. Das Thema Kinder war aktuell total fehl am Platz, dies verstand sie natürlich auch nicht. Zurzeit ging es nur darum, den heutigen Tag gut zu überstehen und den morgigen zu überleben. Zukunftspläne, die, die nächsten vierundzwanzig Stunden überschritten, konnte und wollte Ella einfach nicht machen. Aber Petra verstand das einfach nicht.

Wenn es nach Ella gehen würde, wäre ihr Leben auch ganz anders verlaufen. Als sie noch in der Schule war, dachte sie immer, sie würde in ihrem jetzigen Alter bereits in Berlin wohnen und besäße eine supersüße Altbauwohnung mitten in der Stadt. Sie würde Kunst an einer Universität studieren. Mittlerweile wäre sie bereits im 5. Semester. Gerade wäre sie auf dem Weg in das Atelier, welches sie sich gemeinsam mit Unifreund*innen gemietet hätte. Ihr Outfit wäre superschick, dabei total stylish und cool gewesen. Auf der Straße hätte sie ein hübscher junger Mann angesprochen, der höflich und respektvoll nach ihrer Handynummer gefragt hätte, dabei aber immer auf ihre persönliche Privatsphäre geachtet hätte. Gemeinsam wären sie dann einen Kaffee trinken gegangen. Denn seit Ella in Berlin wohnte, liebte sie Latte macchiato. Sie hätten sich beide ineinander schockverliebt. Fünf Jahre später würde Ella dann in Paris wohnen. Immer an ihrer Seite, der hübsche junge Mann, die Liebe ihres Lebens, dann wäre sie eine junge aufsteigende Künstlerin gewesen, die auf dem Weg ganz nach oben war. Ihre Ausstellungen wären immer ausverkauft. Vor nun bereits vier Jahren hätten sie und der hübsche Mann auf Sardinien am Strand geheiratet. Natürlich mit ihrer ganzen wundervollen Familie und Freunden. Sie hätte umwerfend in ihrem hautengen Brautkleid ausgesehen. Um das Eheglück perfekt zu machen, wäre nun das erste von mindestens vier Kindern auf dem Weg. Natürlich hätte Ella eine wundervolle und einfach nur tolle Schwangerschaft gehabt, dabei sähe sie wie eine wunderschöne werdende Mutter aus.

Stattdessen saß sie nun hier auf diesem kalten, harten Stuhl, in diesem kühlen Zimmer, in dieser kalten und trostlosen Klinik. Nach dem Tod ihrer Mum hatte Ella oft geweint, auch wegen des Gedankens, dass sich ihre Träume nie erfüllen würden. Heute fühlte sie nur Gleichgültigkeit. Von Berlin oder Paris konnte sie noch nicht einmal mehr träumen. Die Illusion einer erfolgreichen Karriere und einer glücklichen Familie würde für sie wohl nie mehr als nur eine Illusion bleiben. Träumen tat sie nur noch in der Nacht, dabei handelte es sich meistens eher um Albträume. Oft träumte sie, dass sie die Kontrolle über sich verlor und wahllos alles an Nahrung in sich hineinstopfte. Danach fühlte sie sich noch schlechter als zuvor und das Gefühl, dass sie versagt hatte, ließ sie einfach nicht los. In ihren Träumen suchte sie dann nach einer Toilette, um dort alles, was sie zuvor in sich hineingestopft hatte, wieder loszuwerden. Wenn sie nach solchen Albträumen aufwachte, blieb häufig nur das Gefühl des versagt habens übrig, welches meist den ganzen Tag anhielt. Es verschwand erst wieder, wenn sie nachts von einem neuen Dämon, der tief in ihrem Herzen wohnte, heimgesucht wurde.

Kapitel 5

Gemütlich breitete Ella ihren Zeichenblock vor sich aus. Geistesgegenwärtig hatte sie ihn noch in ihren Rucksack gepackt, dafür hatte sie vergessen, genügend Unterwäsche einzupacken. Man muss im Leben nun einmal Prioritäten setzen und diese waren glasklar. Sie musste über sich selbst schmunzeln. Das war mal wieder typisch für sie. Schon früher im Urlaub hatte sie die essenziellen Dinge zu Hause liegen lassen. So hatte sie im Kroatienurlaub ihren Badeanzug, so wie auch ihr Badehandtuch, dazu ihre neue Taucherbrille, die ihre Mum extra gekauft hatte, vergessen. Dafür war ihr ganzer Koffer voll mit Stiften und Blättern. Auch an ihren Tuschkasten hatte sie gedacht. Man wusste schließlich nie so genau.

Anfangs war ihre Mum furchtbar wütend auf sie gewesen. Schließlich hatte sie extra für diesen Urlaub eine Schnorchelausrüstung gekauft. Auch der Badeanzug war brandneu, der in diesem Urlaub eingeweiht werden sollte. Es war das erste Mal, dass Ella ganz allein für den Urlaub packen durfte. Sie wollte ihre Mum damit ein wenig entlasten, die vor Ausflügen und Urlauben immer furchtbar gestresst war. Sie plante ihre Reisen immer bis ins kleinste Detail, dadurch konnte sie vor lauter Organisation das Drumherum gar nicht mehr richtig genießen. Aber so war sie nun mal, denn sie wollte es immer allen recht machen. Jeder sollte auf seine Kosten kommen und ja nicht enttäuscht werden. Dass sie sich selbst dabei oft aus den Augen verlor, war ihr wohl nie bewusst gewesen. Natürlich war Ellas Vater dabei auch keine große Unterstützung. Während Sandra, Ellas Mum, durch das Haus wirbelte, es sauber und gemütlich hielt, lag Klaus meist nur auf der Couch und beschwerte sich, wenn etwas nicht passte. Es gab immer etwas, was nicht perfekt war und dringend ausgebessert gehörte.

Während Sandra das Herz und die Seele der Familie war, war Klaus noch nicht mal ein großer Zeh. Allerhöchstens so einer mit einem eingewachsenen Zehennagel, der bei jedem Schritt schmerzte. Trotzdem hatte Sandra immer versucht, Ella die bestmögliche Kindheit zu bescheren, die es gab. An ihre Mum hatte Ella hauptsächlich gute Erinnerungen. Sie war warmherzig, geduldig und sanftmütig gewesen. Eine Person, die von jedem geliebt wurde. So hatte Ella sie zumindest immer gesehen.

Wenn sie jetzt mit ein wenig Abstand darüber nachdachte, fiel ihr auf, dass ihre Mum wohl eine sehr einsame Frau gewesen sein musste. Sie war ihr selbst vermutlich nicht ganz unähnlich. Sandra war sehr schüchtern und zurückhaltend gewesen, die es immer allen recht machen wollte. Am Ende war sie vermutlich an ihrer Barmherzigkeit zerbrochen. Ella war sich sicher, dass Sandra an Depression gelitten haben musste, wahrscheinlich war auch sie an einer Essstörung erkrankt. Aber über all das wurde in ihrer Familie nicht geredet. So etwas passte nämlich nicht in das allzu perfekte Bild der Vorzeigefamilie, welche Klaus immer allen vorgaukeln wollte. Schlimm genug, dass Ellas Mum so früh verstorben war, eine Familie ohne Mum ging natürlich gar nicht. Was würden denn da nur die anderen von ihnen denken?

Während sich Klaus den Kopf darüber zerbrach, wie sie nun wohl in der Öffentlichkeit dastanden, versuchte Ella das Andenken ihrer Mum zu wahren. Nachdem die anfängliche Trauerphase bewältigt war, hatte sie sich ganz viele Fotos ausgedruckt und damit zwei Fotoalben gefüllt. Die Fotos zeigten viele der wundervollen Momente, die sie gemeinsam erlebt hatten. Die glücklichen, aber auch die, die weniger glücklich waren. Aber alles waren Erinnerungen, die Ella nun versuchte, zu konservieren und so lange wie möglich in ihrem Herzen und Geiste zu bewahren. Vor ungefähr drei Jahren hatte sie sich dann ein altes Foto von Sandra geschnappt, welches sie porträtierte.

Stundenlang hatte sie an einer ersten Skizze gesessen, um immer wieder die Linien auszubessern. Der Bleistift hatte über die Leinwand gekratzt und langsam, Strich um Strich, war eine Zeichnung entstanden. Mit diesem Bild wollte Ella all die guten Eigenschaften, die ihre Mum ausgemacht hatten, einfangen und nach außen transportieren. Dafür hatte sie sich extra eine große Leinwand gekauft. Auf einer Leinwand kamen Bilder einfach immer schöner und eleganter rüber, als auf dem Papier. Irgendwo hatte sie Acrylfarbe gefunden, sie war schon alt gewesen, aber immer noch gut zu gebrauchen. Damit hauchte sie der Skizze ein wenig Leben ein. Auch wenn sie lieber gedecktere Farben mochte, hier sollten die Farben strahlen. Das Bild sollte, zwischen all ihren schwarzweiß Zeichnungen herausstechen. Es sollte laut: „Hier bin ich!", rufen, wenn man es sah.

Mehrere Tage hatte Ella an ihrem Kunstwerk gesessen, insgesamt vermutlich so um die zweihundert Stunden. Immer wieder hatte sie etwas gefunden, was ihr nicht gefallen hatte, oder was noch besser sein konnte. Also wurde es in mühevoller Kleinarbeit ausgebessert. Mit jedem Pinselstrich, der über die Leinwand glitt, erwachte das Bild mehr zum Leben. So wurde aus der kleinen, unscheinbaren Fotografie ein großes Gemälde, welches, wenn man Ellas Zimmer betrat, sofort einem ins Auge stach. Auch heute noch mochte Ella das Bild sehr gerne. Oft saß sie vor ihm, besonders, wenn die Welt mal wieder schief hing und Ella sich nichts mehr wünschte, als noch einmal in den Armen ihrer Mum liegen zu dürfen, noch einmal ihre sanftmütige Stimme zu hören oder noch einmal ihr Parfüm riechen zu können. In diesen Augenblicken schloss sie die Augen, atmete einmal tief durch und schüttete dem Bild ihr ganzes Herz aus.

Ella glaubte fest daran, dass ihre Mum all das mitbekam und immer an ihrer Seite stand. Auch wenn sie sie nicht sehen konnte, wusste sie, sie war immer hier und wich nicht von ihrer Seite. Egal, wie schlecht es ihr ging oder was sie durchleben musste, Sandra stand an ihrer Seite, legte immer eine beschützende Hand auf ihre Schulter, wie sie es früher gemacht hatte, als

Ella noch klein war und vor etwas Angst gehabt hatte.

Jetzt war Ella alleine und musste selbst schauen, wie sie zurechtkam. Ihr Blick folgte einem Regentropfen, der am Fenster hinunterglitt. Bis er letztendlich auf den Fensterrahmen traf und sich dort zu all den anderen Regentropfen gesellte, die dort schon vor einiger Zeit eingetroffen waren. Ella wandte den Blick ab, denn sie konnte nicht den ganzen Tag Regentropfen beobachten. Oder doch? Was sollte sie denn sonst in diesem einsamen Loch machen? Auch wenn sie nicht der Typ war, der viel auf soziale Kontakte gab oder ständig unterwegs sein musste, war sie ein sehr freiheitsliebender Mensch. Sie liebte es, jederzeit rausgehen zu können, wenn sie wieder ein neues Vogelnest, in dem großen Garten, entdeckt hatte oder wenn der Gärtner im Frühjahr die Beete mit neuen Pflanzen dekorierte, um danach die wundervollen Blumen zu bewundern. An ihnen zu riechen und anschließend ihre Schönheit auf Papier zu bringen.

Wenn die Tage dann wärmer wurden, bekam sie oft Besuch von Schmetterlingen und Bienen, die auf der Suche nach Nahrung waren. Doch hier drinnen gab es keine schönen Blumen, keine Schmetterlinge oder Bienen, die herumsurrten. Hier gab es nur kahle Wände und die Stimmen der anderen, die durch die Tür zu ihr drangen. Es war zum Wahnsinnigwerden. Kein Wunder, dass die Leute in der Psychiatrie häufig tobten. Wenn man nicht bereits vor dem Aufenthalt psychisch erkrankt war, war man es spätestens, wenn man hier wieder rauskam.

Ella hätte ihre Stiefmutter verfluchen können. Sie war noch nicht mal ihre Stiefmutter, sie war nur die Gespielin ihres Vaters. Das gab ihr noch lange kein Recht, sich in ihr Leben einzumischen. Ihr Leben ging sie gar nichts an. Es ging niemanden etwas an. Erst recht nicht diese ganzen wildfremden Menschen hier drinnen. Sie spürte, wie Wut und Verzweiflung in ihr aufkochte. Tränen stiegen ihr in die Augen, sie wollte doch nur nach Hause und nichts mehr hören, nichts mehr sehen. Einfach nichts mehr.

Die Menschen in ihrem Umfeld sollten endlich aufhören, sie immer bevormunden zu wollen, denn sie kam wunderbar allein zurecht. Schließlich war sie keine zwölf mehr, sondern einundzwanzig Jahre alt und durchaus in der Lage, für sich selbst zu sorgen. Wütend stand Ella auf und schmiss sich aufs Bett. Noch bevor die ersten Tränen über ihre Wangen liefen, vergrub sie ihr Gesicht in die Kissen. Es brach aus ihr heraus, als wäre ein Staudamm gebrochen, der seit vielen Jahren Massen an Emotionen, Druck, Verlust und Trauer zurückgehalten hatte, dem aber nun nicht mehr standhielt. Ihr ganzer Körper schüttelte sich. Damit man die vielen Schluchzer von draußen nicht hören konnte, musste Ella ihren Kopf noch weiter ins Kissen drücken.

Es kam ihr vor, als würde sie auf einmal alles herauslassen, was sich die letzten Jahre angestaut hatte. Eine Art emotionales „Erbrechen". Sie „erbrach" all das Negative, was ihren Körper und Geist so lange geschwächt hatte. Lange lag sie da, den Kopf im Kissen vergraben, während sie auf das Versiegen ihrer Tränen wartete.

Nachdem sie sich wieder beruhigt hatte, die letzten Tränen über ihre Wangen liefen und ihr Körper ruhig und erschöpft auf dem Bett lag, kam es ihr vor, als wären Stunden vergangen. Oder waren es doch nur ein paar Minuten gewesen? Wurde es draußen schon dunkel?

Nein, das konnte nicht sein. Spätestens zum Mittagessen hätte sie ja jemand geholt. Schwer drehte Ella sich auf den Rücken, die hoch zur Decke sah, die weiß, wie jede Wand in diesem Zimmer war. Sie fühlte sich erschöpft und müde, als wäre sie einen Marathon gelaufen oder hätte den Kilimandscharo bestiegen. Doch sie hatte nichts davon getan, denn was sie ihr Leben nannte, war viel härter und kraftraubender, als 42 Kilometer zu laufen oder 5895 Meter in die Höhe zu klettern. Es zerrte an ihren Kräften, als würde eine unsichtbare, unvorstellbare Kraft sie immer weiter zu einem tiefen Abgrund hinziehen. Oft war sie bereits ins Straucheln geraten und gestürzt. Aber jedes Mal hatte sie sich wieder nach oben gekämpft. Nun war der Abhang schon ganz nah, aber ihre Kraftreserven waren beinahe am Ende. Lange würde sie dieser Kraft nicht mehr standhalten können. Bei der nächsten Unsicherheit würde sie fallen und keiner wusste, wie tief.

Kapitel 6

*I*rgendwann musste sie eingeschlafen sein. Durch ein Klopfen an der Tür wachte sie auf. Jedoch war Ella so erschöpft, sie schaffte es nicht, die Augen zu öffnen, um zu sehen, wer nun das Zimmer betrat. Die Person blieb mitten im Raum stehen, schien zu überlegen, ob sie Ella nun aufwecken sollte oder es einfach bleiben ließ. Die Sekunden verstrichen. Ella versuchte ganz ruhig weiter zu atmen und sich nicht anmerken zu lassen, dass sie bereits wach war. Letztendlich entschied sich die Person allerdings doch dazu, Ella weiter schlafen zu lassen. Leise schloss sich die Tür wieder.

Entspannt atmete Ella aus. Sie fühlte sich ausgelaugt. Die Anstrengung der letzten Tage, dazu die schlaflose Nacht, schien nun ihren Tribut zu fordern. Ellas Augen waren angeschwollen und brannten, so müde war sie. Trotzdem zwang sie sich, die Augenlider zu öffnen. Ihr Blick fiel in den Raum, sie hatte sich während des Schlafs auf die Seite gedreht. Viel gab es eh nicht zu sehen. Noch immer war dort nicht mehr als ein Stuhl, dazu ein Schreibtisch. An einem der Tischbeine lehnte noch immer Ellas kleiner, schwarzer Rucksack. Das Einzige, was sich seit heute früh verändert hatte, war, dass ihr Rucksack nun geöffnet war und ihre Zeichenunterlagen mittlerweile auf dem Tisch lagen.

Ganz langsam erhob sie sich. Die harte Bettkante

war ungemütlich. Es war kalt. Obwohl Ella bereits einen dicken Pullover trug, fror sie und das im August. Aber in diesem Jahr spielte das Wetter prinzipiell oft verrückt. Anfang Februar war es bereits fünfzehn Grad gewesen. Drei Wochen später lag wieder zehn Zentimeter dicker Schnee, dabei waren es ungefähr dreißig Grad weniger. Der Sommer war geprägt von regnerischen Tagen und milden Temperaturen. Während sich alle über das Wetter beschwerten, genoss Ella die daraus resultierende Zeit, die sie ohne schlechtes Gewissen auf ihrem Zimmer verbringen konnte.

Ohne Vorwarnung flog plötzlich die Tür auf. Erschrocken zuckte Ella zusammen. „Hey schöne Frau, wir dürfen ne Runde Hofgang genießen. Kommst du mit?", fragte Lukas fröhlich grinsend, der in der Tür stand.

„Ähm, also ich weiß nicht so genau", stotterte Ella überfordert. Ihr Blick fiel aus dem Fenster. Noch immer regnete es in Strömen.

„Ach komm, willst du den ganzen Tag in diesem Loch sitzen?", hakte Lukas näherkommend nach.

Obwohl er nicht sehr vertrauenswürdig aussah, strahlte er eine gewisse Ruhe aus. Seine braunen Augen lugten freundlich und aufgeweckt hinter seinen lockigen Haaren hervor. Er reichte Ella seine Hand. Nach kurzem Zögern streckte sie ihre Hand aus und legte sie behutsam in seine, die warm war, aber rau, dann zog er sie hoch. Für einen kurzen Moment begegneten sich ihre Blicke. Ella schien, als könnte sie sich in seinen Augen verlieren. Doch dieser Moment wurde jäh unterbrochen, als Maggy plötzlich im Türrahmen stand. „Hey Lukas, wie war das noch mal mit dem kein Körperkontakt und keine gemischten Zimmer", lachte sie auf.

Selten hatte Ella eine so fröhliche, von positiver Energie übersprudelnde Person getroffen. Warum sie wohl hier war? Vielen psychisch Kranken sah man die Erkrankung bereits an. Wenn nicht, ließen sich oft schon im ersten Gespräch Verhaltensauffälligkeiten feststellen. Zumindest fiel es Ella leicht, so etwas zu erkennen. Doch bei Maggy war das anders. Sie schien eine meterhohe Wand um sich herum aufgebaut zu haben und diese mit einer perfekten Fassade verkleidet zu haben.

„Ich hab ihr nur aufgeholfen. Das ist kein Körperkontakt, sondern eine freundliche und hilfsbereite Geste." Schnell ließ er Ellas Hand los und baute sich drohend vor Maggy auf. Die verschränkte nur gelangweilt ihre Arme vor der Brust, dabei zog sie ihre Augenbrauen hoch. Lukas ließ von ihr ab, dann ging er aus dem Raum. Auf dem Gang drehte er sich noch einmal um und rief: „Wir sehen uns gleich, Kleines."

„Dieses Arschloch, der denkt auch, er kann jede haben", beschwerte Maggy sich kopfschüttelnd.

„Ich weiß nicht, ich mag ihn irgendwie!", entgegnete Ella leise.

„Ach komm, das ist doch nicht dein Ernst. Der Typ ist total übergriffig und wohl die toxischste Person, die hier rumläuft. Wenn ich dir einen Rat geben darf, halt dich von ihm fern. Der macht nur Ärger", wandte Maggy sich an Ella, dabei sah sie ihr ernst in die Augen. „Vertrau mir! An so Typen wie ihm verbrennt man sich die Finger. Das habe ich zur Genüge durch." Mit einer abweisenden Handbewegung winkte sie ab. „Jetzt komm, sonst gehen die ohne uns los." Freundschaftlich griff Maggy nach ihrem Arm, um sie aus dem Zimmer zu ziehen, die bereitwillig mitging.

Auf positive Weise hatte Maggy eine ansteckende Art, sie riss einen wortwörtlich einfach mit. „Hey, darfst du auch schon mit in die Freiheit?", begrüßte Ally die zwei. Sie trug dicke, schwarze Stiefel mit einem circa acht Zentimeter hohen Plateau. Um ihr schwarzes Kleid vor dem Regen zu schützen, trug sie jetzt einen quietschgelben Regenmantel, der ihr bis zu den Knien reichte. Neben ihr standen Lukas und Maya. Auch Maya hatte eine Regenjacke angezogen, allerdings war diese nicht ganz so auffällig wie die von Ally.

„Darf ich mitkommen?", fragte Ella schüchtern, denn sie war sich noch nicht ganz sicher, wie streng hier alles ablief. Eigentlich hatte sie gedacht, sie war tatsächlich hier drinnen eingesperrt. Zu ihrem eigenen und den Schutz der Mitmenschen, wie es doch so oft hieß.

„Ja, gerne. Es darf mit, wer möchte. Aber bei dem Mistwetter trauen sich noch nicht einmal die ganzen Raucher raus", kicherte Maya.

„Na, so würde ich das nicht sagen, bis ich nicht mehr zum Rauchen rausgehe, muss schon ein bisschen mehr vom Himmel kommen als ein paar Regentropfen", verbesserte sie Lukas.

„Na, wenn Sie das sagen. Das mit dem Rauchen ist für mich eh ein Mysterium. Ich habe noch nie verstanden, was die Leute daran finden. Das schmeckt doch nicht", redete Maya weiter, während sich die Gruppe langsam Richtung Ausgang bewegte.

„Es geht ja auch nicht um den Geschmack", brachte sich Ally mit in das Gespräch ein.

„Um was denn sonst?", hakte Maya nach, die die erste Tür aufschloss. Die Gruppe gelangte in einen Zwischenraum. Die Station war mit zwei Ausgangstüren gesichert. Um die Sicherheit garantieren zu können, wurde immer nur eine Tür aufgeschlossen, dann erst, wenn diese wieder zugesperrt war, die nächste.

Als Ella hinaustrat, traf sie ein kühler Windstoß und unzählige Regentropfen. Wenn sie es nicht besser wüsste, würde sie sagen, es wäre bereits Mitte Oktober. Schnell zog sie ihre Jacke fester um ihre schmale Taille.

„Halleluja, das nenne ich mal ne Wespentaille!", tönte Lukas, dabei sah er Ella entgeistert an.

Sofort sah sie an sich hinunter. Natürlich, bis jetzt hatte sie nur weite Kleidung getragen, die nicht verriet, wie dünn sie tatsächlich war. Durch das Festziehen ihrer Jacke konnte man dies nun zumindest erahnen.

„Herr...", räusperte Maya sich und sah ihn mahnend an. Sie war wirklich bemerkenswert. Obwohl sie noch so jung war, war sie eine Persönlichkeit, die man ernst nahm. Von ihrem Auftreten her schien sie viel älter und reifer, als sie eigentlich war, auch wenn sie noch in der Ausbildung war, wirkte sie wie eine, die wusste, wovon sie redete. Eines Tages würde sie eine großartige Krankenschwester sein.

„Ja, ist doch so!", meinte Lukas, blieb stehen und sah die drei Frauen an.

„Das mag schon sein, deswegen urteilen wir hier trotzdem nicht über die Figur von anderen Menschen. Das möchten Sie bei sich ja auch nicht", erklärte sie, dabei schaute sie provokant auf Lukas nicht ganz so schlanke Taille.

„Meine Güte, man kann sich auch anstellen", schnaufte er Augen verdrehend.

„Jap, das stimmt!", mischte sich nun auch Maggy mit ein. Gemütlich hakte sie sich bei Ella unter, danach ging die Truppe weiter an der Baustelle direkt am Haupteingang vorbei, dann an den Gebäuden, wo jedes noch trauriger aussah als das vorhergehende. Neugierig schaute Ella sich um. Bei ihrer Ankunft war es bereits dunkel gewesen, sodass sie gar nicht so genau wusste, wo sie eigentlich war. Das Gelände war sehr hügelig. Sie gingen an einem großen Gebäudekomplex vorbei, der von einem hohen Zaun und Stacheldraht umzäunt war. Überall hingen Überwachungskameras und Schilder mit der Aufschrift: Dieser Bereich ist videoüberwacht. Die Kontaktaufnahme mit Insassen ist verboten.

„Was ist das für ein Gebäude?", fragte Ella, dabei zeigte sie auf den Stacheldraht.

„Die forensische Psychiatrie.

Dort kommen psychisch kranke Personen hin, die eine Straftat verübt haben", erklärte Maya.

„Also immer schön brav bleiben. Die haben dich schneller, als du niesen kannst", flüsterte Lukas ihr zu.

Dies hatte Maggy gehört. „So wie du?", erwiderte sie.

„Was soll das denn jetzt heißen?", fragte Lukas mit gespieltem Entsetzen. Beide lachten. Ella verstand nicht ganz. Anscheinend war Lukas nicht ganz der brave Bürger, den er Ella versuchte, weiszumachen. Da Lukas wohl Ellas fragenden Blick bemerkt hatte, meinte er: „Brauchst gar nicht so gucken. Ganz unschuldig sind wir hier alle nicht." Kurz zögerte er, dabei musterte er Ella genau. „Na ja, du vielleicht nicht."

Ella war sich nicht ganz sicher, ob das gerade eine Beleidigung sein sollte oder einfach nur eine flapsige Bemerkung.

Noch immer prasselte der Regen auf sie herab. Mittlerweile war Ellas Jacke durchnässt. An eine Regenjacke hatte sie nicht gedacht, an einen Regenschirm erst recht nicht. Ihre Haare trieften, die Tropfen flossen über ihr Gesicht und in ihren Nacken, sie fror. Aber alles war besser, als den ganzen Tag nur eingesperrt in ihrem Zimmer zu sitzen. Um sich ein wenig vor dem Regen zu schützen, hatte Ella den Blick gesenkt. Als sie aufblickte, sah sie, wie Lukas sie wieder beobachtete. Er sah sie mitleidig an, zog wortlos seine Jacke aus, dann hielt er sie Ella unter die Nase. Die wollte schon zu einem verneinenden Kopfschütteln ansetzen, als Lukas ihr kurzerhand die Jacke behutsam über die Schultern legte. „Keine Widerrede, du holst dir noch den sicheren Tod, wenn du weiter so durchnässt durch die Gegend läufst. Außerdem sieht das beschissen aus."

Jetzt musste Ella schmunzeln. „Kannst du eigentlich auch irgendwas aus reiner Nettigkeit tun?" Ein wenig ging sie schneller, um wieder neben Maggy und Maya zu gelangen. Die zwei Frauen waren ein bisschen besser gegen das schlechte Wetter geschützt und trugen beide Regenschirme bei sich. Maggy holte tief Luft, dann schloss sie für einen kurzen Moment die Augen. „Ach, tut das gut, mal ein bisschen rauszukommen! Auf Station herrscht immer so stickige Luft. Frau ... erzählen Sie mal. Was machen Sie heute noch so nach der Arbeit?"

„Ich glaub, ich leg mich erst noch mal hin. Das schlechte Wetter raubt mir irgendwie noch meine ganze Motivation, danach muss ich noch etwas für die Schule lernen. Und Sie?", erkundigte sich Maggy.

Während Maya und Maggy sich über ihre weiteren Tagespläne unterhielten, schweiften Ellas Gedanken ab. Weit weg an einen Ort, wo die Welt noch in Ordnung war, wo die Sonne schien und die Vögel ein wundervolles Lied sangen.

Kapitel 7

Insgesamt waren sie eine gute halbe Stunde unterwegs gewesen, als sie schließlich völlig durchnässt und halb erfroren die erste der Sicherheitstüren öffneten. Als sie die Station betraten, herrschte dort reges Treiben. Die Patient*innen hatten sich bereits alle vor der Küche versammelt. Schnell huschte Ella in ihr Zimmer, denn sie musste die nasse Kleidung loswerden. Ein Blick in ihren Rucksack verriet ihr, dass das wohl etwas schwierig werden könnte. Wohl oder übel musste sie doch noch einmal zu Hause anrufen, um nach frischer Kleidung zu fragen. In den Tiefen ihrer Taschen fand Ella dann doch noch eine Jeans, dazu ein T-Shirt. Auf Unterwäsche würde sie wohl tatsächlich verzichten müssen. Gerade in der engen Jeans gab es deutlich Angenehmeres.

Na ja, es half ja alles nichts. Hastig schälte Ella sich aus der nassen Kleidung, die unangenehm an ihrem Körper klebte. Nachdem sie endlich wieder in trockenen Sachen steckte, hing sie die alte Kleidung über die Heizung zum Trocknen auf. Ihre Haare band sie zu einem Dutt hoch. Vielleicht würde sie nach dem Essen noch eine warme Dusche nehmen. Sonst wäre eine Erkältung vorprogrammiert. Als Kind war Ella nie krank gewesen, sie hätte im größten Schneesturm stundenlang spielen können und hatte danach noch nicht einmal eine laufende Nase. Seit ein paar Jahren war das nun anders. Schnupfen hatte Ella meist das ganze Jahr über, mindestens alle drei Monate kam noch etwas dazu. Von Blasenentzündungen über eine einfache Grippe bis hin zu Mandelentzündungen quälten sie dann. Die letzten drei Jahre hatte Ella alles mindestens einmal gehabt. Die Ärzte sagten, es wäre wegen ihres Untergewichts, aber was machte schon ein bisschen weniger auf den Rippen aus? Wahrscheinlich war es doch einfach nur das Alter und das sie nicht mehr so oft draußen war, um genügend Abwehrstoffe zu bilden. Insgeheim wusste Ella, dass dies nicht stimmte, aber es war immer noch leichter, als sich einzugestehen, dass ihr Gewicht ein Problem war.

Das Mittagessen verlief ohne große Auffälligkeiten. Gemeinsam mit Frau Pongratz aßen Ella und Julia wieder in ihrem Extrazimmer. Da es zu Mittag nur Fleisch mit Fleischbeilage gab, hatte Ella doch mit der Sprache rausrücken müssen, dass sie keine tierischen Produkte zu sich nahm. Da es keine großen Alternativen gab, gab es für Ella Salzkartoffeln. Das reichte ihr allerdings eh schon vollkommen aus. Auch wenn es nur ganz kleine Kartoffeln waren, war Ella nach dem Essen schlecht. Ihr Magen war so große Portionen einfach nicht mehr gewöhnt. Die halbe Stunde auf der Bank zog sich ewig und Ella wurde immer übler. Die Kartoffeln mussten raus. Es half nichts.

Nach dem Mittagessen gab es eine Stunde Mittagsruhe. Das hieß, alle mussten in ihren Zimmern bleiben. Diese Zeit nutzte Ella, um sich unbemerkt auf die Toilette zu begeben. Nachdem der erste Schwall Salzkartoffeln aus ihr herausgekommen war, fiel eine kleine Last von ihr ab. Die erste Träne rollte über ihre Wange. Ihre Bauchmuskeln verkrampften sich. Immer und immer wieder. Ihr Körper wusste mittlerweile von allein, was zu tun war. Möglichst leise versuchte Ella das verhasste Mittagessen wieder aus sich heraus zu befördern. Sie mochte es einfach nicht, wenn ihr Bauch so voll war. Das war unnatürlich. Erst als sie fertig war, sank sie auf die Knie. Ihr Hals brannte und ihr Bauch tat weh. Aber so war das nun mal. Was will man ändern? Wenn sie so viel in sich reinstopfen musste, musste sie halt anschließend dafür bezahlen. So war das nun mal. Fehlende Disziplin musste bestraft werden. Ella griff an ihren Unterarm. Die Wunden brannten, wenn sie drankam. Genau das, was sie jetzt brauchte. Langsam, ganz langsam stand Ella auf, denn sie durfte nicht zu lange hier drinnen bleiben. Am Ende würde noch jemand vom Pflegepersonal etwas mitbekommen. Dumme Fragen brauchte sie jetzt nicht. Schließlich war sie noch nie eine Person gewesen, die Ärger machte oder sich nicht an Regeln hielt. Sie hatte schon ein schlechtes Gewissen, wenn sie nur daran dachte, über eine rote Ampel zu laufen. Das, was sie eben gemacht hatte, war gegen die Regeln.

Irgendwo war ihr bewusst, dass ihr hier niemand etwas Böses wollte und sie eigentlich nur hier war, um Hilfe zu bekommen. Aber sie konnte diese Hilfe einfach nicht annehmen, denn sie brauchte keine Unterstützung. Also blieb das Personal der Feind und

Ella das Opfer, die versuchen musste, sich vor dem Feind zu schützen. Sie betätigte die Spülung. Mindestens dreimal, nicht das noch irgendwelche Speisereste übrig blieben und sie entlarvt wurde. Als sie sich im Waschbecken die Hände wusch, fiel ihr Blick in die Metallscheibe, die den Spiegel ersetzte. Das, was sich in der Oberfläche abzeichnete, missfiel ihr sehr. Ihre Augen waren von dunklen Augenringen gezeichnet, zudem waren sie aufgequollen und ganz rot von dem ständigen Geheule. Ihre Wangenknochen stachen hervor, da ihre Wangen ganz eingefallen waren. Sogar ihre Haare standen in alle Richtungen ab, die immer noch ganz nass waren. Später würde sie wirklich zu Hause anrufen müssen und um frische Kleidung bitten. Davor konnte sie nicht duschen gehen. Ein großes Handtuch hatte sie schließlich auch nicht dabei. Telefonzeit war allerdings erst um 16:00 Uhr, bis dahin musste sie warten.

Angeekelt wandte sich Ella von ihrem Spiegelbild ab. Erneut griff sie fest um ihren Unterarm. Wie das brannte. Kurz atmete sie durch. Noch ein kurzer Blick in die Toilette, ob auch wirklich keine Spuren mehr vorhanden waren, dann versuchte sie möglichst ungesehen zurück in ihr Zimmer zu gelangen.

Als sie den Raum betrat, fiel ihr Blick auf ihren Zeichenblock. Die Mittagspause würde sie dazu nutzen, endlich ein wenig zu zeichnen. Auch wenn es mit der Inspiration hier eher schwierig war. Sie würde einfach anfangen. Eine Zeichnung musste man schließlich nicht immer planen, sie entstand und wuchs mit jedem

Strich. Mit jeder Berührung mit dem Stift hauchte sie dem Bild mehr Leben ein. So entstanden gute Zeichnungen, nicht indem man stumpf etwas abmalte. Das konnte schließlich jeder.

Nein, eine richtig gute Zeichnung erzählte eine eigene Geschichte. Durch die vielen Details, Liebe und Hingabe des/der Künstler*in wuchs sie und entfaltete mit dem letzten Pinselstrich ihre ganze Schönheit. Nicht falsch verstehen: Auch Ella zeichnete gerne nach Modell. Eine Inspiration zu haben, war nie verkehrt. Aber es war am Ende immer nur eine Inspiration und ansonsten dem/der Künstler*in selbst überlassen, wie sie dieses interpretieren wollte.

Am Ende entschloss Ella sich für einen Ort, an dem sie jetzt viel lieber wäre als hier. Sie kannte diesen Ort nicht, vielleicht war sie schon einmal dort gewesen und hatte es einfach nur vergessen, oder es war tatsächlich einfach nur ein Produkt ihrer Fantasie. Wahrscheinlich war es eine Mischung aus beiden. Beim Ansetzen vom Bleistift war sie sich noch gar nicht so sicher, wohin die Reise gehen sollte. Doch mit jedem Strich mehr, der auf dem Papier zu sehen war, entstand etwas. Eine Welt voll mit Blumen, Gräsern, Bäumen und kleinen Lebewesen. Diese Welt, die dort auf dem Papier erschaffen wurde, sah aus, als stamme sie direkt aus einem Märchen. Wahrscheinlich tat sie das auch.

Ella liebte das Geräusch, wenn der Bleistift über das Papier kratzte. Es hatte etwas Beruhigendes, beinahe Meditatives für sie. Plötzlich saß sie nicht mehr an einem Schreibtisch in einem viel zu kahlen Raum. Nein, sie tauchte ein in eine wunderschöne Welt und wachte auf weichem Moos sitzend auf. Jetzt war sie nicht mehr die kleine, viel zu dünne Ella, die man in die geschlossene Psychiatrie stecken musste. Nun war sie eine freie, glückliche Frau ohne Sorgen und Probleme, die zufrieden auf einem mit Moos bedeckten Stein saß, umgeben von einer wunderschönen Blumenwiese. Über ihr hingen die Blätter einer Weide. Man könnte meinen, sie würden einen beobachten wollen, was die glückliche Frau dort auf das Papier brachte, so tief hingen sie hinab. Um sie herum blühte das Leben. Ein Reh stand am Ende der Lichtung. Überall flogen Vögelchen herum. Einer hatte sich direkt auf den Rand des Blocks gesetzt und sah der Frau zu, wie sie Strich um Strich alles um sich herum auf Papier brachte.

Lange saß Ella an ihrem Tisch und war ganz versunken in ihrer Fantasiewelt. Zwischenzeitlich hatte es aufgehört zu regnen, dies hielt allerdings nicht lange an. Nur kurze Zeit später schüttete es schon wieder wie aus Eimern. Von draußen hörte sie, wie die anderen Patient*innen laut sprachen und teilweise auch lachten. Sofort erkannte sie die Stimme von Lukas und Maggy. Manchmal ertappte sie sich bei dem Gedanken, jetzt doch gerne mit ihnen Zeit verbringen zu wollen. Das war ihr bis jetzt noch nie passiert. Sie hatte immer die Zeit alleine jeglicher Gesellschaft vorgezogen. Aber obwohl das hier ein so mit Schicksalen behafteter Ort war, fühlte sich Ella wohl. Aber sie konnte sich gar nicht so recht erklären, woher das kam.

Was hatte Ally vorhin gesagt? Psychiatrie war Familie? Das schien Ella dann doch ein wenig übertrieben, aber irgendwie hatte sie wohl recht. Keiner hier hatte sie bis jetzt verurteilt oder sie komisch angesehen. Alle waren supernett und offen gewesen. So hatte Ella sich das hier nicht vorgestellt, dann gab es da ja noch Lukas. Wenn sie an ihn dachte, wurde ihr gleich ein wenig wärmer. Vielleicht war er nicht der gute Junge von nebenan, aber das waren sie hier alle nicht. Er wirkte so, als hätte er das Herz am rechten Fleck. Normalerweise hatte Ella eine sehr gute Menschenkenntnis. Aber nein, sie wollte hier nicht die Liebe fürs Leben finden. Eigentlich wollte sie hier doch gar nichts finden. Weder Liebe noch Freundschaft. Sie wollte nur hier raus. Oder?

Plötzlich spürte Ella, wie sich etwas in ihr veränderte. Nicht viel, nicht gravierend. Aber da war etwas, was sie nun nach draußen zog. Vielleicht war es das Lachen, das ansteckend auf sie wirkte, oder das Gefühl der Einsamkeit, welches sie schon seit so vielen Jahren in sich beherbergte. Egal, was es war. Es bewegte sie dazu, ihren Stift wegzulegen und das, obwohl ihr Bild noch lange nicht fertig gezeichnet war. Aber Ella war es gerade nicht mehr nach zeichnen, denn sie wollte nicht alleine hier rumsitzen und dumm gegen die Wand starren. Sie wollte auch Witze machen und die anderen ein wenig besser kennenlernen.

Schließlich stand Ella auf und ging zur Tür.

Die Gruppe saß im Gemeinschaftsraum, die ein Kartenspiel spielte. Recht viel mehr blieb ihnen hier auch nicht übrig. Handys hatten sie alle abgeben müssen, Fernsehen durften sie nur dienstags und donnerstags. Zu einem Buch würde hier wahrscheinlich auch keiner greifen. Das Gelächter verstummte, als Ella den Raum betrat. Doch es war kein peinliches Schweigen, wo man gleich merkte, dass man unerwünscht war. Stattdessen sah Ella in fünf Gesichter, die aussahen, als würden sie sich freuen, Ella zu sehen. Das kannte sie so nicht. Noch nicht einmal zu Hause freuten sich die Menschen, sie zu sehen oder zumindest wurde die Freude sehr gut versteckt.

„Heeeeeyy Ella, hast du dich auch mal aus deiner Einzelhaft befreit?", begrüßte sie Lukas, der die Arme ausbreitete. Neben ihm saßen Jonas und Maggy. Ihnen gegenüber hatten Julia und Ally einen Platz auf zwei Stühlen gefunden.

„Komm doch mit her. Wir spielen Uno, da kannst du gerne noch mit einsteigen", lud Julia sie ein.

„Ja, komm her. Rutsch mal, Dicker!", schnaufte Lukas, dabei versuchte er Jonas von der Couch zu schubsen.

Der sah ihn entgeistert an. „Sag mal, spinnst du?", krächzte er, dann wandte er sich Ella zu: „Kannst froh sein, dass du eine Frau bist. Sonst würde ich jetzt nicht aufstehen." Tatsächlich stand er aber auf und ließ sich auf einen roten Sitzsack fallen, der neben dem Sofa stand.

„Na, da bin ich doch froh, dass du so ein wohlerzogener junger Mann bist, der mir ganz gentlemanlike seinen Platz überlässt", entgegnete Ella ironisch und setzte sich neben Lukas auf die Couch.

Die Gruppe lachte und Jonas versuchte, eine Verbeugung anzudeuten. Das gelang ihm mehr schlecht als recht. Im Sitzen war das aber auch wirklich schwierig. Plötzlich legte Lukas einen Arm um Ellas Schultern. Sie war sich nicht ganz sicher, ob sie das nun übergriffig oder ganz gut finden sollte, aber sie genoss es. Was natürlich nichts daran änderte, dass es wirklich übergriffig war. Bei jemand anderen hätte sie es nicht geduldet. Jedoch strahlte Lukas irgendetwas aus, was sie beruhigte und sie sich sicher fühlen ließ. Die Bewegung war Ally auch aufgefallen. Mit hochgezogenen Augenbrauen sah sie Ella fragend an. Die machte ihr mit einem unauffälligen Kopfschütteln klar, vorerst keine Fragen zu stellen.

„Ich weiß gar nicht, wann ich das letzte Mal Uno gespielt habe." Dadurch fühlte Ella sich ein wenig in ihre Kindheit zurückversetzt. Gemeinsam mit ihren Eltern hatte sie regelmäßig Spieleabende veranstaltet. In „Mensch ärgere dich nicht", war sie immer unschlagbar gewesen. So sammelte Julia noch einmal alle Spielkarten ein, mischte sie, dann verteilte sie sie neu. Bei ihr sah das sehr locker und leicht aus, fast wie bei dem Personal in Casinos, wenn sie die Karten neu austeilten.

Es war ein entspannter Nachmittag. Selten hatte Ella an einem Tag so viel gelacht wie heute. Sie redeten über Gott und die Welt, machten Witze und alberten herum. Obwohl es eine wirklich angenehme und entspannte Atmosphäre war, lastete auf allen Schultern eine unsichtbare Last, die im ganzen Raum zu spüren war. Jeder hier hatte sein eigenes Päckchen zu tragen, daraus wurde auch kein Geheimnis gemacht. Sie sprachen viel über die Gründe, wie jeder von ihnen hierhergekommen war. Ally war bereits das dritte Mal hier, davor war sie schon unzählige Male in der Kinder- und Jugendpsychiatrie gewesen. Als junges Mädchen war sie regelmäßig von ihrem Vater und später auch von ihrem Bruder misshandelt und geschlagen worden. Seit vielen Jahren kämpfte sie seitdem mit Depressionen, Suizidgedanken und einer Borderlinestörung.

Maggy teilte ein ähnliches Schicksal. Ihre Eltern hatten sich früh getrennt. Die Trennung verlief nicht gerade harmonisch. Ihr Vater, oder wie sie ihn nannte, ihr Erzeuger, hatte sie und ihre Mum häufig geschlagen. Daher hatte Maggy ihre halbe Kindheit in irgendwelchen Frauenhäusern verbracht. An ihrem zwölften Geburtstag hatte sie ihr Onkel in einen dunklen Raum gezogen und sie dort vergewaltigt. Auch wenn man es ihr nicht anmerkte, sie so tough und stark wirkte, war sie eine gebrochene Seele, die jetzt verzweifelt versuchte, aus dem Scherbenhaufen, den sie ihr Leben nannte, etwas halbwegs Brauchbares zu basteln.

Julia war früher Tänzerin gewesen wie ihre Mum. Die war, bevor sie mit Julias Bruder schwanger wurde, eine Solistin im Nationalballett. Nach der zweiten Schwangerschaft hatte sie ihre Karriere endgültig an den Nagel hängen müssen. Das nahm sie beiden Kindern immer noch sehr übel. Julia hatte versucht, in die Fußstapfen ihrer Mum zu treten, oder wohl besser gesagt in ihre Spitzenschuhe. Als Kind zeigte sie viel Talent und Ehrgeiz. Die Pubertät hatte sie dafür umso härter getroffen, denn sie nahm an Stellen zu, die sich für eine Tänzerin nicht schickten. Ihr Talent schien auch immer mehr zu schwinden. Sie hielt strikte Diäten, um wieder auf ihren alten Leistungsstand zu kommen, doch es genügte nicht. Es wurde nur noch schlimmer. Im Training hatte sie keine Kraft mehr. An Auftritte war gar nicht mehr zu denken. Irgendwann musste Julia dann den Traum ihrer Mum, Tänzerin zu werden, aufgeben. Was blieb, war eine ständige Unzufriedenheit und eine Essstörung, die sich mit der Zeit immer mehr festigte. Mittlerweile gehörte sie einfach so mit dazu.

Jonas litt seit gut einem Jahr an extremen Angststörungen. Woher die genau kamen, wusste keiner so genau, oder vielleicht wollte er es auch einfach nicht erzählen. Momentan machte er eine Lehre zum Schreiner. Während eines Schulblocks hatte er zunehmend bemerkt, wie ihn gewisse Situationen triggerten. Bis er während einer Stunde plötzlich eine Panikattacke erlitten hatte. Freunde hatten versucht, ihn noch zu beruhigen. Da er sich so in seine Angst reingesteigert hatte und er schließlich ohnmächtig zusammengebrochen war, hatte seine Klassenleitung den Notarzt informiert. Dieser hatte ihn als Erstes in ein somatisches Krankenhaus gebracht. Die Klinik hatte ihn nach einigen Untersuchungen dann weiter an das StAP überwiesen. Seit fast zwei Monaten war er nun hier in Behandlung. Noch immer waren die Panikattacken ein großer Teil seines alltäglichen Lebens, die ihn fast täglich ereilten. Eine Besserung schien nicht in Sicht.

Alle erzählten ihre Geschichten, als wäre es das normalste der Welt, wildfremden Leuten sein Leben zu offenbaren. Aber vermutlich war es das hier auch. Als Ella an der Reihe war, musste sie schlucken. Sie hatte ihre Geschichte schon unzähligen Psychologen und Psychiatern erzählt. In der Schule musste sie ihre Lehrer auch darüber informieren, dann natürlich den Arzt und die nette Schwester in der Notaufnahme, selbst die Frau an der Pforte hatte eine Kurzfassung bekommen. Aber noch nie hatte sie ihre Gefühle, Gedanken und Erlebnisse mit Gleichaltrigen geteilt. Die anderen schienen ihr zögern zu bemerken.

„Du musst es uns nicht erzählen, wenn es dir zu privat ist", versuchte Maggy sie zu beruhigen.

„Na ja, wir haben doch auch alle was erzählt. Wäre jetzt nur Gleichberechtigung. Also find ich!", maulte Jonas von seinem Sitzsack aus.

„Halt´s Maul!", entgegnete Lukas sofort, dabei drückte er Ella an sich. Noch immer hatte er seinen Arm um ihre Schultern gelegt und noch immer genoss Ella die Aufmerksamkeit, die er ihr schenkte. Dann holte sie noch einmal Luft, denn Jonas hatte recht. Sie alle hatten vor Ella, einer Wildfremden, eine Art Seelenstriptease hingelegt, so wollte Ella nachziehen.

Am Anfang fiel es ihr schwer, darüber zu reden, daher lachte sie immer wieder unangenehm. Aber mit der Zeit fiel ihr das Reden immer leichter, die anderen hörten ruhig zu, so hatte Ella das Gefühl, dass keiner ihre Geschichte belächelte. Obwohl den anderen doch so schreckliche Dinge zugestoßen waren. Und bei ihr? Ihre Mum war tot und ihr Vater ein empathieloses Arschloch. Aber war das wirklich ein Grund, hier zu sein? Maggy und Ally waren Vergewaltigungsopfer, ihnen war tatsächlich etwas Grausames widerfahren. Sie hatten einen wirklichen Grund, hier zu sein, einen richtigen Grund, krank zu sein. Oder Julia, kein Wunder, dass sie an dem ganzen Druck irgendwann zerbrochen war. Wer konnte so eine Schikane auch schon standhalten? Dann auch noch von der eigenen Mum? Lukas, was war eigentlich mit ihm? Warum war er hier? Vermutlich nicht, weil er so unfassbar süß aussah. Ein wenig erschrak Ella selbst vor ihren Gedanken. Schließlich war er nicht süß oder gut aussehend. Nein, er war einfach nur nett. Ja, das war es „nett". Trotzdem war er wohl nicht wegen seiner Nettigkeit hier. Vorhin hatte Jonas mal etwas von Drogen gefaselt. Allerdings war Lukas ihm sofort ins Wort gefallen, um das Thema im Keim zu ersticken. Was tat er dann hier? In der Vorstellungsrunde war er als Nächstes dran, dann würde er bestimmt mehr erzählen.

Auch Maggy und Ally würden sicher noch ein paar Infos für sie haben.

Als Ella ihre Geschichte zu Ende erzählt hatte, herrschte kurz Schweigen. Keiner wusste, was er als Nächstes sagen sollte, um die Situation nicht unangenehm werden zu lassen, nutzte sie diese Chance aus. „Und, was ist mit dir? Warum bist du hier?", fragte sie an Lukas gewandt.

Mit versteinerter Miene sah er sie an. „Das geht dich einen feuchten Dreck an", antwortete er angepisst. Ruckartig zog er seine Hand von Ellas Schulter weg, dann stand er auf. Ohne sich noch einmal umzudrehen, stampfte er aus dem Zimmer.

„Ganz heikles Thema bei ihm", verriet Jonas.

Neugierig sah Ella ihn an: „Nein echt, Captain Obvious."

„Er redet da nicht so gerne drüber. Also eigentlich redet er überhaupt nicht darüber. Wir haben nur eine Vermutung", versuchte Maggy sie zu beruhigen.

„Na ja, wen juckts auch. Der ist save ein Junkie, der es einfach nur übertrieben hat", äußerte Ally sich abfällig, denn sie war kein großer Fan von Lukas, dies merkte man sofort.

Irgendwann löste sich die Gruppe immer mehr auf. Als Erstes verschwand Jonas, dann klinkte sich auch Ally aus, da sie einen Termin bei ihrer Psychologin hatte. Die drei Mädels, die zurückgeblieben waren, quetschten sich gemeinsam auf die Couch. Sie sprachen über alles, was ihnen in den Sinn kam. Über ihre Familie und Freunde zu Hause, so wie über ihr

Liebesleben und Erfahrungen, die daraus entstanden waren. Später kam das Thema auf Ellas Zeichnungen auf. Das erste Mal seit einer Ewigkeit zeigte jemand Interesse an Ellas Leidenschaft. Ella fühlte sich tatsächlich so sehr gesehen, dass sie schließlich ihren Zeichenblock holte und den beiden Frauen ihr letztes Werk zeigte.

Beflügelt von der Begeisterung, die die zwei ausstrahlten, erzählte Ella zu jedem Bild die Hintergrundgeschichte. Zuletzt hatte sie ihrer Kunstlehrerin am Gymnasium ihre Kunstwerke gezeigt, die begeistert gewesen war und Ella mehrfach geraten hatte, sich an einer Kunsthochschule zu bewerben. Jedoch bereits in der Oberstufe wurde sie so krank, dass Ella es nie versucht hatte. Am Ende hatte sie ein paar Aushilfsjobs angenommen, wie Kellern oder Regale in Supermärkten einzuräumen. Obwohl sie immer vom Ehrgeiz getrieben war, hatte es für ein Bewerbungsschreiben nie gereicht.

Anfangs hatte Ella auf die Unterstützung ihres Vaters gehofft. Vergeblich! Es war ihm egal, ob sie Arbeiten ging oder nicht. Wahrscheinlich wusste er noch nicht mal, dass sie bereits seit zwei Jahren die meiste Zeit zu Hause verbracht hatte. Nach Geld hatte sie fragen müssen. Sie ging nie weg, wohnte zu Hause, neue Kleidung hatte sie nicht gebraucht und das Ticket für die öffentlichen Verkehrsmittel hatte er ihr immer gezahlt. Für das Studium wäre Ella gerne weggezogen, in eine richtige Großstadt mit einer U-Bahn. In einen Ort mit Millionen von Nachbarn und Menschen aus aller Welt, die dasselbe Ziel hatten, wie sie, sich ihren großen Traum zu erfüllen. Bevor sie auch nur daran denken konnte, hatte sie ihre Krankheit eingeholt. Erbarmungslos ohne Rücksicht auf Verluste hatte es sie zurück auf den Boden gerissen, bevor sie auch nur annähernd die Kraft dazu gehabt hatte, zu fliegen.

Jetzt zeigte sie ihr Portfolio keinen hochrangigen Direktoren einer Hochschule, sondern ihren zwei Mitpatientinnen in einer geschlossenen Psychiatrie. So hatte sie sich ihr Leben nicht vorgestellt und ihre Mum bestimmt auch nicht. Doch jetzt konnte sie auch nichts mehr daran ändern. Irgendwie musste sie weitermachen. Oder vielleicht doch einfach aufgeben? Aufgeben war früher nie eine Option für sie gewesen. In der Schule hatte sie häufig bis spät in die Nacht gelernt, um nur die besten Noten mit nach Hause zu bringen. Auch im Sport war sie in vielen Bereichen sehr talentiert, vor allem mit viel „Biss" ausgestattet gewesen. Als Kind hatte sie Leichtathletik gemacht.

Wäre nicht der Unfall ihrer Mum dazwischengekommen, wäre sie jetzt vielleicht sogar im Profibereich unterwegs. Ach, es wäre so viel gewesen, wenn nicht das oder dies oder jenes noch passiert wäre. Sie musste aufhören, in der Vergangenheit zu leben. Das brachte ihr jetzt auch nichts mehr und machte sie nur noch trauriger. Sie würde sich jetzt endlich damit abfinden müssen, dass vermutlich nichts von dem, was sie sich erträumt hatte, je wahr werden würde.

Dafür hatte sie nicht den richtigen Schneid, wie ihr

Vater so oft betonte. So waren Aufgeben und Versagen zwei Wörter, die sie sehr gut zu praktizieren wusste.

Kapitel 8

Die Frauengruppe wurde schließlich von einer Schwester gestört, die zum Essen rief. Das Abendessen lief wie bereits die zwei Mahlzeiten zuvor ab und wahrscheinlich alle weiteren, die noch folgen würden. Während der anschließenden halben Stunde Strafbank unterhielten sich die zwei Frauen weiter über Kunst. Durch ihre klassische Tanzausbildung hatte auch Julia ein großes Interesse und Wissen an und über verschiedene Bereiche der künstlerischen Darstellung.

Für Ella war es eine Bereicherung, sich endlich mit jemanden zu unterhalten, deren Leben sich auch ausschließlich um die Kunst und ihre Interpretation drehte. Denn auch das Tanzen war nichts anders als bewegte Kunst. Ella fand es faszinierend, wie Tänzer es schafften, nur mit Bewegungen eine ganze Geschichte zu erzählen. Obwohl es so vermeintlich unterschiedliche Bereiche der Kunst waren, hatten der Tanz und auch die malerische Kunst am Ende das gleiche Ziel. Der Künstler wollte den Betrachter abholen, um mit ihm gemeinsam auf eine Reise zu gehen, ihm Gefühle und Erlebnisse zu schildern, wie es Wörter nicht konnten.

Es war erst kurz vor 19:00 Uhr, als Ella sich endlich in ihr Zimmer zurückziehen konnte. Der Tag war anstrengend gewesen. Viele neue Eindrücke und

Ereignisse, die sie verarbeiten musste, prasselten auf sie ein. Jetzt fühlte sie sich leer und ausgelaugt, auf der anderen Seite voll und überfüllt von den ganzen Erlebnissen der letzten vierundzwanzig Stunden. Erschöpft schmiss sie sich aufs Bett. Ihr Blick fiel auf die Decke. Wie lange sie sich die wohl noch anschauen musste?

Irgendwann war sie eingeschlafen. Es war schon dunkel draußen, als Ella hochschrak. Etwas hatte sie geweckt. Im ersten Moment wusste sie gar nicht so recht, wo sie überhaupt war. Das war nicht ihr Bett und auch nicht ihr Zimmer. Es brauchte einige Sekunden, bis es ihr wieder einfiel. Ach stimmt, sie war ja gar nicht zu Hause, sondern im Krankenhaus. Nach dem Abendessen musste sie einfach eingeschlafen sein. Na ja, wen wundert es. Die letzte Nacht war furchtbar gewesen und Ella hoffte, dass diese besser werden würde.

Als sie sich wieder zurechtgefunden hatte, bemerkte sie, dass sie noch ihre Jeans trug, die furchtbar unbequem war. Kein Wunder, dass sie aufgewacht war. Zum Glück hatte sie ja noch ihr Nachthemd dabei. Wegen der restlichen frischen Kleidung musste sie morgen unbedingt zu Hause anrufen, denn sie hatte wenig Lust, hier die ganze Zeit in Jeans rumzulaufen.

Wollte nicht noch die Psychologin vorbeikommen? Hatte sie wohl doch vergessen! Dies konnte ihr allerdings nur recht sein, denn sie wollte nicht schon wieder mit irgendeiner Psychologin reden müssen, die sowieso nicht verstand, was ihr Problem war und ihr dann irgendwelche nutzlosen Tipps gab. Es hatte doch eh keinen Sinn mehr. Außerdem gab es doch gar kein Problem. Zumindest hatte Ella keins. Alle anderen dachten dies nur. Warum auch immer. Langsam quälte sie sich aus ihrem Bett, anschließend aus ihrer Jeans. Schlaftrunken schlüpfte sie in ihr Nachthemd, um danach wieder zurück ins Bett zu fallen, dann zog sie sich die Bettdecke bis zu den Ohren hoch.

Als sie das nächste Mal aufwachte, schauten bereits die ersten Sonnenstrahlen durch das Fenster. Am Abend hatte sie vergessen, die Vorhänge zu schließen. Noch bevor sie das erste Mal die Augen öffnete, beschloss Ella, sich noch einmal umzudrehen. Wahrscheinlich würde es eh gleich an der Tür klopfen und eine der Schwestern würde hereinschneien. Ein paar Minuten versuchte sie noch einmal einzuschlafen, es gelang ihr aber nicht.

Irgendwann gab sie es auf und setzte sich hin. Ihre Haare waren komplett zerzaust, vermutlich hatte sie auch Augenringe, die ihr bis zum Bauchnabel gingen. Aber wen interessierte das hier schon? Beziehungsweise gab es hier auch nicht wirklich einen Grund, sich extra schick zu machen. Obwohl, vielleicht doch. Da gab es jemanden. Zwei Zimmer weiter lag Lukas in seinem Bettchen, der sich wahrscheinlich noch im Land der Träume befand. Nicht die blödeste Beschäftigung, der man hier nachgehen konnte. Da verging die Zeit wenigstens schneller. So schlimm konnte ein Traum auch gar nicht sein, dass er das hier toppte. Doch auch Lukas konnte Ella heute nicht dazu bewegen, sich extra ins Bad zu bemühen, um sich dort schick zu machen. Ein bisschen Haare kämmen musste ausreichen, frische Kleidung hatte sie schließlich nicht, auch wenn sie noch ganz viel Motivation hätte, würde sie nur Zähne putzen können.

Heute war kein guter Tag, obwohl sich das Wetter von seiner besten Seite zu präsentieren versuchte. Vermutlich drückte auch das Ellas Laune. Zu Hause wäre sie wahrscheinlich bereits bei Sonnenaufgang aufgewacht und würde jetzt einen Spaziergang machen, um den neuen Tag zu begrüßen. Die frühen Tagesstunden liebte sie, denn sie waren so friedlich, noch so voller Energie und neuer Möglichkeiten. Die Luft war frisch, sie liebte es der Welt beim Aufwachen zuzusehen. Die Vögel zwitscherten und die Blumen öffneten langsam ihre Knospen.

Stattdessen saß sie hier drinnen und konnte die Welt nur aus einem winzigen Fenster beobachten. Alles, was sie sehen konnte, war eine graue Hauswand mit einem noch dunkleren Baustellengerüst davor. Der einzige Farbklecks in dieser tristen Welt stellten rote Markierungen am Gerüst da. Es war einfach nur frustrierend. Wie sollte man in so einer Umgebung wieder gesund werden? Da konnte man ja nur depressiv werden.

Langsam sah sie sich in ihrem Zimmer um, dann fasste sie einen Entschluss. Sie würde ein paar ihrer Bilder aufhängen. Oder noch besser, sie würde neue malen. Mal etwas mit ein bisschen mehr Farbe als sonst. Auf die verzichtete sie normalerweise. Gleich war Ellas Laune wieder etwas besser. Sie brauchte einfach eine Struktur und etwas zu tun. Nur rumsitzen war einfach nichts für sie, dann fühlte sie sich noch nutzloser als ohnehin schon. Plötzlich fiel Ella ihre Zeichnung von gestern ein, die Waldlichtung mit der jungen Frau. Die musste sie noch fertig zeichnen. Bei dieser Gelegenheit konnte sie gleich noch ein wenig Farbe hinzufügen. Das würde der Zeichnung, aber auch ihr guttun.

Ella war vollkommen in ihrer Kunst vertieft, als sie von einem Klopfen an der Tür gestört wurde. Noch im selben Moment flog die Tür auf. Die junge Auszubildende Maya streckte den Kopf herein. „Guten Morgen. Es ist 7:30 Uhr. In einer halben Stunde gibt es Frühstück, bis dahin sollten Sie bitte bereits im Bad gewesen sein und sich fertiggemacht haben." Sie war süß, Ella mochte den kleinen Sonnenschein. Irgendwie verbreitete sie einfach ein wenig gute Laune, zumindest eine Person hier, die gut gelaunt war. Wie zuvor war es Ella nämlich nicht.

Während des Zeichnens waren ihre Gedanken nicht wie erhofft, an wunderschöne Orte ohne Beschwerden und voll mit Leichtigkeit gewandert. Nein, sie waren hiergeblieben. Das frustrierte Ella beinahe noch mehr als die Tatsache, dass sie physisch hier drinnen gefangen war. Dabei war sie gerade einmal seit zwei Tagen hier, schon hatte sie das Gefühl, ihre Gedanken würden immer schwerer werden und ihre Fantasie schwand mit jeder Stunde, die sie länger hier verbrachte. Man hatte nicht nur ihren Körper hier eingeschlossen, sondern auch ihren Geist. So kam es ihr auf jeden Fall vor.

Zerknirscht legte Ella den Stift beiseite. Bevor sie unterbrochen wurde, hatte sie versucht, der Lichtung mit verschiedenen Grüntönen mehr Leben einzuhauchen. Die Arbeit mit Farbe war nicht so ihres, damit hatte sie zu wenig Erfahrung. Zudem brauchte es Stunden, um die vielen Details glaubhaft und realistisch mit Farbe zu füllen. Das würde sie eine halbe Ewigkeit kosten, es nach ihrer Vorstellung zu gestalten. Es erschien ihr sinnlos. Was brachte es ihr schon, das Bild jetzt noch zu Ende zu malen? Es sah doch eh niemand, wenn doch, war es hier wirklich irrelevant.

Lustlos ließ Ella den Stift über die Tischplatte rollen, dabei fiel ihr Blick auf ihren nackten Unterarm. Sie erschrak. Die Wunden, die sie sich gestern zugefügt hatte, hatten sich über Nacht verschlossen. Nun zeichneten sich drei sehr deutliche rote Striemen von ihrer sonst so blassen Haut ab. Wie hatte Maya, die nur übersehen können? Zum Glück hatte sie es. Das hätte eine Menge Ärger gegeben, wenn die junge Schülerin die Verletzungen bemerkt hätte.

Schnell sprang sie auf und schnappte sich ihren Pullover, den sie bereits gestern getragen hatte. Es würde ihr heute im Laufe des Tages vermutlich viel zu warm werden, aber da musste sie jetzt durch. Keiner durfte ihre doch sehr frischen Wunden zu Gesicht bekommen. Sonst müsste sie die Hoffnung auf eine baldige Entlassung vollends aufgeben. Lieber schwitzte sie ein bisschen, bevor sie auch nur einen

Tag länger als nötig hierbleiben musste. Was hieße schon nötig? Nötig hatte sie es schließlich ganz bestimmt nicht. Jeder hatte doch in seinem Leben mal schwierige Phasen. Das war doch ganz normal. Was wäre denn sonst hier los, wenn dann jeder sofort in die Psychiatrie rennen würde? In gewissen Situationen musste man allein zurechtkommen und diese war so eine. Schließlich war sie nicht Maggy oder Ally, denen wirklich schreckliche Dinge angetan wurden, die jetzt dringend Hilfe benötigten, diese zu verarbeiten. Aber all das hatte sich Ella ja gestern schon gedacht. Es half jetzt auch nichts, dieses Thema noch einmal von vorne durchzukauen. Das würde ihr hier wahrscheinlich noch öfters passieren, denn sie hatte den ganzen Tag nichts anderes zu tun, als nachdenken. Wer kann denn den ganzen Tag nur mit sich selbst verbringen? Also Ella konnte das, aber ein wenig Ablenkung zwischendurch musste dann schon sein. Sonst wird man doch wahnsinnig. Während Ella über all das nachgrübelte, zog sie sich um, tauschte ihr Nachthemd gegen die Jeans und zog den Pullover von gestern an. Unterwäsche hatte sie immer noch keine neue. Obwohl, langsam mussten die Sachen von gestern ja wieder trocken sein.

Als sie nach ihrem Kulturbeutel griff, fiel ihr Blick aus dem Fenster. Noch immer schien die Sonne, als wolle sie die letzten Wochen Dauerregen wieder gut machen. Am strahlend blauen Himmel zogen vereinzelt kleine Wölkchen vorbei, die weißer nicht sein konnten. Plötzlich wich die ganze Anspannung aus ihrem Körper. Mit hängenden Schultern ließ sie sich zurück auf den Stuhl sinken. Das hatte doch alles keinen Sinn. Was wollte sie hier? Hier, in dieser Irrenanstalt? Oder hier auf diesem Planeten? Würde es überhaupt jemand mitbekommen, wenn sie nicht mehr da wäre? Ihrem Vater konnte das nur Recht sein. Eine Last weniger. Petra würde sich vermutlich noch freuen, schließlich hatte sie Ella nie leiden können. Nicht zuletzt, da sie durch Ella immer daran erinnert wurde, dass sie nicht Klaus erste Wahl war. Die paar Freund*innen, mit denen sich Ella ab und zu mal traf, würden den Verlust bestimmt auch schnell verkraften, wenn es für sie überhaupt einer war. Durch ihre Erkrankung war sie doch eher eine Belastung als alles andere.

Ein leises Klopfen riss Ella aus ihren trüben Gedanken. Erschrocken sah sie zur Tür. Wer konnte das denn nun wieder sein? Das auch noch so früh am Morgen. Eigentlich wollte sie niemanden sehen. Oder war es bereits Zeit für das Frühstück? Es klopfte noch einmal. Dieses Mal ein wenig lauter und nicht so zögerlich wie davor. Als Ella auch nach dem dritten Anklopfen nicht reagierte, öffnete sich die Tür. Jemand streckte seinen mit braunen, lockigen Haaren bedeckten Kopf herein. Es war Lukas. „Hey, du bist ja doch schon wach! Du musst schon antworten, wenns klopft, das gehört sich so", rief er, als er Ella auf ihren Stuhl sitzen sah.

„Wenn ich nicht möchte, dass jemand die Tür öffnet, muss ich gar nichts. Außerdem wartet man, bis man hereingebeten wird", das klang jetzt deutlich pampiger, als Ella eigentlich rüberkommen wollte.

„Ja, sorry, ich wollt nur schauen, wies dir geht", meinte er, dann machte er eine kurze Pause. „Und vielleicht können wir nachher noch eine Runde quatschen", fügte er schließlich hinzu.

Ihren Kulturbeutel fest in der Hand, stand Ella auf und ging ihm ein paar Schritte entgegen. „Ich wüsste nicht, worüber wir uns groß unterhalten sollten", gab sie wieder so pampig von sich. Was war denn los mit ihr? Sie war doch jetzt nicht wirklich eingeschnappt wegen der Aktion von gestern, oder etwa doch? Irgendwo hatte sie es tatsächlich getroffen, dass er sie so angegangen war. Aber wer war sie schon erwarten zu können, dass er ihr seine ganze Lebensgeschichte offenbarte? Schließlich kannten sie sich doch überhaupt nicht.

Noch bevor Ella zu einer Entschuldigung ansetzen konnte, fiel Lukas ihr ins Wort: „Hey, tut mir leid wegen gestern! Ich hätte dich nicht so anscheißen sollen. Kannst ja nichts dafür. Ist nur irgendwie ein beschissenes Thema."

Aufrichtig schaute Ella ihm in die Augen. Ach, diese Augen, denen konnte man doch nicht lange böse sein! Außerdem hatte sie keinen wirklichen Grund, beleidigt zu sein. Was war denn nur los mir ihr?

„Ja, passt schon." Jetzt reichte es aber. Sonst hatte sie ihre Emotionen doch auch viel besser im Griff. Dieser Typ löste irgendetwas in ihr aus, womit sie nicht umgehen konnte. Ob ihr das so gut gefiel, war sie sich auch nicht sicher. Ella hatte den Blick gesenkt. Als sie wieder zu ihm hochsah, bemerkte sie, wie er sie immer noch ansah. Ein Lächeln huschte über sein Gesicht. „Sei du mal nicht so eine beleidigte Leberwurst, jetzt. Hast gar keinen Grund. Ich könnte beleidigt sein", meinte er. Grammatik und korrekte Wortwahl war nicht seine Stärke. Aber mit so einem schönen Gesicht brauchte man das ja auch nicht. Außerdem, was sollte das heißen, er könnte beleidigt sein? ER war sie doch schließlich grundlos angegangen.

„Du? Du bist mich doch grundlos angegangen", sagte sie dann laut.

„Ja, weil du eine behinderte Frage gestellt hast. Geht dich halt nichts an, Mäuschen", erwiderte er, dabei tippte er ihr auf die Nasenspitze.

Schon zog Ella den Kopf zurück. „Nenn mich nicht Mäuschen", zischte sie ihm entgegen, dann drängte sie sich an ihm vorbei durch die Tür und stampfte Richtung Badezimmer. Sie merkte, wie die Wut sich immer mehr in ihr aufstaute. Als sie das Bad betrat, raunte sie nur ein „Morgen" in die Runde. Julia, Maggy und Ally hatten sich wie gestern vor den Spiegeln versammelt und machten sich für den kommenden Tag fertig. Alle drei unterbrachen ihre Tätigkeiten, als Ella hereinkam.

„Was ist denn mit dir los?", fragte Maggy, die sie auch ein wenig besorgt ansah.

„Ach nichts, schlecht geschlafen!", erwiderte Ella, die ihren Beutel auf die Armatur des Waschbeckens knallte.

„So schlecht kann man doch gar nicht schlafen, um so miese Laune zu haben", entgegnete Ally. Es herrschte kurz Stille.

„Lukas war bei dir, stimmts?", fragte Julia plötzlich. Entgeistert sah Ella sie an. „Den findest du gut, hm?"

Plötzlich fühlte Ella sich ertappt. „Nein. Nein, natürlich nicht! Ich kenn den doch gar nicht, außerdem ist der doch einfach nur super ...", stockte sie. Was war er denn? Unverschämt? Übergriffig? Heiß?

„Gut aussehend?", half Maggy ihr flüsternd aus. Die Frauen lachten bis auf Ella. Ihr war überhaupt nicht nach Lachen zumute. Ihr war schlecht.

„Ach komm, nimm uns nicht so ernst!", lachte Maggy, die sie anstupste. „Ich glaub, er mag dich."

Julia wandte sich wieder ihrem Spiegelbild zu. „Also ich wäre bei dem trotzdem vorsichtig. Der ist ein Fuckboy. Und zwar vom feinsten", fügte Ally leise hinzu.

„Nur, weil er dich an deinen Ex erinnert", schnaufte Maggy und sah sie verständnislos an, dann wandte sie sich an Ella: „Lass dich doch einfach mal drauf ein. Mit dem kann man bestimmt eine Menge Spaß haben."

Kurz herrschte eine peinliche Stille. „Also, ich meine, er ist ja ein ganz witziger Typ! So vom ..."

„Ja ja, da kommst du jetzt nicht mehr raus. Aber ich versteh das. Hier drinnen kommen einen schon mal ein paar andere Gedanken. Obwohl der Anreiz natürlich komplett fehlt. Bei den drei Hanseln, die da draußen rumhüpfen, wäre für mich noch nicht mal ein Notnagel dabei", erwiderte Julia, dann widmete sie sich wieder ihren eh schon sehr vollen schwarzen Wimpern.

„Du meinst wohl eher ein Notnagler", kicherte Maggy, dabei klopfte sie sich auf den Oberschenkel.

„Wie könnt ihr hier auf solche Gedanken kommen", erkundigte sie sich.

Auch Ally musste lachen und sah die Zwei kopfschüttelnd an.

„Na ja, ich habe Bedürfnisse und die auszuleben, ist aktuell ein bisschen schwierig", antwortete Maggy.

Schockiert sah Ella zwischen den drei Frauen hin und her. Sie kannte es nicht, dass so locker über gewisse Dinge gesprochen wurde. Bei ihr zu Hause war es ein absolutes Tabuthema, aber auch ihre Freund*innen in der Schule waren bei solchen Gesprächen nur errötet und hatten sich dann kichernd bemüht, ein anderes Gesprächsthema zu finden. Doch von Scham oder peinlichen Rumgekichere war sie hier weit entfernt, denn sie unterhielten sich über Sex und alles, was dazu gehörte, als würde es gerade über das Wetter gehen.

„Was ist mit dir, Ella? Wie sieht es bei dir da so aus?", wand sich Maggy an sie.

Ella stockte, sie merkte, wie ihr Kopf rot anlief. „Ich weiß nicht so genau", bekam sie irgendwie herausgepresst.

„Ach komm, du willst uns doch nicht erzählen, dass du noch Jungfrau bist!

Ich meine, so wie du aussiehst."

Was sollte denn das jetzt heißen? „Also ich meine, du bist eine echt attraktive Frau. Bei dir stehen die Männer doch bestimmt Schlange", verbesserte sich Maggy.

„Die Frauen vermutlich auch", fügte Ally noch hinzu.

Mittlerweile fühlte sich Ellas Kopf so warm an, dass sie befürchtete, gleich zu dampfen anzufangen. Wieder bekam sie außer einem „Ähm" nicht viel heraus. Natürlich hatte sie bereits ihre Erfahrungen gemacht. In der Pubertät mit ungefähr sechzehn, war sie sich auch nicht mehr allzu sicher, ob sie wirklich nur Männer attraktiv fand. Für ein paar Monate hatte sie eine Freundin gehabt. Ihrem Vater hatte sie erzählt, sie wäre eine Freundin aus der Schule. Hätte er gewusst, was sie wirklich nachmittags auf ihrem Zimmer trieben, hätte er sie vermutlich hochkant rausgeschmissen und Ella gleich mit. Das war alles vor ihrer Erkrankung beziehungsweise zu Beginn gewesen. Nachdem sich die Kommentare über ihren doch viel zu schlanken Körper häuften, hatte Ella niemanden mehr in ihr Schlafzimmer gelassen. Ihren Körper hüllte sie nur noch in extra weite Kleidung, damit versuchte sie den Menschen die Möglichkeit zu nehmen, ungefragt über ihren Körper zu urteilen. Mit der voranschreitenden Erkrankung fehlte ihr allerdings auch zunehmend die Lust und Kraft für solche unnötig erscheinenden Aktivitäten.

„Hey, das muss dir nicht peinlich sein! Sex ist doch

ein schönes Thema", versuchte Maggy die Situation ein wenig zu entspannen.

„Du meinst ein geiles Thema", sagte Julia. Die drei Frauen fingen wieder an zu lachen und Witze zu reißen. Währenddessen versuchte Ella, ihren Kopf wieder auf Normaltemperatur herunterzukühlen und sich die Zähne zu putzen. Ihre Gedanken wanderten erneut zu Lukas und seinen wunderschönen braunen Augen. Noch nie hatte sie so schöne Augen gesehen. Worauf er wohl so alles stand? Wieder erschrak Ella über ihre eigenen Gedanken. Wie konnte sie nur über so etwas nachdenken? Sie war doch nicht hier, um die Liebe ihres Lebens zu finden, sondern um gesund zu werden. Obwohl sich beides in Ellas Ohren sehr unwahrscheinlich anhörte. Außerdem war sie ja noch wütend auf ihn. Was dachte er, wer er war? Sich am frühen Morgen in ihr Zimmer zu stehlen und sie dann auch noch dumm anzumachen. Insgeheim wusste Ella, dass nicht Lukas der Grund dafür war, warum sie so schlecht gelaunt war. Sie selbst war, wie so oft, der Grund. Vier Jahre hatte sie sich jetzt in Selbstbeherrschung geübt. Jede Nonne wäre stolz auf sie gewesen. Sie hasste sich selbst und ihren Körper so sehr, dass sie diese Bürde niemanden auferlegen wollte.

Kaum war sie an dem wohl unromantischsten und unerotischsten Ort der Welt, meinte ihr Bauch, den nächstbesten toll finden zu müssen. Sogar ihr Kopf schaltete sich zeitweise aus und machte mit. Ausgerechnet Lukas! Ein Junkie aus der Klapse, den sie zudem noch nicht einmal richtig kannte. Schließlich wusste sie nichts über ihn. Weder woher er kam noch warum er hier war. Sie wusste ja noch nicht einmal seinen Nachnamen, nur dass er irgendetwas ausgefressen hatte, was ihn in eine geschlossene Abteilung gebracht hatte, dass er ein kleines Problem mit Aggressionsbewältigung hatte und er die Grammatik nicht so ernst nahm.

Frustriert atmete Ella aus. Wohl etwas zu laut, denn plötzlich waren alle Augen auf sie gerichtet. Das Gespräch verstummte. „Alles gut bei dir? Du siehst nicht so fit aus", bemitleidete Ally sie.

„Ja, alles gut. Ich habe nur schlecht geschlafen", antwortete Ella knapp, packte ihre Zahnbürste wieder ein und sah zu, dass sie sich langsam aus dem Bad verabschiedete. Ihr Kopf dröhnte. Aber sie war sich nicht sicher, ob es die dicke, nach Parfüm riechende Luft im Bad gewesen war, oder die gesamte Situation, die ihre Kopfschmerzen ausgelöst hatten.

Bevor Ella ihr Zimmer betrat, fiel ihr Blick auf die Uhr über dem Türrahmen. Kurz vor acht, verdammt, nur zu gerne hätte sie sich jetzt noch einmal in ihr Bett gelegt, um sinnlos die Decke anzustarren. Das würde wohl jetzt warten müssen. Schnell schmiss sie den Beutel auf ihr Bett, bevor sie sich auf den Weg zum Frühstück machte.

Kapitel 9

"Hallo Frau Ilg, wie geht es Ihnen heute? Gestern haben wir uns leider verpasst. Ich war einmal kurz in Ihrem Zimmer, aber da haben Sie gerade geschlafen. Da wollte ich Sie nicht stören. Der Schlaf ist schließlich ein so wichtiges Thema, wenn es um unsere mentale, aber auch körperliche Gesundheit geht. Das darf man nicht unterschätzen."

Frau Pilm lächelte sie freundlich an, dann war sie das also gestern Nachmittag gewesen. Nach dem Frühstück und den dreißig Minuten Strafbank hatte die junge Psychologin Ella zu sich ins Büro gerufen. Das Büro war ein viel zu kleiner Raum, der zur Hälfte von einem zu großen Schreibtisch ausgefüllt wurde. Dieser Schreibtisch war vollgepackt mit Unterlagen, Ordnern, losen Blättern und Büchern. Das restliche Zimmer war belegt von einem auch viel zu großen und vor allem vollen Schrank. In der Ecke neben der Tür hatte man versucht, eine gemütliche Sitzecke aufzubauen. Das war nur semi gut gelungen. Die Sitzecke bestand aus zwei Stühlen, die weder einen Schönheitswettbewerb noch ein Testsiegerschildchen von Stiftung Warentest für ihre Bequemlichkeit bekommen würden. In der Mitte stand ein kleiner Glastisch mit einer weißen Vase und einem Blumenstrauß darin. In dieser Sitzecke saßen sich die zwei Frauen nun gegenüber. Frau Pilm hatte sich ein Klemmbrett, Stift und Papier geschnappt. Jetzt war sie bereit, alles, was Ella ihr erzählen würde, zu notieren.

„Also, wie geht es Ihnen? Was verschlägt Sie zu uns?", versuchte sie das Gespräch zu beginnen. Noch immer lächelte sie Ella freundlich an. Die wusste nicht genau, was sie nun antworten sollte. Besser gesagt wollte. Wollte sie dieser fremden Frau wirklich noch mal ihre ganze Lebensgeschichte erzählen und vielleicht ernsthaft nach einer Lösung und Therapie suchen? Oder sollte sie wie so oft, gute Miene zum bösen Spiel machen und einfach versuchen, hier schnellstmöglich wieder rauszukommen? Anderen Leuten vorzugaukeln, es wäre alles in Ordnung, konnte sie, ohne auch nur mit der Wimper zu zucken. Aber wollte sie das? Wollte sie weiter so leben wie bisher? Sich weiter in ihrem Selbsthass und Selbstmitleid suhlen und darauf hoffen, dass es irgendwann von ganz alleine besser wurde? Hoffte sie das überhaupt?

Wenn sie wirklich ehrlich zu sich selbst war, gehörte die Krankheit mittlerweile genauso zu ihr wie ihre blonden Haare oder ihre Fingernägel. Was blieb ihr noch, wenn sie die Erkrankung nicht mehr hatte? Wer war sie denn dann noch? Die Krankheit war seit vielen Jahren ihr stetiger Begleiter, sie konnte sich ein Leben ohne gar nicht mehr so richtig vorstellen. Mit ihrer Erkrankung kannte sie sich aus. So fühlte sie sich sicher. Sie wusste, wie sie war und was sie auslöste. Durch sie spürte Ella, wenn auch sehr schmerzhaft, dass sie noch am Leben war, nicht nur eine Hülle, die über die Erdoberfläche wanderte. Die Krankheit sagte ihr auf grausamste Art, dass sie ein Mensch aus Fleisch und Blut war. Zwar ein Mensch, der es nicht wert war, auch nur einen Augenblick seiner wertvollen Zeit zu verschwenden, aber ein Mensch mit echten Gefühlen und Emotionen. Während Ella über all das nachdachte, bemerkte sie gar nicht so recht, wie sie jeden ihrer Gedankengänge laut aussprach. Die junge Psychologin saß ihr schweigend gegenüber und hörte zu. Gelegentlich schrieb sie einige Stichpunkte auf ihren Zettel oder nickte verständnisvoll mit dem Kopf. Es sprudelte gerade so aus Ella heraus, als hätten die vielen Wörter nur darauf gewartet, endlich einmal ausgesprochen zu werden. Nun war ihr Tag gekommen und sie purzelten Ella gerade so über die Lippen. Als sie ihren Monolog beendet hatte, fühlte sie sich erleichtert. Wieder spürte sie, wie ein kleiner Teil der Last, die sie auf ihren Schultern trug, von ihr abfiel. Wie so oft in den vergangenen zwei Tagen. Vielleicht gab es doch noch einen kleinen Hoffnungsschimmer am Ende des Tunnels. Vielleicht gab es doch ein Leben ohne Krankheit.

Als Ella zurück in ihr Zimmer ging, waren ihre Gedanken immer noch bei der Therapiesitzung. Sie kannte das Gefühl nach einer erfolgreichen Stunde. Alles fühlte sich ein bisschen klarer an. Ihre Probleme zeichneten sich deutlich vor ihr ab. Dadurch fiel es ihr leichter, sie zu erkennen und zu benennen, um anschließend einen Lösungsweg zu erarbeiten. Die Welt war wieder ein wenig heller und der Alltag nicht mehr so schwer, so schien es ihr zumindest, bis sie zu Hause ankam. Dort traf sie die Realität mit voller Wucht und holte sie schlagartig zurück auf den Boden der Tatsachen. Die erlernten Copingstrategien waren verschwunden und nicht mehr auffindbar. So änderte sich genau gar nichts bis zur nächsten Therapiestunde, wo sie auf die Frage der Therapeutin, was sich seit der letzten Stunde verändert hatte, nur mit einem leisen „Nichts" antworten konnte. Es war frustrierend und kräftezehrend, wie so ziemlich alles in ihrem Leben. Alles war anstrengend und nutzlos, so wie sie.

In ihrem Zimmer schmiss sie sich auf ihr Bett. Meine Güte war das unbequem. Kein Wunder, dass sie so unruhig schlief, dazu solche Rückenschmerzen hatte. Ella setzte sich wieder auf. Wie so oft in den vergangenen Tagen stellte sie sich jetzt die Frage, was sie wohl machen sollte. Schließlich konnte sie ja nicht den ganzen Tag im Bett liegen. Die anderen waren unterwegs in der Bewegungstherapie, aber Ella durfte nicht mit, denn sie durfte sich nicht zu viel bewegen, sie musste zunehmen. Ihre Aufgabe bestand nur aus essen, rumsitzen und fett werden wie eine Gans, die man für Weihnachten mästete.

Eigentlich hatte Ella schon immer sehr gerne Sport getrieben, da war so ein bisschen Alltagsbewegung das Mindeste, was sie gewollt hätte. Das war schließlich auch gesund und außerdem, wie war das noch mal mit den 10.000 Schritten am Tag? Die würde sie so bestimmt nicht voll bekommen. Es blieb ihr nur leider nichts anderes übrig, als die Füße still zu halten und darauf zu hoffen, dass sie bald entlassen werden würde. Auch wenn sie sich im Moment gar nicht so sicher war, ob sie überhaupt nach Hause wollte. Hier hatte sie Personen um sich herum, die sie verstanden, vor allem nicht verurteilten. Zu Hause würde dies alles wieder anders sein. Da war sie die meiste Zeit allein, verloren in diesem viel zu großen Haus. Die einzige soziale Interaktion wäre das gemeinsame Abendessen, bei dem sich Klaus über seine unfähigen Arbeitskolleg*innen aufregte. Alle fünf Minuten würde Petra erzählen, wie stressig ihr Tag doch gewesen war. Schließlich hatte sie das Haus putzen müssen, bevor die Putzfrau vorbeikam. Anschließend hatte sie noch sechs Kilo Mehl kaufen müssen, welches immerhin im Angebot war. Da musste man natürlich zugreifen. Jetzt hatten sie insgesamt fast acht Kilo Mehl in der Vorratskammer liegen, denn für Mehl gab es gefühlt jeden Donnerstag ein unvergleichlich tolles Angebot. Wer auch immer so viel Mehl brauchte. Das würde eh nur schlecht werden. Hauptsache, man hatte es vergünstig gekauft. Als ob Geld eine Rolle spielen würde. Der BMW Q4 in der Garage sagte da nämlich etwas ganz anderes. Nach dem Abendessen würde sich Ellas Vater in sein Arbeitszimmer verkriechen und Petra? Keine Ahnung, was die den ganzen Tag und Abend so trieb. Auf jeden Fall war es immer furchtbar anstrengend und stressig. Die gute Frau war ein einziges Nervenwrack, sie sah es selbst allerdings nicht ein. Stattdessen ließ sie ihre schlechte Laune an Ella aus. Als ob diese irgendwas für ihr schwaches

Nervenkostüm konnte. Es schien, als würde sie sich absichtlich gegen Ella auflehnen, da sie vermeidlich schwächer wirkte. Aber das war sie nicht, denn um so wenig Rückgrat wie Petra zu haben, hätte sie schon ein Tintenfisch oder eine Schlange sein müssen, denn die hatten gar keins.

„Ich hab Ausgang. Kommst du mit?", sagte plötzlich eine dunkle Stimme, die Ella langsam vertraut war. Es war Lukas, der mal wieder ohne hereingebeten worden zu sein, ihr Zimmer betreten hatte. Automatisch zuckte Ella zusammen. Wenn ihr das hier drinnen noch öfter passierte, hatte sie bei der Entlassung bestimmt einen Ganzkörpermuskelkater. So schreckhaft war sie zu Hause nicht, aber da platzte auch niemand ungebeten in ihre Gedanken, erst recht nicht in ihr Zimmer. Fragend sah sie Lukas an. War das ein Friedensangebot? Was sollte das heißen, Ausgang? Das klang wirklich wie im Knast.

„Ja, was ist jetzt?", wurde er ungeduldig.

„Ich weiß gar nicht, ob ich überhaupt raus darf", antwortete Ella.

„Du warst doch grad bei der Psychotante. Warum hast du sie nicht gefragt?"

„Weil ich andere Themen im Kopf hatte, als mit dir draußen durch die Gegend zu laufen." Schon wieder spürte Ella, wie die Wut in ihr aufstieg.

„Na, dann hast du ja jetzt das in deinem hübschen Kopf und kannst nachfragen." Frech tippte Lukas ihr auf die Stirn.

Wütend schlug Ella seine Hand weg und stand

schwungvoll auf. Was bildete er sich ein, wer er war? Jetzt standen sie sich genau gegenüber, zwischen sie hätte jetzt noch nicht einmal mehr Julia gepasst. Lukas hob erneut die Hand, vermutlich um ihr über die Wange zu streichen. Jedoch war Ella schneller, sie packte seine Hand und sah ihm böse in die Augen, dann zischte sie: „Wenn du mich noch einmal anfasst, dann schlag ich dich." Anschließend ließ sie seine Hand wieder los und wand sich zum Gehen ab. Hinter ihrem Rücken hörte sie nur, wie Lukas leise lachte. So ein Vollidiot. Dachte er, er könne sich alles erlauben? Gleichzeitig war sie sauer, aber auch ein wenig stolz auf sich, denn sie hatte noch nie jemanden so deutlich ihre Meinung gesagt, aber auch noch nie jemanden Gewalt angedroht. Eigentlich war sie ein sehr friedliebender Mensch und ging Konflikten eher aus dem Weg. Lukas zeigte ihr Seiten an sich, die sie vorher gar nicht gekannt hatte. Ob das so gut war? Ella bezweifelte es. Trotzdem klopfte sie jetzt an der Bürotür von Frau Pilm, um Erlaubnis für einen kleinen Spaziergang bei diesem doch so wundervollen Wetter zu fragen. Die Psychologin zögerte kurz, erlaubte es ihr allerdings anschließend.

So ging sie tatsächlich mit Lukas raus. Als sie durch die Eingangstür trat, musste Ella für einen kurzen Moment die Augen schließen. Die Sonne blendete sie. Obwohl es erst kurz nach halb zehn war, brannte die Sonne schon auf sie hinunter. Eine gelegentliche Abkühlung kam nur durch die wenigen Windstöße, die ihre Runden über das Gelände zogen. Der Tag hatte Potenzial, einer der schönsten dieses Sommers zu werden und Ella konnte ihn nicht genießen. Zumindest nicht so, wie sie es gerne getan hätte. Massen an Menschen würden heute ihren Weg zu Schwimmbädern, Seen und dergleichen antreten, die sich ins Wasser warfen und sich über die Abkühlung freuten. Schon nach wenigen Minuten wäre das Wasser eine solche Bakterienschleuder, dass es eigentlich ein Wunder war, dass sich dort niemand mit irgendetwas ansteckte. Aber dies bedachte von den Badegästen niemand, sie würden fröhlich ihre Bahnen ziehen und ins Becken pinkeln. Schon als Kind hatte Ella eine Abneigung gegenüber Schwimmbädern gehabt. Auch Seen waren ihr nicht recht geheuer. Wer weiß, was darin alles herumschwamm, zudem war die Verschmutzung ganz offensichtlich. Sie hatte noch nie verstanden, was die anderen so toll am Schwimmen fanden. Man wurde nur nass, dazu dreckig. Zudem präsentierte man sich, zumindest als Frau, quasi auf dem Silbertablett. Das war Ella mehr als unangenehm. Die Badesaison musste dieses Jahr, wie auch die letzten Jahre, ohne sie stattfinden. Obwohl Ella so eine Abneigung gegenüber dem Schwimmen hatte, liebte sie das Wasser, am Ufer zu sitzen und ihren Blick über die Wasseroberfläche schweifen zu lassen. Stundenlang konnte sie dort sitzen bleiben und einfach nur beobachten. Auch das würde in diesem Sommer wohl etwas zu kurz kommen. Wie so vieles, was sie noch geplant hatte. In den nächsten Tagen wollte sie eine Radtour machen und sich irgendwo ein schönes

Plätzchen zum Zeichnen raussuchen, eine abgelegene Lichtung, so eine wie aus ihrer Zeichnung. Stattdessen spazierte sie mit einem wildfremden Typen über das Krankenhausgelände, vorbei an meterhohen Stacheldrahtzäunen und grauen Gebäuden. Bis jetzt waren sie wortlos nebeneinander hergelaufen. Lukas versuchte ganz locker neben ihr herzugehen, aber man merkte ihm an, wie angespannt er war.

Aufmerksam schaute Ella sich um, denn sie hatten einen anderen Weg eingeschlagen, als den sie gestern gegangen waren. Vor ihnen lag nun ein Sportplatz mit einer Laufbahn darum herum. Es waren bereits einige Personen auf der Laufbahn unterwegs, aber laufen tat von ihnen niemand. Zielsicher steuerte Lukas die Grünfläche in der Mitte der Laufbahn an. Es sollte wohl einen Fußballplatz darstellen, am Ende der Grünfläche standen nämlich zwei Tore. Ella war sich nicht so sicher, ob hier wirklich regelmäßig Fußball gespielt wurde. Am rechten Ende des Platzes befand sich noch ein Beachvolleyballplatz, der sah schon eher so aus, als würde er regelmäßig genutzt werden.

Vermutlich hatte Lukas sie nicht zum Sportmachen hierhergebracht, denn er sah nicht aus wie jemand, der regelmäßig eine Laufbahn nutzte. Stattdessen forderte er Ella mit einer Handbewegung auf, sich ins Gras zu setzen. Allerdings zögerte sie. „Wollen wir nicht lieber eine Runde spazieren gehen? Wir können schließlich nachher noch genügend sitzen", schlug sie vor.

Entgeistert sah Lukas sie an. „Ganz bestimmt

nicht. Außerdem bin ich mir sicher, dass du ein Bewegungsverbot bekommen hast", meinte er trocken, dabei sah er an ihr hinunter.

Dieser Blick war ihr unangenehm, daher versuchte sie ihren Körper mit den Armen zu verdecken. Schon ohne ständige Kommentare fühlte sie sich furchtbar unwohl in ihrer Haut. Die regelmäßigen Mahlzeiten taten da ihr Übriges, da sie sich vorkam, als hätte sie bereits zehn Kilo zugenommen und es würden mit jeder Sekunde mehr werden. Ihre Bauchfalten fühlten sich an, als hätte sie sie gegen Schweineschwarten getauscht. Wenn sie im Spiegel ganz genau hinsah, konnte sie schon das beginnende Doppelkinn erkennen. Sie fühlte sich ekelig und fett. Bei jeder Mahlzeit fühlte es sich an, als würde sie Tonnen an Essen in sich hineinschaufeln. Kein Wunder, dass Kinder in Afrika verhungerten, wenn sie solche Massen an Lebensmitteln zu sich nahmen und das jeden Tag aufs Neue.

Nach kurzem Zögern ließ sie sich ins weiche Gras fallen. Es tat gut, mal etwas anderes zu berühren als Holz oder Plastik. Kurzerhand entschloss sie sich dazu, sich hinzulegen. Als Kind hatte sie oft im Gras gelegen, um den Wolken zuzusehen, wie sie über den Himmel zogen. Gerade wanderte keine einzige Wolke über den strahlend blauen Himmel. Nur ein paar Vögel, vermutlich Tauben, die ihre Kreise über den Himmel zogen, waren zu sehen. Mit einem Grunzen ließ auch Lukas sich neben ihr ins Gras plumpsen. Nicht gerade sonderlich elegant, aber es brachte sie zum Lachen. Er stupste sie an. „Lach nicht. Hier gibt's nichts zum Lachen", beschwerte er sich, aber er lachte selbst.

Ruhig schaute Ella zu ihm hinüber. Ihre Blicke trafen sich. Wieder spürte Ella diesen unwiderstehlichen Sog, der sie voll und ganz in seinen Bann zog. Bevor sie sich endgültig in seinen Augen verlor, wandt sie ihren Blick ab. Schließlich war sie nicht hier, um sich irgendeinen Typen anzulachen, sondern um gesund zu werden. Dass sie nicht lachte. Was war schon gesund? Ihre Stiefmutter war doch bestimmt auch nicht gesund mit ihrem Putzfimmel und ihrem extremen Geltungsbedürfnis. Aber ihr würde niemand sagen, dass sie sich ganz schnell psychologische Unterstützung holen sollte. Nein, solche Dinge wurden nur ihr an den Kopf geworfen, weil es bei ihr offensichtlich war, dass etwas nicht ganz in Ordnung war. Vielleicht war sie ja auch von Natur aus so schlank.

Bevor sie sich wieder in Rage denken konnte, fing Lukas an zu reden. „Hey, ich wollt mich echt noch mal bei dir wegen gestern entschuldigen! War nicht so gemeint, du kannst ja nichts dafür." Eine kurze Pause entstand, dann sprach er weiter: „Also, es ist, wie es halt jetzt ist!"

Fragend sah Ella ihn an. Das nahm er allerdings nicht wahr, denn er hatte sich wieder aufgesetzt. Sein Blick war auf seine dreckigen Turnschuhe gerichtet, an denen er gerade versuchte, die Matschschicht herunterzukratzen. Ohne auf eine Antwort von Ella zu warten, redete er weiter, ohne auch nur ein einziges

Mal von seinen Schuhen aufzusehen. Er erzählte Ella, zumindest einen Teil seiner Geschichte. Man merkte ihm an, wie schwer es ihm fiel. Häufig kam er ins Stocken oder versprach sich.

Die ganze Zeit saß Ella neben ihm und hörte zu. Sie fragte nicht, sie unterbrach ihn nicht, denn sie merkte, dass er im Moment einfach nur jemand zum Zuhören brauchte. Nicht mehr und nicht weniger.

Erst erzählte er von seiner Kindheit, die er als eines von fünf Geschwistern mit einer alleinerziehenden Mum verbracht hatte. Als jüngstes der Kinder, als Nesthäkchen, musste er schauen, woran er war. Sein Vater hatte ein Dauerticket im Gefängnis, wenn er dann einmal da war, hatte er außer einer Menge Beschimpfungen und einer sehr losen Hand nichts für seine Kinder übrig. Wie dieser Kerl überhaupt sechs Kinder zustande gebracht hatte, war Lukas immer ein Rätsel gewesen. Das er einen anderen Erzeuger gehabt hätte, hatte er sich und vor allem seiner Mum immer gewünscht. Wer hätte es ihm verübeln können? Es wäre ja auch egal gewesen. Einen Vater hatte er nie gebraucht. Seine Mum war die größte Powerfrau, die auf dieser Erde herumspazierte. Sechs Kinder hatte sie mehr oder weniger erfolgreich großgezogen. Teilweise bis zu sechzehn Stunden am Tag arbeitete sie und hatte trotz allem immer ein offenes Ohr für ihre Kinder, vor allem ein Herz, das mit Gold nicht aufzuwiegen war. Immer hatte sie alles gegeben, den Kindern das bestmögliche zu bieten. Auch wenn das hieße, dass ihre Bedürfnisse dafür auf der Strecke blieben. Während seine Mum arbeitete, war Lukas häufig bei seiner Tante und ihrem Mann gewesen. Das Paar war kinderlos. Es lebte in einem kleinen Einfamilienhaus in der Nähe von Ellas Elternhaus. Also einer sehr reichen Gegend. Doch um ihre Schwester zu unterstützen, tat sie nicht mehr als zwei ihrer Lieblingsneffen zu sich zu holen, dies auch nur für ein paar Stunden am Tag, dreimal in der Woche. Alles andere war ihr zu anstrengend und sechs Kinder auf einmal, sowieso. Vielleicht war es der Neid, der Lukas Tante davon abhielt, ihrer Schwester ein wenig unter die Arme zu greifen. Lange hatten sie und ihr Mann selbst versucht, Kinder zu bekommen, aber sie waren jedes Mal daran gescheitert. Auch Kinderwunschkliniken konnten dem Paar nicht weiterhelfen. Irgendwann hatte sie es dann aufgegeben. Während Lukas Mum Tag und Nacht schuftete, um ihre Miete zahlen zu können, wurde Lukas älter und geriet immer mehr an die falschen Leute. In der Pubertät suchte er nach Freunden, die ihn verstanden. Keine Jugendlichen aus gutem Elternhaus, wo es drei warme Mahlzeiten gab und man nicht die Unterhosen vom ältesten Bruder anziehen musste. Er brauchte Menschen um sich, die waren wie er, die seine Probleme verstanden und eine Lösung parat hatten. Mit neun hatte er das erste Mal geraucht, mit zwölf seinen ersten Vollrausch mit anschließendem Filmriss. Mit dreizehn kamen diverse Drogen dazu, mit vierzehn dann war er mitten im Drogengeschäft. Ein Kleinkrimineller, der an dunklen Straßenecken kleine Päckchen verkaufte. Mit fünfzehn wurde er zum ersten Mal von der Polizei erwischt. Es folgten Sozialstunden für ein halbes Jahr. Aber was waren schon ein paar Sozialstunden, wenn man doch so tolle Freunde hatte wie er? Während der ganzen Zeit flog er von insgesamt vier Schulen wegen erhöhter Gewaltbereitschaft und unerlaubten Mitführen einer Waffe. Die Waffe bestand aus einem Schweizer Taschenmesser, brachte ihm allerdings seine erste Gefängnisstrafe im Jungendgefängnis ein. Sein Vater hatte es vorgemacht, Lukas machte es ihm nach. Vor einigen Tagen wurde er erneut nach einer Schlägerei von der Polizei aufgesammelt und hierhergebracht. Die Ärzte sollten sein Aggressionspotenzial und die damit verbundene Gefahr für seine Mitmenschen überprüfen, sogar eventuell eine psychische Störung diagnostizieren.

Als Lukas fertig mit erzählen war, herrschte Stille zwischen den beiden. Man hörte nur die leisen Stimmen der Spaziergänger, Vogelgezwitscher und den Wind, der durch die Bäume rauschte.

„Komm, wir müssen zurück", sagte Lukas irgendwann, dann stand er auf und verließ den Platz, ohne sich noch einmal umzusehen, ob Ella ihm folgte. Natürlich ging sie ihm nach und versuchte, mit seinen großen Schritten mitzuhalten. Kurz bevor sie die Eingangstür zu Hausnummer 3 erreichten, strich Ella ihm kurz über seine Schulter. Leicht zuckte Lukas zusammen, denn er hatte nicht mit einer Berührung gerechnet.

Leise hauchte Ella ihm als Erstes ein „Danke" ins

Ohr, anschließend gab sie ihm einen kleinen Kuss auf die Wange. Sie wusste, dass es ihm eine Menge Überwindung gekostet haben musste, sich ihr zu öffnen. Für sein Vertrauen war sie ihm dankbar.

Bevor Ella auf die Klingel der Station drücken konnte, packte Lukas ihren Arm. „Wenn du das irgendjemanden erzählst, dann schlag ich dich", zischte er ihr ins Ohr, dann ließ er sie wieder los.

Entgeistert sah Ella ihn an. Was sollte das denn jetzt? Erst noch ein bisschen Mitleid abstauben, dann so was? Als Ella nun keine Anstalten mehr machte, erneut auf die Klingel zu drücken, übernahm er das kurzerhand. Während sie sich durch die Eingangstür schoben, flüsterte Lukas ihr so etwas wie eine Entschuldigung ins Ohr: „Nicht böse gemeint. Aber das braucht da drinnen keiner wissen. Das weißt nur du. Ich will nicht, dass die anderen mich für einen Lappen halten."

Na, wenn es sonst nichts weiter war. Sogleich verdrehte Ella die Augen, dann ging sie schweigend an ihm vorbei. Was sollte sie daraufhin auch noch sagen? Auf der Station erwarteten sie bereits die anderen. Mit lautem Gebrüll und Rufen wurde Lukas von seinem Zimmernachbarn in Empfang genommen. Auf Ella warteten drei fragend dreinblickende Gesichter. Aber sie wollte sich jetzt nicht erklären. In ihrem Kopf herrschte ein viel zu großes Chaos. Müde zuckte sie mit den Schultern. Maggy ging auf sie zu. „Alles gut bei dir?", erkundigte sie sich.

Schnell nickte Ella. Jetzt kamen auch die anderen

zwei Frauen zu ihnen. „Wo wart ihr? Was habt ihr gemacht?", fragte Julia neugierig.

„Wir waren eine Runde spazieren", antwortete Ella. Noch immer blickte sie in fragende Gesichter. Die drei hatten sich anscheinend mehr erhofft. „Was denkt ihr denn von mir? Wir waren wirklich nur spazieren", versuchte sie sich zu verteidigen.

„Von dir nichts, aber von ihm", meinte Ally, dabei zeigte sie mit einem Finger hinter sich, wo Lukas stand.

„Was habt ihr so geredet?", hakte Julia neugierig nach.

Was sollte sie auf diese Frage nur antworten? „Ach, nicht viel! Bisschen was Allgemeines und das Wetter", brachte sie stockend hervor.

„Das Wetter?", fragte Maggy unglaubwürdig. Natürlich schenkte keiner der drei ihrer Geschichte Glauben.

„Ja klar, ist dieses Jahr ja schon irgendwie verrückt, findet ihr nicht? Im Februar fünfzehn Grad, dazu schönster Sonnenschein und dann im eigentlichen Sommer nur Regen. Was die Klimaerwärmung ausmacht, nicht wahr?", versuchte Ella noch irgendwie etwas zu retten. Das der Zug bereits abgefahren war, wusste sie. Ihre drei Mitpatientinnen lachten. „Du bist so süß", sagte Ally und hakte sich bei ihr unter.

„Du musst uns nicht erzählen, was ihr getrieben habt, wenn du nicht willst", schnarrte Maggy und boxte Ella mit dem Ellenbogen freundlich in die Seite. Darüber war Ella erleichtert. Obwohl es eine komplizierte Situation war, waren die Menschen hier so furchtbar unkompliziert.

„Oder WIE sie es getrieben haben", fügte Julia flüsternd hinzu, allerdings gerade noch so laut, dass es die anderen drei hörten. Die Gruppe lachte laut, während sie sich auf den Weg zur Küche machten. Es war bereits kurz vor 12:00 Uhr. In wenigen Minuten würde es Mittagessen geben.

Während Ella Arm in Arm mit Ally über den Flur ging, fühlte sie sich leicht. Das Dröhnen im Kopf war verschwunden, genauso wie die aufkommende Müdigkeit. Das änderte sich allerdings, als sie schließlich vor der noch verschlossenen Küchentür standen. Ella ließ Allys Arm los und merkte, wie sie unruhig wurde. Dieses Gefühl vor den Mahlzeiten hasste sie, es war wie ein Kontrollverlust. Sie wollte nicht essen. Essen war unnötig. Sie brauchte das nicht. Es schwächte sie nur, zudem machte es auch noch unnötigerweise fett. Außerdem war es einfach nur Zeitverschwendung. Über eine Stunde würden sie jetzt damit beschäftigt sein. Eine Stunde ihres Lebens, wo man auch wunderbar andere Dinge tun könnte. Selbst rumsitzen und an die Wand starren, wäre sinnvoller als Mittagessen. Verkrampft versuchte Ella sich ihre Unruhe nicht anmerken zu lassen. Ihre Hand wanderte allerdings langsam in Richtung ihres linken Unterarms dorthin, wo immer noch die Verletzungen vom Vortag brannten. Mit einem festen Griff legte sie ihre rechte Hand auf die Wunde. Der Stoff kratzte über die verletzte Haut. Mit einer kaum merklichen Bewegung fing Ella an, ihren Arm zu drehen. Sie spürte, wie sich die Wunde wieder öffnete und es immer stärker brannte. Auch wenn es eine kleine Verletzung war und sie schon deutlich schlimmere Schmerzen verspürt hatte, beruhigte es sie. Andere gingen um Druck abzulassen, zum Sport oder shoppen, wieder andere richteten ihre Wut und Verzweiflung gegen ihre Mitmenschen. Ihr Ventil war die Selbstverletzung und der damit verbundene Schmerz. Es entspannte sie.

Während Ella immer mehr Druck auf ihren Arm ausübte, riss sie mit den anderen Witze und lachte. Wie viele hier, war auch sie ein Profi des Überspielens. Obwohl ihr eigentlich zum Weinen war, konnte sie lachen, singen, wenn ihr nach schreien war oder stehen, wenn ihr nach fallen war. Es war die Erkrankung, die sie innerlich auffraß, die sich schämte, an die Öffentlichkeit zu kommen. Je länger die Krankheit in ihr verborgen blieb, desto weniger blieb von ihrem inneren Selbst. Bald würde sie nur noch eine Hülle sein, die über diese Erde marschierte, beherrscht von einem Dämon in ihr. Oder war sie das schon längst? War noch irgendetwas von der kleinen, fröhlichen Ella übrig, die den ganzen Tag im Garten herum hüpfte und Vögel beobachten konnte? Die kleine Ella mit großen Zukunftsplänen, der die ganze Welt offen stand, die sie nur zu betreten brauchte? In manchen Momenten hatte Ella das Gefühl, diese kleine Ella, ihr inneres Kind wäre noch bei ihr. Doch jedes Mal traf es sie mit einer solchen Wucht, dass sie meinte, in die Knie gehen zu müssen, wenn ihr bewusst wurde, dass die kleine Ella schon lange nicht mehr unter ihnen weilte. Vor vielen Jahren hatte die kleine Ella einen tragischen Unfall und war schon seit Langem tot. Übrig geblieben war sie, die große Ella, die jeden Tag aufs Neue den Verlust betrauerte und daran langsam zugrunde ging.

Das Mittagessen verlief schweigend. Ella hing ihren Gedanken nach. Lustlos stocherte sie in ihrem Essen umher. Schließlich hatte sie erst vor einigen Stunden gefrühstückt, da musste man doch nicht gleich schon wieder mittags etwas in sich hineinstopfen. Eine Mahlzeit am Tag musste reichen. Alles andere war Lebensmittel- und Zeitverschwendung. Langsam müsste sie sich einen Plan überlegen, wie sie um diese verdammten Mahlzeiten herumkam. Früher hatte sie einfach gesagt: Sie hätte bereits gegessen. Das hatte zu Hause oft zu Streit geführt, gerade Petra hatte sich darüber häufig echauffiert. Das gemeinsame Abendessen war schließlich die einzige Zeit am Tag, bei der man mal etwas gemeinsam als Familie machte und die anderen an ihrem Tag teilhaben lassen konnten. Dass die meiste Zeit kein einziges Wort am Tisch gesprochen wurde, da die Situation meist mehr als unangenehm war, ließ sie bei ihrer Argumentation außen vor. Aber Ella war das egal gewesen. Sollte sie sich doch darüber aufregen. Sie würde immer etwas finden, was sie störte. Heute war es das Thema, morgen ein anderes. Chronisch unzufriedenen Menschen konnte man es einfach nicht recht machen. Also versuchte sie es gar nicht erst. Zumindest nicht mehr. Am Anfang hatte Ella sich wirklich Mühe gegeben, nett zu Petra zu sein. Sie war froh gewesen, als ihr Vater endlich wieder jemanden an seiner Seite hatte. Auch wenn es zu Anfang sehr befremdlich war, ihn mit einer fremden Frau zu sehen. Ella hatte die Hoffnung gehabt, dass eine neue Frau sie und Klaus wieder ein wenig näher zusammenbringen würde. Denn sie sehnte sich nach einer Stütze und nach jemandem, der verstand, wie sie sich fühlte. Immer hatte sie gehofft, in ihrem Vater einen Leidensgenossen zu haben, der gemeinsam mit ihr in Erinnerungen schwelgte und mit ihr gemeinsam weinen würde. Diese Hoffnung wurde allerdings schon in den ersten zwei Monaten zerschmettert. Vom ersten Moment an konnte Petra Ella nicht leiden. Dies machte sie Klaus und auch ihr immer wieder sehr deutlich. Sie stoß den Keil, der bereits zwischen Vater und Tochter herrschte, nur noch tiefer hinein, bis er irgendwann so fest saß, dass es beinahe unmöglich war, ihn jemals wieder zu entfernen.

Kapitel 10

Als Ella zurück in ihr Zimmer ging, war ihr schwindlig, dabei war sie vollgefressen und müde. Doch ihr Geist wehrte sich vehement gegen den Drang, sich aufs Bett zu legen, um einen kleinen Mittagsschlaf zu machen. Jetzt konnte sie sich doch nicht einfach hinlegen, sie musste sich bewegen. Wenn sie schon so viel fraß, musste sie halt eben anderweitig versuchen, diese ganzen überschüssigen Kalorien loszuwerden. Das würde sich in diesem winzigen Zimmer allerdings eher schwierig gestalten. Zu Hause wäre sie nach so einer üppigen Mahlzeit erst mal ein bis zwei Stunden Laufen gegangen. Am besten mit Intervallen, dies regte den Kalorienverbrauch erst so richtig an. Intervalle hieß bei ihr nicht ein bisschen gehen und dann ein paar Meter laufen. Nein, Intervalle hieß bei ihr drei bis fünf Minuten Laufen, anschließend dreißig Sekunden Sprinten. Davon machte sie meist bis zu zehn Runden. Danach war sie oft so erschöpft, dass sie Angst hatte, sich jeden Moment übergeben zu müssen. Oft musste sie anhalten und sich hinsetzen, weil ihr Kreislauf versagte. Aber sie musste weiter, jede Kalorie, die sie gegessen hatte, musste wieder verbrannt werden. Hier drin wurde ihr die Möglichkeit zum Sport beinahe gänzlich genommen. Unruhig lief sie auf und ab. Was machte man mit so viel überschüssiger Energie?

Zwei Stunden lang ging Ella in ihrem Zimmer auf und ab. Zwischenzeitlich blieb sie immer mal wieder stehen, um aus dem Fenster zu schauen. Langsam schmerzten ihre Füße, sie war müde. Da musste sie jetzt durch. Es blieb ihr keine andere Wahl. Nach dem Abendessen würde sie noch versuchen, ein kleines Work-out zu machen. Nur erwischen lassen durfte sie sich nicht. Hielt sie sich nicht an die vereinbarten Regeln, hieße dies Überwachungszimmer. Das wollte sie auf gar keinen Fall riskieren.

Die Gedanken rauschten durch ihren Kopf. Erneut kratzte sie sich die Wunden an ihrem Unterarm auf, bis sie bluteten. Langsam waren es keine oberflächlichen Verletzungen mehr, denn es blutete immer stärker. In kleinen Rinnsalen lief das Blut an ihrem Arm hinunter zu ihrer Hand. Ihre Finger waren schon ganz blutverschmiert, doch sie nahm es gar nicht so wirklich wahr. Ihre Gedanken drehten sich immer noch um das Mittagessen und was es nur mit ihrem Körper anstellen würde. Die ganze Disziplin und harte Arbeit der letzten Jahre verloren. Einfach so weggeschmissen, weil sie sich nicht widersetzen konnte. Schon bei der Einweisung hätte sie sich weigern können. Schließlich war sie volljährig und niemanden etwas schuldig. Erst recht nicht dieser Frau, die meinte, ihre Mum ersetzen zu können. Das konnte sie nämlich nicht. Nicht einmal ansatzweise. Aber das verstand sie nicht. Oder sie wusste es und handelte gerade deswegen so, wie sie nun einmal handelte. Ella war so wütend auf Petra, ihren Vater auf diese beschissene

Station und vor allem auf sich. Denn sie wusste, dass niemand etwas für ihre Situation konnte, niemand außer sie selbst. Sie hatte sich keine Hilfe geholt, als es noch ging. Jetzt war es fast schon zu spät. Die Erkrankung hatte sich ausgebreitet und die Kontrolle über sie erlangt. Sie jemals wieder loszubekommen, schien schier unmöglich. Nie wieder würde sie unbeschwert leben können. Die Krankheit wäre immer mit dabei. Bei jedem Schritt, den sie tun würde, bei jeder Mahlzeit, die sie essen würde. Im Hinterkopf würde immer die Magersucht sitzen, kontrollieren, ob das genügend Schritte gewesen waren oder ob sie um halb elf abends noch zu einem einstündigen Spaziergang aufbrechen musste. Bei jeder Mahlzeit würde sie die Kalorien schätzen. Mittlerweile war sie so geübt darin, dass sie meist noch nicht einmal mehr abwiegen musste, um zu wissen, wie viel Gramm es waren. Schon lange wusste sie die Kalorienanzahl eines jeden Lebensmittel auswendig. Umso schwerer fiel es ihr jetzt die Mahlzeiten zu essen, die andere Leute für sie zubereitet hatten, denn sie wusste nicht, wie viele Kalorien sich darin versteckten.

Wurde beim Anbraten Öl benutzt? Vermutlich, die meisten benutzten welches. Aber welches hier? War die Tomatensoße etwa noch extra mit Zucker gesüßt worden? Wer machte denn so etwas? Es machte sie schier wahnsinnig, die Kontrolle vollkommen aus der Hand zu geben. Ella hatte das Gefühl, sie fiel immer tiefer und tiefer. Es gab nichts, woran sie sich klammern konnte. Jeder Strohhalm, nach dem sie griff, löste sich in ihrer Hand in Luft auf. Im Endeffekt stand sie ohne irgendetwas da. Einsam und alleine. Wie sie es schon so lange war. Es hatte sie nie gestört. Erst jetzt merkte sie, wie weh es ihr tat. Das Unsichtbarsein, das von Fremden übersehen werden und das langsame Verschwinden. Sie wollte das nicht mehr. Entweder es änderte sich etwas oder …

Kapitel 11

Wie schon so oft an diesem Tag stand Ella am Fenster und ließ ihren Blick über die grauen Häuser schweifen. Die Sonne strahlte immer noch von einem wolkenlosen Himmel hinunter. Durch die dünne Scheibe hörte man Kindergeschrei. Hier musste irgendwo ein Spielplatz in der Nähe sein, denn Ally hatte erzählt, dass in einem der Nachbargebäude die Kinder- und Jugendpsychiatrie untergebracht war. Gerade in der Pubertät war Ally dort ein- und ausgegangen, als würde sie dort wohnen. Mittlerweile war sie zu alt für diese Stationen, jetzt war sie hier, wie Ella, die sich hier allerdings alles andere als zu Hause fühlte. Auch in ihrem eigentlichen zu Hause fühlte sie sich oft unwohl und nicht willkommen. So war es ihr früher schon gegangen, selbst als ihre Mum noch gelebt hatte. Nach ihrem Tod wurde das Haus immer weniger einladend. Ella mochte das Haus nicht. Es war viel zu groß und es hatte viel zu viele Zimmer, die eh niemand benutzte. In dem Haus hätten noch fünf andere Familien wohnen können, dabei hätte man sich immer noch prima aus dem Weg gehen können. Trotzdem war es um vieles besser als das hier. Wenigstens hatte sie zu Hause einen Schrank und ein, zwei Bilder an der Wand. Hier gab es nichts, außer ein Bett und einen Tisch. Von Innenarchitektur hatte man hier noch nicht allzu viel gehört.

Plötzlich flog ein kleiner Vogel an Ellas Fenster vorbei. Er zog seinen Runden schnell und wendig über den mit Asphalt bedeckten Boden, vermutlich auf der Suche nach Futter. Aufmerksam beobachtete Ella ihn. Irgendwann gab der Kleine seine Suche auf, landete auf Ellas Fensterbrett, um ein wenig zu pausieren. Diesen Vogel kannte Ella. Natürlich nicht persönlich, sondern seine Art. Es war eine kleine Bachstelze, die ungefähr sechzehn Zentimeter groß war. Ihr Federkleid war schwarz-weiß gezeichnet. Normalerweise traf man diesen kleinen Vogel eher an Gewässern oder in dicht bewachsenen Gegenden an. Was er hier wohl wollte?

Schon oft hatte sie einige seiner Artgenossen auf verschiedenen Spaziergängen in der Natur beobachten können. Diese Vögel waren durch ihre schwarz-weißen Federn, so simpel und trotzdem außergewöhnlich. Sie gefielen ihr. Genau das war es auch, was Ella mit ihrer Kunst versuchte zu übermitteln. Die Raffinesse, die in der Einfachheit lag. Die Vogelart repräsentierte dies gerade zu perfekt. Der kleine Vogel blickte umher und wackelte mit seinem langen Schwanz. Ganz typisch für diese Art. Ella versuchte sich still zu halten, um das kleine Wesen nicht unnötig zu erschrecken. Diese Geschöpfe lebten eh ständig in Furcht, da musste sie nicht auch noch etwas dazu beitragen. Leider blieb der Kleine nicht lange, vielleicht drei Minuten. Dann machte er sich erneut auf den Weg, um nach Beute und sich einen sicheren Platz zu suchen, um selbst keine Beute zu werden.

Schwer seufzte Ella, denn sie beneidete den kleinen Vogel. Er konnte gehen, wo immer er auch hinwollte. Er hatte keine Verpflichtungen, außer sich fortzupflanzen und zu fressen. Für ihn galt nur fressen und überleben. Wenn Ella so genau darüber nachdachte, klang es doch gar nicht mehr so gut, vor allem nicht einfach. Eigentlich musste sie sich glücklich schätzen, in einer solch privilegierten Position zu sein. Aber sie war es nicht, sie hätte so gut wie mit jedem getauscht, wenn sie dafür ihre Lasten losgeworden wäre. Plötzlich merkte Ella, wie sie wieder wütend wurde. Wie konnte sie so etwas denken? Im Sekundentakt geschahen auf dieser Welt schreckliche Dinge, die sie sich noch nicht einmal vorstellen konnte. Menschen litten grausamste Qualen und bangten um ihr bloßes Überleben und sie war hier an einem der sichersten Orte der Welt. In einem Land, welches versuchte, sie vor dem Existenzminimum zu bewahren. Und sie? Sie meckerte herum, weil sie für zwei Tage nicht rauskonnte. Noch nicht einmal das stimmte. Schließlich durfte sie ja raus. Mit Auflagen aber immerhin, daher hatte sie nicht das Recht, sich über irgendetwas zu beschweren. Sie sollte sich einfach nicht mehr so anstellen und sich mal zusammenreißen. Wütend schlug Ella mit der Faust auf das steinerne Fensterbrett. Ein stechender Schmerz durchzog ihre Hand. Geschah ihr nur recht. Schließlich stellte sie sich immer so unnötig an. Ihr ständiges Gejammer konnte man ja nicht aushalten.

Kein Wunder, dass man sie in die Klapsmühle abgeschoben hatte. Richtig so, vielleicht lernte sie jetzt endlich ein wenig, sich zusammenzureißen. Es war einer dieser Momente, in denen Ella erfüllt war mit Hass. Hass auf sich selbst. Diese Momente waren schrecklich und kaum auszuhalten. In diesen Augenblicken hoffte sie, dass ihr Körper plötzlich „Nein" sagen würde und sie dann einfach tot umkippte. Oder blöd fallen würde, sie sich dann den Kopf stoßen würde und die Verletzung so schlimm wäre, dass sie nie wieder aufwachen müsste. Es war alles so furchtbar schwer und erdrückend.

Ella wollte schreien. Ihren ganzen Frust und Schmerz herausschreien, doch sie tat es nicht. Stumm sank sie auf die Knie. Tränen schossen ihr in die Augen. Ihre Finger vergrub sie in ihren Haaren, dann zog sie so fest an ihnen, dass sie sich ein großes Haarbüschel herauszog. Zusammengekauert hockte sie auf dem Boden. Sie weinte und weinte und weinte. So viel wie die letzten achtundvierzig Stunden hatte sie die letzten drei Jahre nicht mehr geweint.

Lange saß sie auf dem kühlen Fußboden, zusammengekauert wie ein kleines Kind, welches sich fürchtete. Sie merkte nicht, wie ihre Hand, mit der sie zuvor auf das Fensterbrett geschlagen hatte, immer stärker anschwoll. Die Hand war schon ganz blau verfärbt, ihren kleinen Finger konnte sie nicht mehr bewegen. Der Schlag, den sie ausgeübt hatte, war kräftig gewesen und direkt auf die Kante des Brettes gegangen. Dazu kam noch, dass die Stabilität ihrer Knochen durch ihre Anorexie stark beschädigt war. Die Hand pochte und schmerzte. Doch das alles nahm

Ella nicht wahr. Nicht der Schmerz ihrer Hand, nicht den Schmerz ihrer Kopfhaut, die zu bluten begonnen hatte, als sie sich die Haare ausgerissen hatte.

Wie betäubt lag Ella auf dem Boden. Die Knie hatte sie an ihre Brust gezogen, ihre Arme lagen seitlich neben ihr. Ihr Blick fiel ins Nichts. Die einzige Bewegung war das gleichmäßige Heben und Senken ihres Brustkorbs. Jeder, der jetzt hereinkam, würde als Erstes denken, sie wäre ohnmächtig oder sogar tot. Das war sie aber nicht, denn sie war quietschlebendig. Leider!

Die Zeit verging. Hätte sie eine Uhr im Zimmer gehabt, hätte man sie bestimmt ticken hören. Aber sie besaß keine Uhr. Stattdessen war das einzige Geräusch, welches man wahrnehmen konnte, ihr Atmen und gelegentlich der Lärm der Baustelle nebenan. Es verging eine gefühlte Ewigkeit, bis Ella die Kraft fand, sich langsam wieder aufzusetzen. Erst als sie versuchte, sich mit ihrer rechten Hand aufzustützen, bemerkte sie, wie sehr ihre Hand wehtat. Der Schmerz zog bis in ihren Unterarm. Für einen kurzen Moment sackte sie wieder zusammen. Das konnte sie nicht vor dem Pflegepersonal geheim halten. Spätestens beim Essen würden sie merken, dass etwas nicht stimmte. Noch dazu war Ella Rechtshänderin und absolut unfähig, irgendetwas mit der linken Seite zu machen. Zudem sah die Hand wirklich schlimm aus. Mittlerweile war sie auf das doppelte angeschwollen, mit grün, blau und lila Flecken, deutlich bunter, als eine Hand eigentlich sein sollte. Den kleinen Finger konnte sie überhaupt nicht mehr bewegen, die restlichen drei nur unter starken Schmerzen.

Wohl oder übel musste sie Hilfe holen. So konnte sie nicht weiter rumlaufen. Die Hand war bestimmt gebrochen. Jedoch zögerte sie, aber was machte es schon für einen Unterschied? Sie hatte es wohl schon verdient. Was musste sie sich selbst auch immer so leidtun und sich dann so anstellen? Vorsichtig versuchte sie, noch einmal ihre Hand zu bewegen. Ohne großen Erfolg. Okay, sie würde den Schwestern Bescheid sagen. Jetzt müsste sie sich nur noch eine gute Ausrede einfallen lassen, wie das ganze geschehen war. Das sie sich aus Selbsthass selbst verletzt hatte, konnte sie schließlich niemanden sagen. Denn genau das war es bei genauer Betrachtung gewesen. Selbstverletzung, wenn auch nicht gewollt. Aber sie hatte es in Kauf genommen, bei dem Schlag verletzt zu werden. So würde es zumindest das Personal hier sehen. Auf ewige Diskussionen und Therapiesitzungen hatte Ella keine Lust. Das Motto hier lautete schließlich: Füße stillhalten, lächeln und hoffen, dass man bald entlassen wird. Es würde nicht gut ankommen, wenn sie das nun verschwieg. Das schrie ja schon direkt nach Selbstverletzung. Sie würde einfach sagen, sie wäre gestolpert und dabei unglücklich gefallen. Das Gegenteil konnte ihr schließlich niemand beweisen.

Einige Minuten blieb Ella noch sitzen. Die Schwestern und Pfleger hatten gerade eh noch Übergabe, dabei durfte man nicht stören. Schließlich hatte sie es sowieso nicht sonderlich eilig. Die Hand war nun schon verletzt, da würden die paar Minuten auch nichts mehr ändern.

Fertig lehnte Ella sich mit dem Rücken an den Heizkörper, der angenehm kühl war. Ihr Kopf fühlte sich leer an. Die Gedanken, dir ihr vor einigen Minuten noch durch den Kopf geschossen waren, waren verschwunden. Übrig blieb eine einzige Leere. Wieder wanderte ihr Blick in das Nichts vor ihr. Ganz unterbewusst fing sie an, über die verletzte Stelle ihrer Hand zu streichen. Immer wieder drückte sie darauf herum und versuchte zu ertasten, ob sie irgendwo eine Bruchstelle fand. Plötzlich knackste es, erneut spürte Ella einen stechenden Schmerz, der sie zusammenzucken ließ. O je, das hatte sich nicht gut angehört, aber noch weniger gut angefühlt! Langsam wurde es wirklich Zeit. Jemand musste sich die Hand anschauen. Ihr Blick fiel auf den Boden direkt vor ihr. Dort lagen noch die Haarbüschel, die sie sich ausgerissen hatte. Die musste sie unbedingt wegwerfen. Zum einen, weil es wirklich ekelig war, zum anderen, weil auch dies niemand wissen musste. Obwohl sie auch hierfür eine gute Ausrede haben würde. Seit vielen Jahren hatte sie immer wieder Phasen, in denen ihr die Haare büschelweise ausfielen. Das hatte zum einen etwas mit ihrem Hormonhaushalt zu tun, zum anderen mit ihrer Unterernährung und dem starken Mangel an Vitaminen. Am liebsten ignorierte sie es oder schob es auf ein Ungleichgewicht der Hormone. Von einer Unterernährung wollte sie nichts hören, denn sie war nicht unterernährt, genauso wenig wie untergewichtig. Nur weil sie ein bis zwei Kilo weniger als der Durchschnitt wog, konnte sie doch nichts dafür, dass die Gesellschaft tendenziell zu fett war.

Irgendwie rappelte Ella sich auf, um nachzusehen, ob die Pflege bereits mit ihrer Übergabe fertig war. Wenn nicht, müsste sie halt noch ein wenig warten. War auch nicht so schlimm. Sollte sie nicht doch versuchen, das Ganze geheim zu halten? Andererseits konnte sie sich noch nicht einmal mehr auf der Hand abstützen, geschweige denn irgendetwas damit greifen. Es wäre deutlich vernünftiger, sich jetzt Hilfe zu holen. Hatte sie nicht auch bei der Aufnahme auf Station versprochen, dass sie sich immer melden würde, wenn sie Hilfe benötigte? Natürlich hatte sie dieses Versprechen mit gekreuzten Fingern, hinter dem Rücken gegeben. Bildlich gesprochen, versteht sich. Es half nichts. Sie konnte es drehen und wenden, wie sie wollte. Das Beste war, wenn sie sich rechtzeitig beim Personal melden würde und gut war es.

Kapitel 12

Die Pflege war tatsächlich noch mit ihrer Übergabe beschäftigt, als Ella ihr Zimmer verließ. Wie lange konnte so etwas denn dauern? Egal, jetzt würde bestimmt eh gleich jemand herauskommen und ihr einen Vortrag halten, dass sich während der Besprechungszeiten alle Patienten in ihrem Zimmer aufzuhalten haben. Hier ging es schließlich um streng geheime Daten. Lächerlich, nirgends waren die Menschen so offen und ehrlich wie hier. Jeder wusste genau, warum der andere hier war und was ihm momentan am meisten beschäftigte. Zudem wurde doch jede einzelne Tätigkeit beobachtet und anschließend dokumentiert.

Die Station war viel zu klein, um hier auch nur ein bisschen Privatsphäre zu haben. Die Doppelzimmer taten da ihr Übriges. Die Pflege selbst legte schließlich auch keinen Wert auf den persönlichen Raum der Patienten. Schon am Eingang musste man sein ganzes Leben offenbaren. Sobald man die Station betrat, wurden die persönlichen Gegenstände durchsucht und man selbst wurde einer Leibesvisitation unterzogen. Sogar ihre Schuhe hatten sie auf irgendwelche Gegenstände hin untersucht. Dafür hatten sie die Schuhsohlen herausgenommen, dann den Schuh abgeklopft. Wie im Knast, als wären sie alle Schwerverbrecher.

Tatsächlich musste Ella nicht lange warten, bis sie jemand gesehen hatte. Es war Maya, die durch die Glastür huschte, dann leise zu Ella herüber flüsterte: „Wir haben gerade Übergabe. Gehen Sie bitte wieder zurück in Ihr Zimmer. Warten Sie, bis wir fertig sind."

Schon wollte Ella sich wieder umdrehen, doch dann flüsterte sie genauso leise zurück: „Es tut mir schrecklich leid. Ich bin gestürzt und habe mich dabei an meiner Hand verletzt."

Zögerlich streckte sie der Auszubildenden ihre Hand entgegen. Scharf zog Maya die Luft zwischen ihre Zähne hindurch, als sie die verletzte Hand sah. „Oje, wie ist denn das passiert? Wollen Sie sich kurz hinsetzen?", sagte sie jetzt in einem normallauten Ton.

„Ich bin irgendwie blöd gestolpert, wollte mich mit den Händen abfangen, dabei bin ich wohl etwas ungeschickt aufgekommen." Ella versuchte möglichst mitleiderweckend dreinzuschauen. Es schien zu wirken, Maya schien ihr zu glauben. Schnell führte sie Ella zu der Bank, die direkt gegenüber vom Stationszimmer stand. Die Strafbank, wie Julia sie immer nannte, auf der sie nach jeder Mahlzeit eine halbe Stunde verharren mussten. Das würde jetzt hoffentlich nicht so lange brauchen, denn sie wollte heute Nachmittag mit den anderen noch Billard spielen gehen. Es gab anscheinend einen Billardraum in einem der oberen Stockwerke. Maya hatte ihnen versprochen, nachmittags einmal mit ihnen nach oben zu gehen. Das würde bestimmt lustig werden.

Jedoch wusste Ella ganz genau, dass das nichts werden würde. Die Hand musste geröntgt werden, vermutlich war sie gebrochen. Eigentlich hatte sie auch gar keine Lust auf irgendwelche Aktivitäten, sie war müde, dazu erschöpft. Die Schmerzen in ihrer Hand waren viel schlimmer, als sie sich eingestehen wollte. Jetzt, wo sie den Schmerz deutlich wahrnahm, merkte sie, wie ihr ganzer Körper damit zu tun hatte. Ihr war ein wenig schwindlig, sie schwitzte. Ihre Hand zitterte und sie fühlte sich erschlagen.

Der Schwindel wurde immer stärker und Ella fing an, schwerer zu atmen. Oh, oh, das war nicht gut! Dieses Gefühl kannte sie, wenn sie zu wenig gegessen hatte und ihr Kreislauf irgendwann die Notbremse zog, dann ging es ihr immer so schlecht. Sie bemerkte noch, wie sie jemand an der Schulter berührte. Aus den Augenwinkeln erkannte sie Herr Groos, den bärtigen Pfleger, der etwas zu ihr sagte. Jedoch verstand Ella ihn nicht. Irgendwie versuchte sie noch, ihm deutlich zu machen, dass sie sich nicht wohlfühlte, aber so weit schaffte sie es nicht mehr. Die Welt um sie herum wurde plötzlich dunkel. Ein unerbittlicher Sog zog sie hinab in das unbekannte Nichts.

Kapitel 13

Als Ella wieder wach wurde, bewegte sich der Boden unter ihr auf eine ganz unnatürliche Art, als würde man sie mit einem Bett über eine Straße schieben. Erstaunt öffnete sie die Augen, nur um sie gleich wieder zu schließen. Es war so schrecklich hell. Langsam blinzelnd versuchte sie erneut, die Augen zu öffnen. Über ihr war ein makelloser, blauer Himmel, über den vereinzelte Vögel ihre Bahnen zogen. Ach, wie schön! Aber halt, hier stimmte etwas nicht. War sie nicht gerade eben noch irgendwo drinnen gewesen? Wo war das noch gleich? Genau, sie war doch in der Klinik. Wie kam sie hier raus, vor allem, warum bewegte sie sich im Liegen vorwärts? Vorsichtig versuchte Ella sich aufzusetzen, doch irgendetwas hielt sie an ihrer Brust zurück. Außerdem tat ihre rechte Hand ganz furchtbar weh.

„Frau Ilg, es ist alles in Ordnung. Bitte bleiben Sie liegen. Wir bringen Sie jetzt ins Krankenhaus." Eine braunhaarige, junge Frau beugte sich über Ella und strich ihr behutsam über die Schulter.

Ins Krankenhaus? Warum das denn? Was war passiert? Ella versuchte ruhig zu bleiben und sich daran zu erinnern, was passiert war. Sie wusste noch, dass sie lange am Boden in ihrem Zimmer gelegen hatte. Ihre Hand hatte furchtbar wehgetan. Warum noch mal? Ach, stimmt, da war ja was! Danach war sie aufgestanden und hatte beschlossen, den Pfleger*innen Bescheid zu sagen, dann hatte sie sich auf die Bank vor dem Stationszimmer gesetzt. Was danach geschehen war, wusste sie nicht mehr, sie war wohl ohnmächtig geworden.

Schemenhaft kamen noch mehr Erinnerungen zurück. Sie war auf dem Boden liegend aufgewacht. Über sie waren viele besorgte Gesichter gebeugt gewesen, sie redeten alle auf sie ein. Aber Ella hatte nicht verstanden, was sie von ihr wollten. Es war ihr auch herzlich egal, sie war so unglaublich müde, deswegen hatte sie die Augen wieder geschlossen. War sie eingeschlafen oder erneut ohnmächtig geworden? Ihr Gedankenkarussell wurde von einem heftigen Ruck unterbrochen. Die Liege, auf der sie lag, wurde rücklings in den Krankenwagen gehievt. Die junge Frau erzählte ihr etwas, aber Ella hörte nicht zu. Gelegentlich nickte sie nur mit dem Kopf, denn sie war immer noch so müde. Am liebsten hätte sie erneut die Augen geschlossen und wäre einfach eingeschlafen.

Die junge Frau beugte sich wieder über sie, dabei sah sie sie besorgt an. „Ist alles in Ordnung bei Ihnen?", erkundigte sie sich.

Schwach nickte Ella. Am Blick der jungen Rettungsassistentin konnte man genau sehen, dass sie ihr kein Wort glaubte. Zum Glück fragte sie nicht noch einmal nach, sondern setzte sich auf einen Sitz neben Ellas Liege. Dann schnallte sie sich an und sah selbst gedankenverloren aus dem Fenster, als sich der Wagen in Bewegung setzte. Während der gesamten Fahrt hatte sie ihre Hand auf Ellas Schulter gelassen, dabei streichelte sie sie vorsichtig. Am liebsten hätte Ella ihre Hand genommen und sie fest gedrückt. Da die Sanitäterin zu ihrer Rechten saß, ging das allerdings nicht. Die Berührung tat ihr gut, sie spürte, wie sie ihr Sicherheit gab.

Die Fahrt war unangenehm, dazu holprig gewesen. Ella konnte nur erahnen, wo sie sich aktuell befand, dies machte sie wahnsinnig, denn sie gab nicht gerne die Kontrolle ab, erst recht nicht, wenn sie dann noch nicht einmal sehen konnte, wo hin es ging. Sie war einer dieser Menschen, die ständig am Fenster sitzen mussten.

Außerdem wurde ihr durch das Rückwärtsfahren schlecht.

Ella wusste nicht, wie lange sie unterwegs gewesen waren. Durch die letzten Tage ohne Uhr hatte sie das Gefühl für die Zeit verloren. Es hätten zehn oder dreißig Minuten sein können, sie konnte es nicht sagen. Der Gang, durch den die Sanitäter sie schoben, war angenehm kühl und dunkel. Immer wieder wurde sie nach Schmerzen und ihrem Wohlbefinden gefragt. Nur knapp antwortete Ella, denn sie hatte keine Lust auf Konversation. Immer noch war sie so müde, dazu erschöpft. Am liebsten hätte sie einfach nur die Augen geschlossen und nie wieder aufgemacht. Als sie schließlich durch eine gläserne Schiebetür geschoben wurde, blieb ihr nichts anderes übrig, als fest die Augen zusammenzukneifen.

Das grelle Licht der vielen Neonröhren an der

Decke blendete sie. Wäre ihr nicht so schwindlig aufgrund der Bewegungen und der fehlenden Koordination geworden, hätte sie ihre Augen auch am liebsten geschlossen gehalten. Es kam ihr vor, als befände sie sich in einer Achterbahn, die gnadenlos eine Runde nach der anderen drehte. Sie fühlte sich elendig. So schlecht war es ihr schon lange nicht mehr gegangen. Zumindest nicht körperlich. Im Vergleich hierzu waren der ständige Schnupfen und die immer wiederkehrenden stärkeren Erkältungen ein Witz. Der Grund dafür war ihr Immunsystem, welches wegen ihrer Unterernährung nicht sehr ausgeprägt war. Wenn sie als Kind krank war, hatte ihre Mum ihr Salbeitee gemacht und sie dazu gezwungen, ihn zu trinken. Früher hatte Ella nur Pfefferminztee gemocht. Mittlerweile liebte sie fast alle Teesorten. Sie trank viel Tee. Er war so praktisch, schnell gemacht, schmeckte und vor allem war er kalorienlos. Vorausgesetzt, man trank ihn ohne Milch und Zucker, aber das hatte Ella noch nie verstanden. Tee war warmes Wasser mit Geschmack, was musste man da noch großartig Zucker reinschütten?

Die Notaufnahme war laut, stickig und voller Menschen. Ella hasste es hier, aber sie war zu erschöpft, um sich zur Wehr zu setzen. Sie musste die Liege wechseln, um anschließend von einem älteren Pfleger mit schlechter Laune aufgenommen zu werden. Der Mann war sichtlich genervt von ihr und fiel ihr immer wieder ins Wort. Geschäftig tänzelte er um sie herum, während er ihre Vitalwerte maß und sich anschließend alles Mögliche notierte. Ella war froh, als sie schließlich aus dem kleinen Behandlungszimmer in die richtige Notaufnahme gefahren wurde. Hier wurde sie neben einer der vielen Liegen, die bereits auf dem Gang standen, gestellt. Aufgereiht wie Ware im Supermarkt standen die Liegen herum. Es gab auch kleine Zimmer, aber die waren anscheinend bereits alle belegt. Es war unfassbar laut. Ständig schrien Leute oder liefen eilig umher. Es war furchtbar. Ella wünschte sich gerade nur zurück in ihr Zimmer, zwar war es nicht sonderlich gemütlich, aber immerhin ein ruhiges Einzelzimmer. Alles war besser, als das hier. Wenigstens hatte sie hier eine Uhr, sodass sie zumindest eine grobe Orientierung hatte. Als sie in der Notaufnahme angekommen war, war es kurz nach 15:00 Uhr gewesen. Die Zeiger standen bereits auf 15:54, als das erste Mal ein Arzt zu ihr kam. Davor war bereits eine Schwester da gewesen, die ihr Blut abgenommen und ihr eine Nadel gelegt hatte.

Der Arzt wirkte noch sehr jung und nervös. Er fragte Ella nach dem Unfallhergang, dann tastete er ihre Hand einmal kurz ab. Dabei bemerkte sie, wie schwitzig seine Hände waren. Der junge Arzt tat ihr leid, so versuchte sie möglichst nett zu ihm zu sein und ihm bestmöglich ein gutes Gefühl zu geben. So ein Blödsinn. Warum musste sie sich jetzt darum kümmern, dass er seinen Job richtig machte und nicht beim ersten Patientenkontakt einen Herzinfarkt bekam? Was konnte sie denn jetzt schon ausrichten? Er musste doch eigentlich dafür sorgen, dass es ihr gut ging. Das war schließlich sein Job. Wenigstens lenkte der nervöse Arzt sie von ihrer eigenen Situation ab, dafür war sie ihm tatsächlich ein klein wenig dankbar. Zudem brachte er sie mit seiner tollpatschigen und unbeholfenen Art ein wenig zum Schmunzeln. Wie konnte ein studierter Mediziner nur so verpeilt sein? Waren halt doch nur Menschen.

Es vergingen noch geschlagene zwei Stunden, bis sie endlich zum Röntgen dran war, dann noch einmal zwei, bis jemand vorbeikam, um ihr das Ergebnis mitzuteilen. Die Notaufnahme hatte sich mittlerweile etwas geleert. Noch immer stand Ellas Liege auf dem Gang, allerdings war der Lärm nicht mehr ganz so ohrenbetäubend, auch das Rumgewusel der Angestellten wurde weniger. Jetzt hatte Ella allerdings Durst. Schließlich hatte sie das letzte Mal beim Mittagessen etwas getrunken. Das war um zwölf gewesen. Ihr Mund fühlte sich schon ganz trocken an, dazu fror sie auch noch. Anscheinend waren die Räume hier mit einer Klimaanlage ausgestattet, ständig zog ein kleines Lüftchen durch den Gang. Wenn man nur rumlag, konnte einem schon einmal kalt werden.

Frierend kauerte Ella sich auf der Liege zusammen und versuchte, sich fest in ihren Pullover einzuwickeln. Es half nicht viel. „Frau Ilg", wurde sie plötzlich gerufen, daher schreckte sie hoch. Der nervöse Arzt berührte ihre Schulter. „Entschuldigen Sie, ich wollte Sie nicht erschrecken. Ich wollte Ihnen nur mitteilen, dass Ihre Hand gebrochen ist. Gleich kommt einer der Pfleger und wird Ihnen einen Gips anlegen. Nur das

Sie sich nicht wundern." Unbeholfen und ein wenig verloren stand er nun vor ihr. Er wollte noch etwas sagen, schien allerdings nicht die richtigen Worte zu finden. Schließlich gab er sich einen Ruck und sprach es aus: „Frau Ilg, eine der Schwestern hat mir erzählt, dass Sie einige Wunden an Ihrem linken Unterarm haben."

Er stockte und schien zu überlegen, was er nun sagen sollte. Die Wunden hatte Ella bei der ganzen Aufregung beinahe vergessen. Natürlich hatten sie sie bei der Blutabnahme gesehen. Die Schwester hatte beide Ärmel ihres Pullovers hochgezogen, um nach einer geeigneten Vene zu suchen. Sie hatte nichts zu ihr gesagt, daher hatte Ella gehofft, sie würde es entweder ignorieren oder gar nicht erst bemerken. Dass zumindest das Zweite sehr unwahrscheinlich war, wusste sie. Hoffen konnte man ja trotzdem noch.

„Darf ich es mir einmal kurz ansehen? Nur um sicherzugehen, dass wir nichts übersehen und man es eventuell doch behandeln sollte. Die Kollegin meinte, es wäre nur oberflächlich."

Widerwillig schob Ella ihren Ärmel hoch. Es war sehr mühevoll, da sie mit ihrer rechten Hand nur erschwert greifen konnte. Anfangs hatte sie etwas für die Schmerzen bekommen, diese wirkten mittlerweile nicht mehr. Der junge Arzt warf nur einen kurzen Blick auf die Verletzungen. Sie waren nicht tief oder sonst irgendwie besorgniserregend, aber das wusste Ella ja schon längst. Wären die Wunden so gewesen, dass sie dringend von jemanden versorgt werden müsste, hätten sie dies bestimmt schon längst getan. Sie hoffte jetzt einfach nur, dass er es in keinem Dokument erwähnen würde.

Der junge Mann hatte sich schon umgedreht, wollte gerade losgehen, als er kurz stockte und sich wieder an Ella wandte: „Ach, bevor ich es vergesse. Die Hand muss nicht operiert werden. Sie ist nur angebrochen. Sechs Wochen mit Gips, dazu viel Ruhe dürften ausreichen. Für eine Nachuntersuchung gehen Sie bitte zu Ihrem Hausarzt. Von dem können Sie sich auch Schmerzmittel verschreiben lassen. Ich kann Ihnen leider kein Rezept ausstellen. Aber Sie sind ja momentan eh noch in stationärer Behandlung, da dürfte das ja kein Problem sein. Der Kollege kommt gleich und verbindet Ihre Hand, dann dürfen Sie auch schon wieder zurück in die Klinik. Wissen Sie schon, wie Sie zurückkommen?"

Darüber hatte Ella sich noch gar keine Gedanken gemacht. Ihre Eltern brauchte sie nicht zu fragen. Da würde es nur wieder unnötig Drama geben, sonst kannte sie niemanden so wirklich, der sie wieder zurückbringen konnte. Der nervöse Arzt bemerkte ihr zögern und schlug ihr vor, für sie ein Taxi zu bestellen, das sie zurückbringen konnte.

Sofort willigte Ella ein, jedoch wusste sie nicht, von welchem Geld sie das Taxi zahlen sollte, aber ihr würde schon etwas einfallen. Hatte sie nicht noch ein wenig Kleingeld in ihrem Geldbeutel gehabt? Aber wo war ihr Geldbeutel? Hatte man ihr den mitgegeben? Mussten sie ja fast, sie hatte ja ihre Krankenkassenkarte gebraucht. Ella erinnerte sich an die nette Sanitäterin, die ihr kurz, bevor sie gegangen war, noch ihre Versichertenkarte zugesteckt hatte. Aber hatte sie den Geldbeutel dabei? Ella setzte sich auf. Bei jeder Bewegung schmerzte ihre Hand, daher war sie froh, wenn der Arm endlich ruhiggestellt wurde, dann würden auch hoffentlich die Schmerzen besser werden.

„Brauchen Sie etwas?", fragte sie eine tiefe, ruhige Stimme.

Am Kopfteil ihrer Liege stand ein großer stämmiger Mann. Er war mindestens genauso groß wie Herr Groos, wenn nicht sogar noch größer und trug Krankenhauskleidung. Heute hatte Ella ihn schon mehrfach an ihr vorbeilaufen sehen. Er lächelte sie ganz freundlich an, obwohl ihn der große, dichte Bart und die vielen Tattoos, die sich über Arme und Hals zogen, eher ein wenig düsterer wirken ließen.

„Ähm ja, ich suche meinen Geldbeutel. Ich weiß leider gar nicht, was alles eingepackt wurde", antwortete Ella leise.

„Also hier steht auf jeden Fall schon einmal ein Rucksack. Vielleicht ist er ja hier drinnen. Sonst weiß ich es leider auch nicht", erwiderte er, dabei reichte er ihr den Rucksack.

Den hatte sie gar nicht gesehen, da er hinter der Kopflehne gesteckt hatte. „Oh, vielen Dank!" Schon wollte sie zugreifen, als sie ein stechender Schmerz durchzog, der sie zusammenzucken ließ. Ihre verflixte Hand.

Der Pfleger stellte den Rucksack neben ihr ab, der sagte: „Vielleicht sollten wir erst einmal die Hand eingipsen, dann sehen Sie nach Ihrem Geldbeutel. Was halten Sie davon?"

Ella lächelte ihn an. Wie konnte ein Mensch nur so viel Sympathie und Ruhe ausstrahlen? Ganz anders als das Nervenbündel von Arzt, der einige Minuten vorher bei ihr gestanden hatte. Der große Mann wirkte so viel souveräner und entspannter in seinem Auftreten. Seinem Namenschild zu urteilen war er Krankenpfleger, trotzdem fühlte Ella sich in seiner Gegenwart viel sicherer und deutlich besser aufgehoben. Was so eine Ausstrahlung ausmachte. Natürlich war der Pfleger auch ein wenig älter als der junge Arzt von eben. So sah er zumindest aus. Aber er wirkte, als würde ihn nichts aus der Ruhe bringen, als hätte er bereits alles gesehen. Diesen Mann schockte nichts mehr. Der Nervenbündelarzt hingegen fiel vermutlich schon um, wenn eine Fliege an ihm vorbeiflog. Bei dem Gedanken musste sie schmunzeln.

„Was ist denn so lustig?", fragte der Pfleger nach. Er hatte Ella in einen kleinen Nebenraum gebracht und bereitete gerade die Utensilien für das Gipsen vor.

„Ach nichts, nur einfach so. Ich bin einfach ein fröhlicher Mensch." Als sie das sagte, konnte sie sich selbst beinahe nicht ernst nehmen. Dasselbe hatte er sich anscheinend auch gedacht.

„Wirklich? Glaubt man gar nicht, wenn man Sie so ansieht", sagte er, ohne von seiner Arbeit aufzusehen.

„Ja, wahrscheinlich haben Sie recht", gab Ella zu.

„Das muss es ja auch gar nicht. Man darf im Leben auch mal schwierige Phasen haben. Den wichtigsten Schritt sind Sie bereits gegangen."

Verwundert sah Ella ihn an. „Na ja, Sie haben sich eingestanden, dass etwas nicht stimmt, dann haben Sie sich Hilfe gesucht. Sie haben den ersten und wichtigsten Schritt zur Besserung gemacht. Das heißt nicht, dass Sie sich jetzt auf die faule Haut legen dürfen und darauf hoffen, dass sofort alles besser wird. Es wird viel Arbeit kosten und es ist nicht immer ganz einfach. Es tut immer weh, wenn man wächst. Das ist wie bei Knochen. Es wird jetzt sehr weh tun, bis Ihre Hand wieder so ist wie davor. Aber der Knochen wird danach stärker als davor sein. Auch Sie werden danach stärker sein. Sie wissen, dass Sie den Schmerz aushalten können. Sie wissen, dass es Zeit braucht, um zu heilen, aber Sie wissen danach auch, dass es sich gelohnt hat, sich diese Zeit zu geben. Denn wenn Sie das erste Mal wieder normal eine Gabel in die Hand nehmen können, um zu essen, ohne über Schmerzen nachdenken zu müssen, dann wissen Sie, dass es sich gelohnt hat. Und so ist es bei Ihrer Erkrankung auch. Eines Tages werden Sie morgens aufwachen und das Leben wird sich leicht anfühlen. Es werden nicht sofort düstere Gedanken aufziehen, die Sie am liebsten ans Bett fesseln würden. Sondern Sie werden einfach aufstehen und Ihren Tag beginnen. Es wird wundervoll sein", sprach er zu ihr mit einer Ruhe und Selbstverständlichkeit über das Thema, dass Ella die Tränen kamen. Gerade so konnte sie die

Tränen noch zurückhalten, bevor die erste über ihre Wange kullerte.

Während der Pfleger redete, machte er ganz nebenbei den Gips fest: „So, wir sind fertig. Ihren Arztbrief haben Sie ja bereits bekommen. Ich bringe Sie noch zur Tür, dann dürfen Sie endlich wieder zurück. War bestimmt ein langer Tag für Sie."

Der große Pfleger half ihr auf und führte sie aus dem Raum, durch die Notaufnahme hindurch hinaus in die Eingangshalle. Dort wartete bereits der bestellte Taxifahrer auf sie. „Frau Ilg, ich wünsche Ihnen alles Gute und dass wir uns so schnell nicht wiedersehen. Sie machen das schon. Und vergessen Sie nicht, Wachstum schmerzt, aber es lohnt sich immer." Aufmunternd klopfte er Ella noch einmal auf die Schulter, bevor er sich umdrehte und ging.

Verwundert sah Ella ihm hinterher. So eine beeindruckende Persönlichkeit. Überwältigt von dieser Begegnung und erschöpft von dem ganzen Tag folgte Ella dem Taxifahrer zu seinem Auto. Es wurde bereits dunkel, als sie das Krankenhaus verließen. Trotzdem war die Luft noch angenehm warm. Es war einer dieser lauen Sommerabende, die man am liebsten mit Freunden beim Grillen verbrachte. Einer dieser Abende, an denen man viel lachte und sich über das Leben freute. An denen man Witze machte und sich den Bauch mit gutem Essen vollstopfte, als Nachtisch würde man Eis oder Obstsalat essen. Einer von diesen Sommerabenden. Für Ella war es lange her, dass sie einen solchen Abend verbracht hatte.

Ihr Vater hatte nach dem Tod ihrer Mum immer mal wieder befreundete Paare zum Grillen eingeladen. So richtig ausgelassen war die Stimmung allerdings nie. Dafür war Klaus eine viel zu große Spaßbremse und seine Freunde genauso.

Das letzte Mal, dass sie eine wirklich schöne Gartenparty veranstaltet hatten, war ungefähr zwei Jahre vor Sandras Tod gewesen. Die ganze Nachbarschaft war vorbeigekommen. Jeder hatte eine Kleinigkeit mitgebracht. Es wurde viel gegessen und gelacht. Ellas Mum hatte schon immer ein Händchen für gute Feiern gehabt. Da kam sie eher nach ihrem Vater, sie war maximal unbegabt darin, eine gute Gastgeberin zu sein. Zudem kannte sie kaum Leute, die sie gerne auf irgendwelche Gartenfeiern eingeladen hätte. Außerdem hasste sie jegliche Art von Feiern. Besonders Geburtstage waren ihr ein Grauen. Sie wusste gar nicht genau, warum, aber alles in ihr sträubte sich gegen eine große Ansammlung von Menschen, besonders, wenn dann auch noch von ihr erwartet wurde, mit ihnen zu kommunizieren und Spaß zu haben. Ella verstand es nicht, was war so toll daran, sich sinnlos volllaufen zu lassen, nur um am nächsten Tag mit Kopfschmerzen und Übelkeit aufzuwachen? Den Effekt konnte man auch ganz einfach anders haben, dafür musste sie nicht die ganze Nacht über aufbleiben. In der Schule hatte sie deswegen oft mit sich gehadert. Sie hatte Angst, den Anschluss an ihren Freundinnen zu verlieren, wenn sie nicht mitgehen würde. Auf der anderen Seite bereitete es ihr vieles, aber ganz bestimmt keine Freude. Also blieb sie zu Hause und hörte sich jeden Montag die Geschichten der anderen an, die ihr oftmals schon vollkommen ausreichten.

Kapitel 14

Ella wachte erst auf, als sie jemand an der Schulter berührte. Wie die Tage zuvor war es auch heute Maya, die sie aufweckte. Die Sonne schien durch den Vorhang hindurch in ihr Zimmer. Maya lächelte sie freundlich an, bevor sie den Raum wieder verließ, um auch die anderen Patient*innen aus ihren Träumen zu reißen. Das erste Mal hatte Ella das Bedürfnis, sich wieder umzudrehen, um weiterzuschlafen. Es war gestern schon dunkel gewesen, als der Taxifahrer sie abgesetzt hatte. Ein Pfleger hatte sie bereits erwartet, den sie nicht kannte, der sie zurück auf die Station gebracht hatte. Dort musste sie sich wie jedes Mal einer Leibesvisitation unterziehen und wurde auf Drogenrückstände getestet. Alles negativ. Na, wer hätte das gedacht?

Beim Abstützen schmerzte ihre Hand wieder. Sie hatte das Gefühl, der Gips drückte ihre Hand ab und würde den Schmerz verschlimmern. Sechs Wochen musste das Ding jetzt drauf bleiben. Kein Sport, kein Schwimmen, beim Baden bitte darauf achten, dass der Gips nicht nass wurde, am besten mit einer Folie abdecken. Sport durfte sie hier drinnen eh keinen machen. An das letzte Mal in einem Schwimmbad konnte Ella sich gar nicht mehr erinnern. Vermutlich war es mit ihrer Mum gewesen, die hatte es geliebt, den ganzen Tag im Freibad oder an einem See zu verbringen, sich dort mit Freunden zu treffen und sich von der Sonne bräunen zu lassen. Schon als kleines Kind hatte sie es nicht so richtig leiden können, viel zu schnell wurde ihr kalt, dann wurde sie müde. Während die anderen Kinder das leckere Essen vom Kiosk bekommen hatten, durfte sie sich mit alten Broten und Gemüse abfinden. Nur zu besonderen Anlässen gab es dann doch einmal eine Portion von den viel zu fettigen und heißen Pommes, die, wenn man genau darüber nachdachte, eigentlich nie nach irgendetwas geschmeckt hatten. Ein paarmal noch hatte Petra versucht, Ella zu einem Badeausflug zu überreden. Zum Glück hatte Ella aber immer eine passende Ausrede gefunden, schließlich hatte Petra auch nicht mehr nachgefragt und war alleine losgefahren. Vermutlich meinte sie so Ella bestrafen zu können, indem sie sie einfach ignorierte und nicht zu einem ihrer tollen Ausflüge mitnahm. Aber Ella war das Recht, sie war sogar sehr froh darüber. Normalerweise profitieren Menschen von sozialen Kontakten, kein Kontakt zu Petra war definitiv eine Bereicherung für das Leben. Dieses Jahr fielen Ella die Ausreden aber geradezu in den Schoß. Mal davon abgesehen, dass sie vermutlich noch sehr viel länger hierbleiben würde, als ihr das eigentlich lieb war, würde ihr der Gips noch mindestens sechs Wochen schenken. Insgeheim freute Ella sich ein wenig darüber. Sechs Wochen lang durfte sie keinen Sport machen, sechs Wochen lang immer die perfekten Ausreden, wenn manche Dinge nicht so richtig funktionierten. Nicht gegenüber anderen Personen, sondern ihr gegenüber. Sie konnte jetzt sechs Wochen lang faulenzen, ohne sich dafür hassen zu müssen. Denn egal, wie müde oder angeschlagen sie die letzten Jahre war, sie hatte sich zu keinem Zeitpunkt erlaubt, Schwäche zu zeigen. Natürlich hatte das nicht geklappt, sie war mehr als nur einmal an ihren viel zu hohen Erwartungen gescheitert. Das hatte allerdings nie zu einer Umstrukturierung ihrer Ziele geführt, im Gegenteil, sie wurde immer verbissener, gönnte sich noch weniger Pausen, die Maßstäbe wurden immer höhergesteckt. Es war ein Teufelskreis, aus dem es keinen Ausweg gab. Im Gegenteil, der Kreis fing an, sich zu drehen und immer mehr zu beschleunigen. Bis er mittlerweile so schnell war, dass ein Aussteigen nicht mehr möglich war, ohne in einer Katastrophe zu enden. Ella wusste das. Sie war schließlich diejenige gewesen, die den Kreis immer stärker und stärker zum Drehen gebracht hatte. Jetzt musste sie die Quittung dafür tragen, die hoch und schwer war. Dafür hasste Ella sich. Früher konnte sie es nicht verstehen, wenn Erwachsene immer bemängelten, dass der Tag zu wenig Stunden habe und das Leben so schwer und anstrengend war. Sie konnte es nicht nachvollziehen, warum Menschen immer nur das Negative in ihrem Leben wahrnahmen und all das Glück, welches ihnen widerfuhr, einfach achtlos auf die Seite warfen. Auch verstand sie es nicht, warum Leute ihr Leben darum strukturierten und formten, damit andere Leute sie bewundern konnten. Jedem ging es schlechter als dem anderen, jeder hatte noch mehr Stress als der Nachbar und der andere sollte sich gefälligst nicht so anstellen, man selbst hatte es schließlich noch viel schwerer. Denn nur die eigenen Probleme waren wirkliche Probleme. Doch je älter Ella wurde, umso mehr wurde sie Teil dieser Gesellschaft. Tausend Dinge auf der To-do-Liste lauerten, damit man ja nicht zurückblieb. Aber natürlich musste man auch jedes einzelne Ding davon in Perfektion ausführen können. Nichts durfte auf der Strecke bleiben, die Leistungen mussten stetig sehr gut sein. Dazu brauchte man noch einen großen Freundeskreis, man sollte möglichst viel von der Welt gesehen haben, aber natürlich auch ein gut gefülltes Sparkonto für die Zukunft besitzen. Die Familie stand immer an oberster Stelle, gemeinsam mit der Arbeit, dem Sport, das öffentliche Auftreten, Kinderplanung, Hausbau, Liebesbeziehung und natürlich Freunden. All das sollte, oder besser gesagt musste einfach vorhanden sein, vor allem musste es auch zu jeder Zeit nach außen hin gezeigt werden. Denn nur eine lächelnde Person war auch eine glückliche Person. Das sich hinter jeder Haus- oder Wohnungstür erst die wahren Abgründe einer jeden Person zeigten, wurde von der Gesellschaft einfach ignoriert.

Probleme? So etwas kennen wir nicht. Und wenn wir doch welche haben, arbeiten wir sie uns einfach weg. So eine Fünfzigstundenwoche hat noch niemandem geschadet. Doch und zwar Ella! Oft hatte sie das Gefühl, dem Druck nicht mehr standhalten zu können. Sie wartete geradezu darauf, endgültig zu zerbrechen, sie fühlte sich wie unter einer Dampfwalze, die all das Leben aus ihr hinausdrückte, wie aus einer Zahnpastatube. Doch das geschah nie. Es hörte immer auf, doch der Druck wurde nie weniger. Nein, er stoppte und zwar genau dort, wo es am schmerzhaftesten war. Immer an der Grenze zur Bewusstlosigkeit, doch nie so stark, dass sie das Bewusstsein wirklich verlor, sondern genau an dem Punkt, sodass sie alles bei vollem Bewusstsein über sich ergehen lassen musste. Es gab keinen Ausweg, kein vorwärts, aber auch kein rückwärts. Es gab nichts, niemanden, der ihr irgendwie helfen konnte, sie war auf sich allein gestellt. Niemand auf dieser Welt verabscheute und hasste sie mehr als sie sich selbst. So musste sie jede Sekunde ihres Lebens mit der Person verbringen, die ihr größter Feind war.

Langsam quälte Ella sich aus dem Bett. Ihr ganzer Körper schmerzte. Obwohl sie sich seit Tagen nicht richtig bewegt hatte, hatte sie Muskelkater in ihrem Rücken und Nacken. Vermutlich durch die Stunden auf der unbequemen Liege der Notaufnahme, dazu kam noch die Schonhaltung, die sie unterbewusst im Schlaf eingenommen hatte. Von jeder Bewegung, die sie heute im Schlaf gemacht hatte, war sie wach geworden, da ihr Arm zu schmerzen begann. Ella war hundemüde. Ihre Augen waren geschwollen, sie fühlte sich einfach elendig.

Träge schlüpfte sie in ihre Kleidung. Dieselbe, die sie seit bereits drei Tagen trug. Heute musste sie wirklich einmal zu Hause anrufen, um nach frischen Klamotten zu fragen. Ihre langen blonden Haare band sie zu einem Pferdeschwanz zusammen, ohne sie großartig davor durchzukämmen. Zähne putzen würde sie nachher. Jetzt hatte sie keine Lust, sich mit den anderen herumschlagen zu müssen. Von denen hatte keiner etwas von Ellas kleinem Unfall mitbekommen. Das zu verheimlichen, würde ihr vermutlich auch nicht gelingen, doch sie wollte die Zeit, in der sie die anderen mit blöden Fragen löchern würden, so kurz wie möglich halten.

Draußen wurden langsam immer mehr Stimmen laut. Vermutlich war es mittlerweile kurz vor acht. Nervös ging Ella auf und ab. Die Leute würden sie anstarren, wenn sie mit ihrem Gips aus dem Zimmer kommen würde. Solche Situationen hasste Ella. Alle Blicke würden auf sie gerichtet sein, dann müsste sie sich erklären. Schon bei dem bloßen Gedanken daran, bekam sie Bauchschmerzen und Herzrasen. Früher hatte sie immer davon geträumt, im Mittelpunkt zu stehen. Natürlich nicht wegen eines gebrochenen Armes, sondern aufgrund ihres außergewöhnlichen Gesangs und Tanzleistungen. Dass sie beides nicht sonderlich gut beherrschte, hatte sie damals einfach ignoriert. Ach, wie gerne wäre sie damals ein Popstar gewesen! Von allen geliebt und Geld bis zum Abwinken. Sie hätte das coolste Kinderzimmer der Welt gehabt. Noch so viel cooler als das von Hannah Montana. Ihr Kleidungsstil wäre von einem anderen Stern gewesen, so cool hätte sie ausgesehen, natürlich mit einem Body wie aus einem Modemagazin. Kein Gramm Fett zu viel, schließlich trainierte sie hart an ihren umwerfenden Tanzskills. So gut, dass selbst eine Polina Semionova den Hut vor ihr gezogen hätte.

Stattdessen saß sie nun hier mit ihrer gebrochenen Hand, mit ihren tausend Ängsten, besonders ihrer Angst vor großen Menschenansammlungen oder davor, im Mittelpunkt zu stehen. Das war es also mit den großen Karrieren bei Film und Fernsehen. Aber wen kümmerte das heute schon? Dieser Teil von ihr, der Teil mit den vielen Träumen und Freuden am Leben war bereits vor vielen Jahren gestorben, der nun unter einen riesigen Berg aus Verzweiflung, Selbsthass, Angst und Versagen begraben war. Für diesen Teil gab es keine Chance mehr, jemals wieder an die Oberfläche zurückzukehren und die Leidenschaft in ihr erneut zu wecken. Die Devise lautete Überleben, selbst da war sich Ella nicht sicher, ob sie das tatsächlich wollte.

Als Ella die Stimme einer der Schwestern erkannte, fasste sie all ihren Mut zusammen und öffnete ihre Zimmertür.

Kapitel 15

Nachdem die Tür hinter Ella ins Schloss gefallen war, atmete sie erleichtert aus. Ihr war schlecht. Zum einen taten ihr die verhältnismäßig großen Mengen an Essen nicht gut. Zum anderen schlug ihr die Anspannung gewaltig auf den Magen, derweil war es gar nicht so schlimm gewesen. Es gab zwar besonders zu Beginn viele besorgte Blicke und Nachfragen, was denn passiert sei, doch mit der Zeit und ihren kurzen Antworten verlief sich die unangenehme Situation im Sand. Es waren wieder andere Themen laut geworden.

Da Julia und Ella getrennt von den anderen aßen, kamen auch dort keine unangenehmen Nachfragen. Julia war gut gelaunt gewesen und hatte viel mit Ella und der Schwester, die bei ihnen saß, gescherzt. Trotzdem wurde Ella diese unangenehme Anspannung nicht los, die in ihrem Inneren wütete. In ihrem Kopf kreisten die Gedanken, doch sie konnte keinen richtig greifen und für einen kurzen Moment durchatmen, denn Ella hatte das Gefühl, das ganz langsam ihre Fassade anfing zu bröckeln, oder zumindest das, was davon noch übrig war. Es war nicht die Fassade, die sie nach außen hin aufgebaut hatte. Die war bereits vor langer Zeit eingestürzt. Denn auch wenn Ella das nicht wollte, man sah ihr ihre Erkrankung mehr als deutlich an. Doch es ging nicht darum, was die anderen von ihr hielten und wie deutlich sie den anderen zeigte, dass etwas nicht mit ihr stimmte. Es war das Lügenkonstrukt, welches sie gegenüber sich selbst aufgebaut hatte. Jahre lang hatte sie sich selbst immer wieder erzählt, dass es in Ordnung war, ja sogar richtig war, sich selbst immer wieder weit über seine Grenzen zu bringen. Schließlich wuchs man nur außerhalb seiner Komfortzone.

Das „außerhalb der Komfortzone" allerdings nicht bedeutete, tagelang zu fasten, täglich bis zu vier Stunden Sport zu machen oder jegliche Unzufriedenheit mit einer Rasierklinge am eigenen Körper zur Geltung zu bringen, hatte sie nicht verstanden. Für sie war es ein Weg der Bestrafung, auch der Erziehung. Einen Weg, den sie natürlich niemals bei anderen Leuten anwenden würde. Wenn Ally oder Maggy von ihren Selbstverletzungen erzählten, fand sie das ganz fürchterlich. Ella konnte nicht verstehen, wie andere Menschen sich so etwas antun konnten, obwohl sie doch so wundervolle Persönlichkeiten waren. All das dachte sie sich, während sie selbst nichts anderes tat. Doch für sie war es der richtige Weg. Schließlich hatte sie das auch verdient. Wer mit so wenig Selbstbeherrschung und Disziplin durchs Leben ging, hatte es nicht anders verdient. Doch während es die vergangenen Jahre nur diese eine Stimme in ihrem Kopf gegeben hatte, die, die ihr sagte, sie müsse weitermachen, noch härter zu sich sein und ja nicht aufhören, schlich sich nun vereinzelt eine ganz leise Stimme dazu. Eine Stimme, die ihr sagte, dass sie so nicht weitermachen konnte. Dass es falsch war, was sie tat und sie nach einem Ausweg suchen musste. Doch welche Möglichkeiten hatte sie denn? Die Krankheit hatte sie fest im Griff, das wusste Ella auch. Sie würde nie unbeschwert ein Drei-Gänge-Menü essen und danach noch lange lachend mit Freunden zusammensitzen. Wenn sie überhaupt jemals wieder etwas essen würde, ohne gleichzeitig die Kalorien mitzurechnen, ohne sich bei dem bloßen Gedanken daran mit Selbsthass zu überschütten. Ella hatte das Gefühl, die Welt raste an ihr vorbei. Alle waren zufrieden und so unbeschwert. Niemand sah, dass Ella zu ertrinken schien, im Gegenteil, Ella hatte immer mehr und mehr das Gefühl, dass es den anderen egal war, was mit ihr passierte. Wen wunderte es bei so einer unwichtigen und negativen Person wie Ella, wer mochte mit so jemanden schon etwas zu tun haben wollen?

Vermutlich hatten auch die anderen ihre eigenen Probleme und Ella war nur eine zusätzliche Last, so eine, wo man am besten ganz schnell versuchte, sie loszubekommen. Bis jetzt hatte sich Ella immer noch versucht, daran zu klammern, dass ihre Mum nicht gewollt hätte, dass es ihr so ging. Doch das war jetzt egal. Ihre Mum war schon seit vielen Jahren tot. Niemand brauchte sie mehr, niemand wollte sie hier mehr. Sie war ein unwichtiger Nebencharakter, der langsam, aber sicher nun die Bühne verlassen konnte. Nein, musste, denn sonst würde das Stück, welches Ella ihr Leben nannte, eine unangenehme Wendung nehmen, aber das wollte Ella nicht. Die leise Stimme, die sie beim Frühstück noch ermutigt hatte, nicht die Hälfte ihrer Semmel in ihrer Bauchtasche verschwinden zu lassen, war verschwunden. Oder zumindest war sie so leise geworden, dass Ella sie nicht mehr verstand. Vermutlich hatte ihre Krankheit sie geschnappt, gefesselt, geknebelt und von einer Klippe hinunter geschubst. Denn nun war die Krankheit zurück in ihrem Kopf, lauter, dröhnender und gewaltiger als jemals zuvor. Es gab nichts anderes mehr. Es gab nur noch Ella und die Krankheit. Schon jetzt stand fest, wer den Kampf gewinnen würde. Ella hatte keine Chance mehr. Das wusste sie. Würde sie noch einmal versuchen zu kämpfen? Oder gab sie gleich auf und ersparte sich damit eine erneute Niederlage? Sie wusste es nicht, denn sie war nicht in der Lage, eine Entscheidung zu treffen. Zu schwer waren die Verletzungen und Wunden vorangegangener Kämpfe.

Über die Jahre hatte sie versucht, stark zu sein, stark zu wirken, obwohl sie genau wusste, dass sie es nicht war. Früher oder später müsste sie kapitulieren. War nun der Zeitpunkt gekommen, all das, was sie die letzten Jahre aufgebaut hatte, wegzuwerfen? War all das, wofür sie so viel Kraft aufgewendet hatte, heute nichts mehr wert? Ella wusste, dass es nicht viel war, was ihr blieb. Doch war es genug, um weiterzumachen? War es all die Strapazen und Schmerzen wert? War es nicht so viel einfacher, endlich einen Schlussstrich zu ziehen? Ihr Vater würde vermutlich noch nicht einmal mitbekommen, dass sie nicht mehr da war. Petra würde wahrscheinlich einen kleinen

Freudentanz aufführen, wenn sie Ella nicht mehr an der Backe hätte. Und sonst? Wen gab es sonst noch, der überhaupt etwas von Ellas Ableben mitbekommen würde? Die paar Freund*innen aus der Schule, die, mit denen sie sich einmal im Jahr traf, die konnten sich an diesen einem Tag auch mit jemand anderen treffen. Außerdem hatten die ja bereits alle ein anderes Leben. Ein Leben, in dem Ella nur eine unbezahlte Statistenrolle hatte. Also auch nicht wirklich etwas, was fehlen würde. Wer erinnerte sich schließlich an die Statisten? Richtig, niemand!

Erschöpft sackte Ella in sich zusammen. Da saß sie nun, schon wieder zusammengekauert auf dem Boden. Ihr Kopf fühlte sich an, als würde er gleich zerbersten und in tausend Teile zerspringen. Ihr Körper hingegen fühlte sich leer und erschlagen an. Die Gedanken rasten nur so vor sich hin wie ein Karussell, bei dem die Sicherung rausgeflogen war, welches sich einfach nicht aufhörte zu drehen. Ella konnte das alles einfach nicht mehr ertragen. So stark war sie nicht, auch nie gewesen. Langsam aber sicher merkte sie, wie sie die Kontrolle verlor, wie sie ihr aus den Fingern entglitt, unaufhaltsam, als würde sie ein nasses Stück Seife in der Hand halten. Sie verschwand und Ella entschied sich nicht mehr hinterherzulaufen. Was änderte es schon? Ihr Entschluss war gefasst. Es hatte keinen Sinn mehr. Nicht nur die Situation war ausweglos, es war zudem noch so unfassbar schmerzhaft. Ella wollte nichts mehr, als das endlich dieser verdammte Schmerz aufhörte. Seit Jahren war er ihr stetiger Begleiter. Es war zu viel, viel zu viel. Es musste doch irgendwann aufhören, wenn es das nicht tat, dann war das der einzige Ausweg, der ihr blieb, es zu beenden.

Ohne es so richtig mitzubekommen, hatte Ella angefangen, ihre Fingernägel tief in den Gips zu bohren. Was sich bei dem harten Material als eher schwierig gestaltete. Sie fing an, an dem Gips zu ziehen und zu reißen. Vereinzelt schaffte sie es, kleine Stücke herauszubrechen, dabei genoss sie den Schmerz, den die Bewegung an ihrer gebrochenen Hand auslöste. Ein Zeichen, das sie lebte, dass sie es satt hatte. Es tat weh. Leben tat weh. Physisch und Psychisch, dies wollte sie nicht mehr. Nie wieder! Niemand tat ihr jetzt noch weh. Nicht ihre Eltern, nicht ihre Freunde, auch sonst niemand mehr. Ja, noch nicht mal mehr sie konnte ihr dann noch weh tun. Denn dann war es vorbei. Vielleicht gab es ja tatsächlich einen Ort danach, wo man sie endlich in Ruhe ließ. Wo niemand mehr etwas von ihr wollte oder verlangte. Dort würde sie ihre Mum wiedersehen. Ihr alles erzählen.

Plötzlich stockte Ella in der Bewegung. Konnte sie das ihrer Mum wirklich antun? So ein Wiedersehen. Ihre Mum würde es das Herz brechen, sie so zu sehen. Sie würde traurig sein. Aber sie war auch traurig gewesen, als ... sie gestorben war. Wochenlang hatte sie geheult, hatte sich Vorwürfe gemacht und hatte ... sie so schrecklich vermisst. Schließlich hatte sie Ella alleine gelassen. Sie war diejenige gewesen, die ihre einzige Tochter einfach so im Stich gelassen hatte. Sie war einfach gegangen, hatte sie mit ihrem Vater und dieser furchtbaren Petra alleine gelassen. Alleine auf dieser schrecklichen Welt, ohne sie vor den Gefahren, die dort lauerten, zu warnen. Wie konnte sie nur? Wie hatte sie sie einfach so zurücklassen können? Ella war wütend. Wieder fing sie an, den Gips herunterzureißen. Immer fester und fester, dabei spürte sie nichts mehr außer Hass. Sie spürte den Schmerz nicht, als ihre Hand noch ein zweites Mal brach, spürte nicht, wie sie sich ihre Fingerkuppen aufkratzte und sie langsam zu bluten begannen, auch nicht, wie die Tränen in ihre Augen aufstiegen und langsam ihre Wange hinunterglitten. Sie spürte nichts. Nichts, außer tiefe Verzweiflung. Verzweiflung und Trauer, zwei Gefühle, die sie nun seit so vielen Jahren begleiteten. Das Einzige in ihrem Leben, das konstant war, was sie immer begleitete. Nein, dies stimmte nicht. Da war noch etwas. Etwas, was immer an ihrer Seite war, etwas, was immer da war, egal, wie es ihr ging. Mal lauter, mal etwas leiser. Es war die Stimme in ihrem Kopf, die Erkrankung, die sie immer zu verfolgen schien. Sie war wie eine Freundin, die ihr nie von der Seite wich. Sie war da, wenn es ihr nicht gut ging und in den wenigen Momenten, in denen sie versuchte, glücklich zu sein. Doch es war keine gute Freundschaft, in der man sich unterstützte, egal, was war, eine Freundschaft, in der man sich alles anvertrauen konnte und die gemeinsame Zeit eine Bereicherung für beide Seiten waren. Die Krankheit war eine eifersüchtige Freundin, die es nicht mochte, wenn Ella sich nicht den ganzen Tag mit ihr beschäftigte. Schließlich wollte sie bespaßt werden und das am besten 24/7, sonst würde sie quengeln wie ein Kleinkind, das nicht mit seinem Lieblingsspielzeug spielen durfte. Ein Kleinkind, welches sich bei jedem Ding, das ihm gegen den Strich ging, weinend auf den Boden schmiss und so lange schrie, bis es endlich genügend Aufmerksamkeit bekam. Es war ein Fulltime-Job, denn eine Pause gönnte einem die Erkrankung nur in ganz wenigen Fällen, aber selbst da war sie im Hintergrund immer mit dabei. Doch was war Ella noch ohne diese Krankheit? Was blieb noch von ihr, wenn sie nicht mehr da wäre? Mit der Erkrankung wusste sie umzugehen, es war ein Teil von ihr und ihrer Persönlichkeit. Sie gehörte zu ihr, genauso wie ihre blonden Haare oder ihre kleinen Sommersprossen auf der Nase. Mit ihr fühlte sie sich sicher und geborgen, denn auch wenn alle anderen sie im Stich ließen, die Erkrankung war stets bei ihr. Wie eine gute Freundin, nur eben eine, die Ella keine Sekunde aus den Augen ließ. Sie wurde stärker, je länger sie sich mit ihr befasste. Während Ella nach Jahren des Zusammenlebens nur noch einem Häufchen Elend glich, war die Erkrankung immer mehr gewachsen. Jetzt stand sie erhoben und in voller Größe vor ihr. Nun war es Ella, die von ihr abhängig war. Das wusste sie, was sie nicht daran hinderte, sich auch nur eine Gelegenheit zu nehmen, auf Ella einzuschlagen und das immer und immer wieder. Und Ella? Die konnte nichts mehr tun, als es über sich ergehen zu lassen und zu hoffen, dass es bald vorbei war. Denn die Kraft, sich zu erheben, hatte sie schon lange nicht mehr.

Irgendwann ließ sie von ihrem Gips ab, dann sank sie erschöpft auf den Boden. Da lag sie nun, regungslos und ohne jeglichen Willen. Sie wollte nicht mehr, sie konnte nicht mehr. Obwohl sie ihr Vorhaben nicht vergessen hatte, war ihr die Kraft ausgegangen. Sie musste erst wieder ein wenig zu Kräften kommen und sich dann einen Plan machen. Was brachte es ihr, den Gips auseinanderzunehmen? Am Ende hatte sie nur erreicht, dass sie keinen Gips mehr hatte. Toll, was für eine lebensverändernde und lebensverkürzende Eigenschaft. Nein, sie brauchte einen richtigen Plan. Einen, der funktionieren würde, einen, der wenig Spielraum für einen Misserfolg ließ. Aber wie? Aufmerksam sah Ella sich in ihrem Zimmer um. Die Möglichkeiten hier hielten sich in Grenzen. Beziehungsweise sie liefen eher gegen null. Das musste man ihnen lassen, schwierig machten sie es einem hier schon. Aber das hieß nicht, dass es nicht möglich war. Man musste nur ein wenig kreativer werden. Kreativität lag Ella schließlich ziemlich gut. Sie musste schauen, ob sie nicht doch irgendwie an einen Einzelausgang kommen konnte, dann wäre es ein Leichtes. Brücken gab es immerhin viele in der Umgebung. Schon seit sie klein war, hatte sie Höhenangst. Mittlerweile machte ihr sogar das 1-Meter-Brett im Schwimmbad ein wenig Angst. Würde sie sich tatsächlich trauen, von einer zwanzig oder dreißig Meter hohen Brücke zu springen? Außerdem war das Gelingen ihres Vorhabens dabei auch nicht so sicher gewährleistet. Am Ende würde sie sich noch etwas anderes brechen und dann ewig im Krankenhaus rumliegen. Das wollte sie dann auch nicht. Der dumme Arm war schon Einschränkung genug, da brauchte sie nicht noch zwei gebrochene Beine.

Als es plötzlich an der Tür klopfte, wurde Ella jäh aus ihren Gedanken gerissen. Bevor sie auch nur realisieren konnte, was dies bedeutete, ging die Tür auf. Mit voller Wucht knallte sie ihr gegen den Kopf. Schließlich lag sie immer noch auf dem Rücken, direkt vor ihrer Zimmertür. „Auua", schrie Ella auf und fasste sich an die Stelle. Ihr Kopf brummte, schon jetzt war eine deutliche Beule zu spüren. Na super, so etwas hatte ihr gerade noch gefehlt.

„Was machst du denn da?" In der Tür stand Lukas, der sie entgeistert ansah. Sein Blick glitt über Ella hinweg hin zu den Fetzen ihres Gipses, die überall um sie herum verteilt lagen. Sie stockte. Wie sollte sie sich dafür eine plausible Erklärung einfallen lassen? Dafür gab es nämlich keine. Was sollte sie denn sagen? Mäuse hatten sie angegriffen, die sich an dem Gips festgebissen hatten? Oder ein Ergebnis von spontanem Zerfall? Nein, aus der Nummer würde sie so leicht nicht mehr rauskommen. Das würde Ärger geben. Was noch viel schlimmer war, ihr Einzelzimmer, dazu mögliche Ausgänge hatte sie sich damit selbst verbaut. Die Aktion würde eine Menge Gespräche und strengere Überwachung mit sich bringen. Das, was sie gestern bei ihrer Rückkehr rausgehört hatte, glaubte ihr das Klinikpersonal die Geschichte mit dem Sturz und der daraus resultierenden Verletzung auch nicht so wirklich.

„Sei ja ruhig", zischte Ella. Eilig sprang sie auf die Füße. Ihr Kopf machte ihr allerdings gleich deutlich, was er von einer so schnellen Bewegung hielt. Nämlich gar nichts. Für einen kurzen Moment wurde ihr schwarz vor Augen. Ihr war schwindlig. Schnell packte sie Lukas an seinem Shirt und zog ihn zu sich ins Zimmer, bevor sie die Tür wieder zuschlug. Hoffentlich hatte sie niemand gesehen.

„Was machst du denn?", fragte Lukas noch einmal.

„Ach, keine Ahnung! Ist doch nicht so wichtig. Hilf mir lieber, das Chaos hier zu beseitigen." Eilig ließ sie sein Shirt wieder los, dann fing sie an, die einzelnen Watte- und Gipsreste aufzusammeln. Immer wieder musste sie sich ermahnen, nicht gleich umzukippen oder ihr ganzes Frühstück wieder von sich zu geben. Ihr war schwindlig, dazu richtig übel. Ihr Kopf dröhnte und fühlte sich an, als würde er jeden Moment explodieren.

„Was hast du denn da überhaupt gemacht?", wiederholte Lukas, der immer noch mit entgeistertem Blick in der Mitte des Raumes stand.

„Kannst du auch noch was anderes sagen oder hängt deine Platte?", entgegnete Ella schroff.

Entsetzt packte Lukas sie am Arm und sah ihr tief in die Augen. „Was zum Fick hast du da gemacht?", klang er besorgt.

„Lass mich los."

Irgendwie versuchte Ella sich aus seinem Griff zu winden.

„Erst wenn du mir sagst, was hier los ist." Durchdringend sah er sie an, dabei dachte er nicht einmal daran, den Griff um Ellas Arm ein wenig zu lockern. Sie hielt inne und versuchte, seinen Blick zu erwidern. Doch sie konnte es nicht, zu groß war die Scham über das, was sie vor ein paar Minuten noch versucht hatte und über den Entschluss, den sie getroffen hatte. Wieder einmal hatte sie vor wildfremden Leuten gezeigt, wie schwach sie doch war, wie verletzlich, ohne jeglichen Rückhalt. Erneut stiegen ihr die Tränen in die Augen. Sie sah hinunter auf den Boden, dabei drehte sie ihren Kopf so, damit er nicht sehen konnte, wie die erste Träne über ihre Wange kullerte.

„Hey, was ist denn los, Süße?", klang Lukas Stimme nun ganz weich und mitfühlend. Er ließ ihren Arm los und strich ihr über die Wange. Herzzerreißend schniefte Ella. Na toll, jetzt musste ja jeder Vollidiot mitbekommen, wie sie weinte. Wie peinlich. Noch während Ella sich darüber ärgerte, wie peinlich ihr die ganze Situation war, nahm Lukas sie ohne weitere Worte in den Arm. Sanft drückte er sie an seine Brust. Einige Momente zögerte sie, bis sie die Umarmung erwiderte. Dieser Mann tat ihr einfach gut. Er vermittelte ihr ein Gefühl der Sicherheit und des Vertrauens, wie sie es selten bei einem anderen Menschen erlebt hatte. In seinen Armen hatte sie endlich das Gefühl, ein wenig zur Ruhe zu kommen. Das sie hier von der großen weiten Welt, aber auch vor der

Krankheit in Sicherheit war. Hier konnte sie sie nicht finden, sie war sicher. Sie standen nicht lange so da. Obwohl sich die Umarmung im ersten Moment so gut angefühlt hatte, fühlte sich Ella gleich im nächsten umso unsicherer. Was sollte er nur von ihr denken? Ihr der kleinen Psychotante, die sich den ganzen Gips zerfetzt hatte, wie eine Irre auf dem Boden lag und nichts machte. Zudem kam noch hinzu, dass überall auf ihrer Kleidung, aber auch vereinzelt auf dem Boden, Blutstropfen lagen. Bei ihrer Aktion hatte sie sich die Fingerkuppen ein wenig aufgekratzt. Die Blutung war mittlerweile versiegt. Obwohl es nicht übermäßig viel war, hatte es vereinzelt Spuren hinterlassen. Ella wand sich aus der Umarmung.

„Kannst du auch noch reden oder was ist los?", hakte er nach.

Wow, also charmant ging irgendwie anders! Ella schaute hoch. Noch immer sah er sie besorgt an. Na ja, er war ja eigentlich doch ganz süß, er schien sich wirklich ernsthafte Sorgen zu machen.

„Ach, weißt du!", druckste sie herum. Wie sollte sie das erklären? Außerdem sollte er nicht so dumm rum fragen, sondern ihr lieber helfen, alles zu beseitigen und den Gips wieder so zu präparieren, damit er wieder passte.

„Okay, weißt' was? Ich frag gar nicht erst nach, dafür versprichst du mir aber, dass du das nächste Mal das Ganze einfach lässt. Deal?" Erwartungsvoll sah er sie an. Sogleich nickte sie leicht, dann richtete sie ihren Blick wieder auf den Boden vor ihr.

„Was hast du da eigentlich wirklich gemacht? Du kannst mir nicht erzählen, dass du hingefallen bist. Das glaubt dir kein Mensch", sagte er, dabei deutete er auf Ellas eingegipsten Arm oder zumindest auf das, was davon noch übrig war.

„Ja, keine Ahnung! War gestern einfach nicht so mein Tag", antwortete sie leise.

„Na, heute ja anscheinend auch nicht", lachte Lukas.

Wieder nickte Ella. Ein kleines Lächeln huschte über ihre Lippen. Irgendwie war er schon ganz süß. Als er aufhörte zu lachen, wurde es für einen kurzen Moment still im Zimmer. Ella spürte seinen Blick, der an ihr hinunter wanderte, dann auf ihrem verletzten Arm liegen blieb. „Alter, da hast du ganz schön dran rumgefetzt. Wie willst du das vor denen da draußen geheim halten?"

Berechtigte Frage. Dies wusste Ella auch noch nicht so recht. Es war nicht viel, was fehlte, hauptsächlich der obere Teil des Handstückes. Die Aussparung für den Daumen, dazu auch die Unterseite an ihrer Handinnenfläche waren größtenteils noch vorhanden. Da hatte ihre Kraft nicht mehr ausgereicht. Trotzdem sah es reichlich dämlich aus, aber leider auch offensichtlich. Ihr fiel nichts ein, wie sie das ordentlich kaschieren sollte. Selbst wenn sie einen Verband oder ähnliches zur Hand gehabt hätte, würde man deutlich sehen, wie an dem Gips herum manipuliert worden war. Ellas wusste das und Lukas auch.

„Ach, keine Ahnung! Mir fällt schon was ein",

meinte sie, dabei versuchte sie ihre Hand mit ihrem Pullover zu kaschieren.

„Ich will ja jetzt kein Pessimist sein, aber das wird dich nicht wirklich weiterbringen." Behutsam griff er nach ihrem verletzten Arm. Sanft strich er darüber. Seine Hände waren warm und ganz weich. Ella spürte, wie ihre Wangen rot wurden und ihr Bauch zu kribbeln begann. Was machte dieser Typ nur mit ihr? Für einen kurzen Moment überlegte sie, ihre Hand zurückzuziehen und das Bauchkribbeln zu ignorieren. Doch sie ließ es und genoss seine Berührung. „Hey Kleines, willst du mir jetzt erzählen, was du da wirklich angestellt hast?", erkundigte er sich.

Ella blickte auf, um in seine wunderschönen braunen, treuen Augen zu schauen. Ach, wie konnte man nur so gut aussehen? Und wie liebevoll er sie ansah, ein Traum. Er sah ihr direkt in die Augen. Ein kleines verschmitztes Lächeln huschte über seine Lippen. Ella hätte dahin schmelzen können. Er ließ von ihrer Hand ab und strich ihr nun behutsam über die Wange. O Gott, hoffentlich war sie nicht wirklich so knallrot, wie sie sich anfühlten!

„Also was ist?", fragte er erneut, dabei sah er sie aufmunternd an. „Ich hab dir gestern auch so einiges erzählt. Da wäre es jetzt nur fair, wenn du mir auch was erzählst."

Irgendwie hatte er ja recht. Die Wahrscheinlichkeit, dass er damit hausieren gehen würde, war wohl doch eher gering. Was sprach also dagegen, ihm die wahre Geschichte zu erzählen? Die Antwort darauf war ganz einfach: Ella! Sie selbst stand sich im Weg, wie immer. Noch nie hatte sie jemanden so nah an sich herangelassen. Physisch nicht, aber auch mental war sie eher der Typ, der hohe Wände aus massivem Stahl oder Stein um sich zog. Sie konnte es ihm nicht erzählen, dann müsste sie sich ja selbst auch noch einmal damit befassen. Das konnte sie nicht. Egal, was seit dem Tod ihrer Mum vorgefallen war, in ihrer Familie sprach man nicht darüber. Wenn Ella so genau darüber nachdachte, war das auch davor schon so gewesen. Ihre Mum wäre daran fast zerbrochen, sie liebte es zu reden, zu erzählen und sich mit anderen Menschen über Erlebtes auszutauschen. Auch wenn es negative Erfahrungen gewesen waren, denn Sandra verarbeitete solche Erlebnisse, indem sie darüber sprach und andere Personen auch um ihren Rat bat. Ihr Vater war da eher das komplette Gegenteil. Für ihn galt: Was geschehen ist, war geschehen. Da man es auch nicht mehr rückgängig machen konnte, brauchte man sich nicht mehr damit befassen. Es war für ihn einfach abgehakt. Das man gewisse Dinge nur nicht einfach so abhaken und dann so weitermachen konnte wie davor, verstand er nicht. Oder zumindest wollte er es nicht verstehen. Nach dem Tod von Ellas Mum war es ähnlich gewesen. Bis heute hatten Ella und Klaus noch kein einziges Mal darüber geredet, was eigentlich passiert war. Geschweige wie es ihnen damit ging. Es wurde totgeschwiegen, wie alles, was in Ellas Leben passierte. Reden konnte man auf der Arbeit, zu Hause war schließlich ein Ruhepol. Was machte einen Ruhepol zu einem Ruhepol? Genau, es war ruhig! Am liebsten mucksmäuschenstill. Das zu Hause, war erst ein zu Hause, wenn man nicht mitbekam, dass dort auch noch andere Menschen lebten. Denn allein war es immer noch am schönsten. Allein, ganz allein, mit sich und all den Problemen, die man doch eigentlich gar nicht hatte. Zumindest nicht, wenn man sich mit anderen unterhielt. Wenn Ella so genau darüber nachdachte, konnte sie immer mehr verstehen, warum sie so war, wie sie nun mal war. Von Selbsthass geprägt zum Scheitern erzogen. Da merkte man, dass sie doch die Tochter beider war. Von ihrem Vater, der nach Perfektion strebte und das auch von seiner einzigen Tochter erwartete, aber auch von ihrer Mum, die alles ein wenig anders machte, da sie den Druck, den sie von der Gesellschaft verspürte, nicht standhalten konnte, es deswegen besser gleich gelassen hatte. Ella konnte das nicht, sie war daran zerbrochen. Es war das passiert, wovor ihre Mum immer am meisten Angst gehabt hatte, denn Ella hatte den Anforderungen nicht standgehalten. Statt sich eine Lösung zu suchen, wie sie es auf ihre Weise lösen könnte, hatte sie versucht, sich in etwas hineinzuzwängen. Doch nicht jeder Mensch war gleich und Ella war zerbrechlicher als andere. Doch als sie das bemerkt hatte, war es bereits zu spät gewesen, denn sie kam dort nicht mehr hinaus. Zum einen, da sie die Anforderung an sich selbst hatte, dazu gehören zu müssen, zum anderen ließen sie die Gesellschaft und vor allem ihr Vater nicht mehr aus der

Reihe tanzen. Sie war gefangen in einem komplexen System, welches sie fest im Griff hatte und in dem sie freiwillig blieb, schließlich tat man das so.

Schlussendlich konnte sie es Lukas nicht erzählen, sie konnte sich nicht erneut mit ihren Gefühlen auseinandersetzen. Zu tief waren die Wunden und zu schlecht die Erfahrung, die sie bis jetzt gemacht hatte. Am Ende konnte sie sich bei Lukas einfach nicht sicher sein, ob er eine gute oder schlechte Erfahrung werden würde. Nein, sie konnte es nicht riskieren, noch eine schlechte zu machen.

„Hey, mit mir kannst du reden! Ich erzähl es keinem weiter", versprach er, dabei streichelte er ihr behutsam mit seiner Hand über die Wange. Sollte sie es wirklich riskieren? Was hatte sie schon zu verlieren? Ihren Entschluss von vorhin hatte sie nicht vergessen. Dieser stand noch immer, sie würde nur auf den richtigen Moment warten und sie war sich sicher, dass der nicht mehr allzu lange auf sich warten lassen würde.

„Okay, aber können wir uns wenigstens hinsetzen?" Mit dem Kopf deutete sie auf ihr Bett. Verwundet zog Lukas die Augenbrauen hoch, doch dann musste er lachen: „Klar, mit dir geh ich gern ins Bett!" Schon stapfte er los und schmiss sich schwungvoll auf das kleine Bett.

„Du sollst dich ja nur draufsetzen, nicht gleich deine Nacht hier drinnen verbringen", antwortete Ella pampig. Was bildete sich der Typ ein? Der dachte auch er wäre der Größte.

Trotzig zog Ella ihren Schreibtischstuhl heran,

dann ließ sie sich drauf plumpsen.

„Hey, nicht so schüchtern, du kannst gern zu mir kommen!" Einladend klopfte Lukas auf die Bettdecke.

„Nein danke, ich passe." Wie konnte man sich nur so kindisch benehmen?

„Nimm doch nicht alles gleich so superernst", erwiderte er noch immer mit einem breiten Grinsen auf dem Gesicht.

Ella sah ihn immer noch ein wenig beleidigt an.

„Ach, komm schon! Ja, okay, sorry, war ja nicht so gemeint. Also war schon so gemeint, aber passt schon. Wenn du lieber ein Leben als Nonne führen möchtest, kann ich da ja nichts dagegen tun. Obwohl ich sehr überzeugende Argumente dagegen hätte", lachte er wieder.

„Hörst du dir eigentlich zu, wenn du redest? Oder hört sich das bei dir eher so an: bla bla bla bla bla. Das ist nämlich das, was bei deinem Gegenüber ankommt. Nur stumpfe Scheiße", konterte Ella trocken.

„Oho, schau an! Die Kleine kann ja auch richtig frech werden. Aber ich hab schon verstanden. Du willst lieber, dass dir jemand beim Reden zuhört. Also schieß los. Ich hör dir zu", ermutigte er sie mit einer ausladenden Handbewegung zu erzählen.

Sie überlegte noch einen kurzen Moment, ob sie sich nicht doch noch einmal von ihm darum bitten lassen sollte, ließ es dann aber doch lieber sein. Schließlich musste sie es ja jetzt nicht provozieren. Also holte sie tief Luft, dann fing sie an, von gestern zu erzählen. Von ihren Gefühlen und Ängste, dazu von dem vielen Druck, der auf ihren Schultern lastete und sie keinen anderen Ausweg mehr gewusst hatte, als sich selbst zu verletzen, um sich zumindest für einen kurzen Moment abzureagieren.

Die ganze Zeit über saß Lukas still da und hörte ihr zu. Er sagte nichts, auch wenn man ihm ansah, dass er Ellas Gefühlswelt nicht nachvollziehen konnte. Hätte Ella mit Maggy oder Ally darüber geredet, hätte sie sich verstanden gefühlt. Doch sie hatte es nicht den Mädels erzählt, sondern ihm, aber sie wusste selbst nicht so genau, warum. Doch anders als sie befürchtet hatte, schien Lukas sie für das, was sie sich angetan hatte, nicht zu verurteilen. Man sah ihm an, dass das Thema befremdlich für ihn war, aber er versuchte es so gut er konnte, nachzuvollziehen. Dafür war sie ihm unfassbar dankbar.

Nachdem Ella fertig mit ihrer Erzählung war, sah sie betreten zu Boden. Es war ihr unangenehm, ihm jetzt in die Augen zu schauen, denn sie wollte nicht sehen, was er von ihr dachte. Er musste sie für eine komplett durchgeknallte Psychobraut halten. Eine von der Sorte, um die man lieber einen großen Bogen machte. Es herrschte eine betretene Stille im Zimmer, so drückend, das Ella am liebsten einmal laut aufgeschrien hätte, einfach damit es nicht mehr so furchtbar still war. Doch sie tat es nicht. Am Ende würde noch jemand vom Pflegepersonal hereinkommen und Lukas auf ihrem Bett sitzen sehen. Das Betreten von fremden Zimmern war schließlich strengstens verboten. Ella sah immer noch zu Boden, als sie plötzlich hörte, wie er aufstand. Bestimmt würde er jetzt ohne noch etwas zu sagen, so schnell wie möglich das Zimmer verlassen, vor allem allen erzählen, wie gestört sie doch war. Um nicht gleich losheulen zu müssen, biss Ella sich auf die Unterlippe. Noch immer hatte sie den Blick gesenkt, denn sie konnte es nicht mit ansehen, wie er aus der Tür trat, um ihr Leben noch weiter zu zerstören. Die erste Träne kullerte ihr über die Wange. Sie hörte, wie Lukas die ersten Schritte machte. Doch anstatt sich Richtung Tür zu bewegen, kamen die Schritte auf sie zu. Noch bevor Ella realisieren konnte, was mit ihr geschah, griff er nach ihrer unverletzten Hand und zog sie auf die Beine. Bevor sie etwas sagen konnte, drückte er sie fest an sich. Wieder einmal brachen alle Dämme bei ihr. Sofort fing sie an zu weinen. Wie gut es doch tat, sich mal an die Schulter von jemanden so richtig ausweinen zu können. Das sie nach all diesen Tagen überhaupt noch dazu in der Lage war, auch nur eine Träne zu produzieren, wunderte sie.

Wie so oft in den letzten Tagen konnte Ella nicht sagen, wie lange sie dort eingekuschelt in seinen Armen standen. Ella weinte und weinte. Es schien, als könnte sie nie wieder etwas anderes tun als weinen. Sein T-Shirt war schon ganz durchweicht, doch ihn schien es nicht zu stören. Die ganze Zeit über strich er ihr beruhigend über die Haare. Gelegentlich hauchte er ihr ein kleines Küsschen auf die Stirn, doch er sagte nichts. Das brauchte er auch gar nicht, er war für sie da. Das war viel mehr wert und eine Geste, die Ella so gar nicht kannte. Es fühlte sich gut an, endlich jemanden zu haben, an dem sie sich anlehnen konnte. Für einen kurzen Moment hatte sie das Gefühl, dass er all die Last, die sie tragen musste, mit ihr trug. Plötzlich war sie nicht mehr allein. Jemand war bei ihr, um sie zu unterstützen. Es war ein Gefühl, welches Ella so nicht kannte. Bis jetzt war sie immer allein gewesen, auf sich gestellt, musste mit ihren Problemen zurechtkommen. Wenn sie das nicht tat, dann hatte sie eben Pech gehabt. So war sie erzogen worden, das hatte sie ihr ganzes Leben über gedacht. Aber vielleicht stimmte das gar nicht. Vielleicht musste sie nicht all ihre Päckchen allein tragen. Man konnte sich ja auch ab und zu Unterstützung holen.

„Ich weiß, dass du das nicht hören willst, aber du musst dir Hilfe holen", flüsterte Lukas ihr leise ins Ohr. Ruckartig befreite Ella sich aus seiner Umarmung. Sie sah ihn entgeistert an.

„Also, ich meine so richtige. Du kannst das mit deinem Arm eh nicht geheim halten. Die sind ja auch nicht komplett bescheuert, die werden sich schon denken können, dass' dich nicht nur aufs Maul gelassen hast. Sogar ich wusste, dass die Geschichte so nicht stimmen kann. Ich hab keine Ahnung von Psychologie, deswegen bist du ja auch hier", redete Lukas weiter.

Seufzend verdrehte Ella die Augen. Warum genau hatte sie es noch mal für eine gute Idee gehalten, ihm das Ganze zu erzählen? Sie murmelte etwas Unverständliches und stapfte wütend Richtung Tür. Jetzt wollte sie nicht länger als nötig mit ihm in einem Raum bleiben, denn sie war wütend. Schließlich hatte sie gehofft, in ihm jemand zu finden, der sie verstand und sie in dem, was sie tat, unterstützte. Stattdessen reagierte er wie jeder andere und riet ihr, zum Psychologen zu gehen. Als wäre sie eine Aussätzige, die man am besten wegsperrte und nie wieder hervorholte. Wenn sie jemand brauchte, der ihr Vorwürfe machte und ihr sagte, sie sei nicht ganz dicht, dann unterhielt sie sich mit ihrem Vater oder noch besser, mit seiner Freundin. Die konnte das nämlich besonders gut. Zumindest hätte Petra dabei noch Spaß.

„Hey, du bist jetzt nicht ernsthaft beleidigt deswegen?" Schnell packte Lukas sie am Arm und zog sie an sich.

„Au, du tust mir weh!", quiekte sie und versuchte, den Griff zu lösen.

„Okay, du bist beleidigt, obwohl ich gar nichts gemacht habe." Er lächelte sie an. „Hey, komm, ich hab jetzt gar nichts gemacht! Ich hab dir nur gesagt, dass ich das echt krass finde und ich nicht will, dass es dir so geht und du dir doch bitte ein bisschen Hilfe holen sollst."

Wer dachte er, wer er war? Ihr Vater? Ganz bestimmt nicht. Noch nicht mal von dem ließ Ella sich gerne etwas sagen, aber von einem dahergelaufenen Junkie schon dreimal nicht. Er saß ja genauso hier drinnen wie sie. Das kam vermutlich nicht durch ein außergewöhnliches ehrenamtliches Arrangement im

Kinderheim. Lukas hatte doch genauso Probleme, die ihn hierhergeführt hatten, die waren anscheinend auch groß genug, damit das Fachpersonal entschieden hatte, ihn in eine geschlossene Abteilung zu stecken.

„Du hörst mir grad gar nicht zu, oder?"

Ertappt sah Ella auf. Mittlerweile hatte er sie losgelassen. Nun sah er sie mit hochgezogener Augenbraue an.

„Nicht wirklich! Hast du was gesagt? Irgendwas Sinnvolles?", meinte Ella, dabei verschränkte sie pampig die Arme vor der Brust. Eine Bewegung, die sie gleich bereute, da die Berührung an ihrer Hand unfassbar schmerzte. Trotzdem versuchte sie Haltung zu bewahren und sich nicht anmerken zu lassen, was für Schmerzen sie gerade hatte. Schließlich machte sie sich schon angreifbar genug, da musste diese Blöße nicht auch noch sein.

„Jetzt werd mal nicht gleich frech. Ich mach mir Sorgen um dich. Deswegen sag ich dir das. Du brauchst einfach Hilfe. Das weißt du selber auch. Sonst wärst du nicht hier."

Wütend ballte Ella die Fäuste zusammen. Natürlich hatte er recht, dies wusste sie auch. Es war nicht seine Schuld, dass sie sich nicht helfen lassen konnte, auch nicht, dass sie in der Lage war, in der sie sich nun einmal befand. Doch sich dies einzugestehen, so weit war Ella noch nicht. Insgeheim wusste sie ganz genau, dass niemand ihr etwas Böses wollte. Die Leute handelten genauso, wie man es von ihnen erwartete. Sie machten sich Sorgen um Ella, sie wollten ihr helfen, doch das konnten sie nicht allein. Deswegen rieten sie ihr zu jemanden zu gehen, der sich damit wirklich auskannte. Jemand, der das professionell machte, der dafür ausgebildet worden war. Jedoch wollte Ella von all dem nichts wissen, denn sie fühlte sich wie eine Aussätzige, die den anderen nur auf die Nerven ging, die man ganz schnell abschieben musste. Das war einer der Momente, in der die Krankheit wieder zuschlug. Sie erzählte Ella, dass sie es nicht wert war und sie niemand leiden konnte, dass hinter ihrem Rücken schlecht über sie geredet wurde. Dass sie niemand bei sich haben wollte und sie vor allem eins war: eine einzige Last! Auch wenn Ella eigentlich wusste, dass das nicht so war und es Menschen gab, die es gut mit ihr meinten, war die Krankheit immer da. Durchgehend versuchte Ella sie vom Gegenteil zu überzeugen. Irgendwann hatte Ella gar keine andere Möglichkeit mehr, als der Krankheit zu glauben. Zu oft hatte sie ihr gesagt, dass sie es nicht wert war und nichts auf die Reihe bekam, es doch das Beste für alle Beteiligten wäre, wenn es Ella einfach nicht mehr geben würde. Nach Jahren des stillen Zuhörens und Leidens war Ella kurz davor, der Krankheit nachzugeben. Nein, sie war fest entschlossen, der Krankheit nachzugeben!

Kapitel 16

Natürlich hatte es nicht geklappt, Lukas wieder unbemerkt aus Ellas Zimmer zu bringen. Nachdem die zuständige Schwester auch noch das Gips-Massaker zu sehen bekommen hatte, war es ganz aus gewesen. Gemeinsam mit der Psychologin hatte es ein großes Gespräch gegeben. Zum Ende hin war sogar noch eine junge Ärztin dazu gestoßen, die vor lauter Nervosität noch nicht einmal ihren Stift richtig in der Hand halten konnte. Ella durfte sich eine Reihe von Vorwürfen und Ermahnungen anhören. Hauptsächlich Dinge, die zum einen Ohr rein- und zum anderen gleich wieder hinausgingen. Was interessierte sie das Gerede von denen? Die hatten doch alle gar keine Ahnung. Was wollten sie denn überhaupt mit dieser Regel bewirken? Keine gemischt geschlechtlichen Zimmer und Zimmerbesuche einzuführen. Das machte doch gar keinen Sinn. Zumindest nicht in dem Fall von Ella und Lukas. Wenn sie es verhindern wollten, dass hier etwas geschah, dann müssten sie auch einfach mal besser aufpassen. Schließlich war Lukas beinahe eine ganze Stunde in ihrem Zimmer gewesen. In dieser Zeit hätte so einiges passieren können, aber gemerkt hätte es niemand, geschweige denn es verhindern können. Doch dass Lukas und sie gemeinsam in einem Raum gewesen waren, schien nicht das zu sein, was das Klinikpersonal am meisten störte. Es war viel mehr Ellas gebrochene Hand und die Umstände, die dazu geführt hatten. Zudem wollten sie unbedingt Ellas Verletzungen an ihrem Arm sehen, die sie sich vor einigen Tagen zugefügt hatte. Anscheinend hatte irgendetwas in dem Arztbrief der Klinik gestanden, in der Ella den gestrigen Abend verbracht hatte. Warum konnte das Krankenhauspersonal nicht einmal etwas für sich behalten? Wie war das noch gleich mit der ärztlichen Schweigepflicht? Davon merkte sie hier nicht sonderlich viel. Widerspenstig und unter Protest zeigte Ella ihren Arm dann doch her. Es waren doch nur Schürfwunden. Nichts Wildes, da zierten Ellas Körper schon ganz andere Narben. Doch obwohl Ella es mehrfach beteuerte, sich nie wieder etwas anzutun und ab sofort den Schwestern rechtzeitig Bescheid zu geben, wenn es ihr nicht gut ging, musste sie umziehen. Angeblich zu ihrem eigenen Schutz. Wen sollte denn das schützen, wenn man 24/7 durch eine Glasscheibe beobachtet wurde? Schließlich war sie doch kein Fisch, der in einem Aquarium lebte. Aber egal, wie sehr sie bettelte, es half nichts. Ella musste umziehen. So packte sie noch vor dem Mittagessen ihren Rucksack mit ihren wenigen Habseligkeiten, die hauptsächlich aus ihren Malsachen bestanden, dann ging sie eine Tür weiter in eines der Überwachungszimmer. Gemütlich lag Julia auf dem Bett, die in ihren dicken Roman vertieft war, als Ella gemeinsam mit einer Schwester im Schlepptau den Raum betrat. Verdutzt legte sie das Buch zur Seite und setzte sich auf. Sie sagte nichts, während die Schwester erneut darauf hinwies, dass sie sich jeder Zeit melden könne. Erst als die Tür hinter ihr ins Schloss fiel, konnte Julia es sich nicht mehr verkneifen: „Sag nicht, der hat das wirklich durchgezogen und ihr hattet ein paar schöne Stündchen in der Einzelhaft?", kicherte Julia, dabei hüpfte sie aufgeregt auf ihrem Bett herum, bevor sie eine geeignete Sitzposition gefunden hatte.

Entgeistert sah Ella sie an. Wovon redete sie bitte? „Was meinst du?"

„Na, von dir und Lukas. Er hat beim Frühstück anscheinend kurz anklingeln lassen, dass er mal zu dir aufs Zimmer schauen möchte, um mal zu gucken, was so geht", kicherte Julia erneut.

Jetzt war Ella sauer, vermutlich zum ersten Mal, seit sie hier drinnen war, nicht auf sich selbst. Dieses verdammte Arschloch, was dachte er, wer er war? Wer dachte er, dass sie war? Als ob sie ihn in ihr Zimmer einladen würde, um sich ein paar nette Stündchen zu machen. Sie waren hier in einem verdammten Krankenhaus mit verdammten kranken Menschen, dazu zählten sie ja auch. Das Letzte, woran sie an diesem Ort dachte, war an Sex. „So ein Arschloch", zischte Ella wütend, dann schmiss sie ihren Rucksack mit voller Wucht auf ihr Bett.

„Na ja, das haben wir dir ja gleich gesagt. Aber jetzt erzähl mal. Lief was?", erkundigte sich Julia, dabei sah sie sie aufmunternd an.

„Na, sagen wir es so, in mein Bett hat er es geschafft. Aber über der Bettdecke, noch nicht einmal seine Schuhe durfte er ausziehen", entgegnete Ella schnippisch.

Julia klatschte lachend in die Hände. „Sehr gut. Das wird ihn Mords gestunken haben."

„Wem sagst du das. Statt 'nem schönen Schäferstündchen hat er die volle Psycho-Breitseite bekommen. Den hab ich bestimmt dreißig Minuten vollgelabert", lachte Ella jetzt auch. Nur gut, dass sie nicht auf sein Angebot, sich neben ihm aufs Bett zu setzen, eingegangen war. So konnte sie sich wirklich nichts andichten lassen, was als irgendeine anzügliche Geste ausgelegt werden konnte.

Fertig ließ Ella sich auf ihr neues Bett fallen. Es stand gegenüber von Julias. Sonst war das Zimmer der Einzelbox von Ella allerdings sehr ähnlich. Mit dem Unterschied, hier gab es einen Schrank. Apropos Schrank, sie musste heute wirklich zu Hause anrufen, um nach frischer Kleidung zu bitten. Langsam konnte sie sich schon kaum mehr selbst riechen.

Ihr Blick blieb auf der großen Glasscheibe hängen, die fast eine der Wände komplett einnahm. Man konnte direkt in das Stationszimmer sehen, doch genauso gut konnten die auch zu ihnen hineinsehen. Auch wenn das gerade niemand tat, fand Ella die Situation äußerst befremdlich, denn sie fühlte sich durchgehend beobachtet.

„Was hast du da gemacht?", riss Julia Ella aus ihren trüben Gedanken, dann folgte sie Julias Blick, der auf ihren eingegipsten Arm lag. Besser gesagt auf dem, was davon noch übrig war.

„Na ja, hab ich doch gesagt, Lukas hat nur Psychotalk bekommen. Das ist dem Ganzen vorausgegangen." Betreten sah Ella zu Boden. Ihr war das Thema so furchtbar unangenehm. Sie hörte, wie Julia aufstand und sich anschließend neben ihr aufs Bett setzt. Fürsorglich legte sie Ella einen Arm um die Schultern, dann drückte sie sie an sich. „Ach Süße, dir muss das nicht peinlich sein. Wir sitzen hier doch alle im selben Boot. Nirgendwo auf der Welt wirst du Menschen finden, die dich besser verstehen als wir. Willst du mir erzählen, was passiert ist?"

Auch wenn ihr nicht danach zumute war, musste Ella schmunzeln. An was für einen verrückten Ort war sie denn hier gelandet? So gut aufgehoben und verstanden hatte sie sich vermutlich noch nie in ihrem Leben gefühlt. Sie war hier sicher! Schlagartig kam ihr der Entschluss, den sie vor ein paar Stunden getroffen hatte, in den Sinn. Was war damit? Würde sie es doch nicht tun? Würde sie sich doch nicht trauen? Würde sie mal wieder versagen und ihr Vorhaben nicht zu Ende bringen? Nein, dieses Mal nicht. Dieses Mal war sie stark genug, es durchzuziehen. Sie würde es tun, komme was wolle. Sie würde nur noch auf die richtige Gelegenheit warten. Doch bevor es so weit war, musste sie nun gute Miene zum bösen Spiel machen. Niemand sollte mitbekommen, was sie vor hatte. Auch Lukas hatte sie im Gegenzug, dass er nichts erzählte, das Versprechen geben müssen, sich nichts anzutun. Nachdem er sich allerdings als kleines Arschloch entpuppt hatte, hatte auch Ella kein Problem mehr damit, dieses Versprechen nicht ganz so ernst zu nehmen. Was machte es schon für einen Unterschied? Bald würde alles vorbei sein, dann wäre sie endlich frei. Dann wäre ihr die Meinung der anderen auch scheißegal. Also erzählte sie heute schon das zweite Mal, wie sie nun doch im Überwachungszimmer gelandet war. Aber Julia war ein ganz anderer Zuhörer als Lukas. Zwischendurch fragte sie immer wieder etwas. Bei Julia fühlte Ella sich richtig verstanden. Die zwei Frauen sprachen lange miteinander. Am Ende fühlte sie sich ungewohnt befreit. Es gab nichts, was sie jetzt noch erschüttern konnte, denn bald würde sie nichts mehr belasten. Bald wäre alles egal. Jetzt musste sie nur noch aufpassen, dass ihr nichts mehr dazwischen kam und irgendjemand versuchte, sie von ihrem Vorhaben abzuhalten.

Kapitel 17

Am liebsten hätte Ella noch viel länger mit Julia herumgealbert und gequatscht. Stattdessen durfte sie den restlichen Vormittag, dazu den Großteil des Nachmittages, erneut in der Notaufnahme verbringen. Hier wurde, wie am Tag zuvor auch schon, noch einmal die Hand geröntgt. Tatsächlich hatte es Ella geschafft, sich den Knochen noch ein weiteres Mal anzuknacksen, wie sie das gemacht hatte, war ihr ein Rätsel. Noch dazu hatte sie das nicht einmal mitbekommen. Auch bei diesem Bruch hatte sie anscheinend Glück im Unglück, er musste nicht operiert werden. Jedoch war sie sich nicht so sicher, ob sie sich darüber wirklich freuen sollte. Eigentlich war ihr das Ganze ziemlich egal. Was machte es schon für einen Unterschied? So oder so müsste sie im Krankenhaus bleiben. Auf das Überwachungszimmer im StAP konnte sie gut verzichten. Natürlich war Julia supernett, schließlich hatten sie sich schon die ganze Zeit über gut verstanden, trotzdem konnte Ella auf eine Zimmernachbarin sehr gut verzichten. Sie war einfach mehr so der Einzelgänger Typ, andere Menschen waren für sie eher störend. Aber das war Ella jetzt egal. Bald hätte sie ganz viel Zeit, Zeit ganz alleine ohne nervige Eltern, ohne Klinikpersonal und Psychologen, die meinten, ihr vorschreiben zu müssen, wie sie sich zu benehmen hatte und natürlich ohne

Lukas. Noch immer war sie sauer auf ihn, aber auch ein wenig auf sich selbst. Wie konnte sie sich so sehr in einem Menschen täuschen? Sie hatte wirklich das Gefühl gehabt, er hätte sie gut leiden können. Jetzt das! Was machte sie nur immer falsch? Konnte sie denn keiner lieb haben? Gerade den berauschenden Körper hatte sie jetzt auch nicht, auch an dem Gesicht könnte sich ein Schönheitschirurg stundenlang austoben. War sie so leicht zu haben? Vermutlich nicht, aber bei ihr reichte ein wenig Nettigkeit schon aus, damit sie jemanden toll fand. In ihrem Leben hatte sie so oft um die Aufmerksamkeit ihrer Eltern kämpfen müssen, dass sie immer ganz erstaunt war, wenn jemand Fremdes ihr ohne jegliche Bedingung Aufmerksamkeit schenkte. Für Ella war das immer etwas ganz Besonderes. Vermutlich hatte Lukas sie deswegen sofort in seinen Bann gezogen. Er hatte ihr Beachtung geschenkt und sie hatte sich in seiner Gegenwart wie etwas Besonderes gefühlt. Dass er eigentlich nur ein wenig Druck ablassen wollte, war ihr nicht aufgefallen.

Den ganzen Weg zurück in das StAP grübelte Ella weiter über das Thema Lukas nach. Sie konnte einfach nicht glauben, dass sie sich so in einem Menschen getäuscht haben sollte. Normalerweise hatte sie eine sehr gute Menschenkenntnis. Mit Männern im Allgemeinen hatte sie allerdings eher weniger Erfahrung. Die, die sie bis jetzt gemacht hatte, waren eher negativ geprägt. Dabei konnte man schon bei ihrem Vater anfangen. Weiterhin sah Ella aus dem Fenster.

Endlich mal ein etwas anderer Ausblick als die Baustelle vor ihrem Klinikfenster. Neben ihr saß Maya, die Krankenpflegeschülerin hatte sie auf ihren Ausflug ins Krankenhaus begleiten sollen. Da Ella sich in den letzten Tagen als auffällig erwiesen hatte, hatte sie sich nun eine Art Geleitschutz eingehandelt. Das zumindest hatte ihr Herr Gross, der große bärtige Pfleger erzählt, als er Ella eröffnet hatte, sie würde nun schon das zweite Mal einen Ausflug ins Krankenhaus unternehmen dürfen. Maya hatte sich dafür freiwillig gemeldet, ansonsten hätte Ella, ähnlich wie gestern mit Rettungssanitätern ins Klinikum hin- und auch wieder zurücktransportiert werden müssen. So hatten die zwei Frauen einfach das Taxi genommen. Das war ihr ganz Recht gewesen, denn sie mochte Maya, sie hatte eine angenehme Ausstrahlung und Ella genoss ihre Anwesenheit. Soweit man das bei einem Krankenhausbesuch natürlich behaupten konnte. Außerdem redete Maya nicht so viel, die meiste Zeit war sie mit ihrem Handy beschäftigt gewesen. So hatte Ella genügend Zeit, ein wenig nachzudenken. Über Lukas, über ihren Umzug in das furchtbare Zimmer, aber auch über ihre Zukunftspläne, beziehungsweise über ihren einen Zukunftsplan. Wobei sie natürlich hoffte, diesen in einer nicht allzu entfernten Zukunft umsetzen zu können.

Und damit sollte sie recht behalten.

Kapitel 18

„Na, sieh an, wer da zurück aus seinem Erholungsurlaub ist!", wurde Ella bei ihrer Rückkehr empfangen.

„Tja, da biste neidisch? So ein Privileg wird hier nur den ganz coolen zuteil", entgegnete Ella. Schnell setzte sie sich zwischen Maggy und Ally auf die Couch, die im Aufenthaltsraum der Station stand. Um sie herum saßen noch Julia, Mario und natürlich Lukas, von dem auch die freudige Begrüßung gekommen war. Die Gruppe spielte gerade eine Runde Uno.

„Du scheinst hier ganz schöne Privilegien zu genießen. Zweimal in nicht einmal vierundzwanzig Stunden, das hab ich hier auch noch nicht miterlebt", meinte Maggy, die sie freundschaftlich in die Seite knuffte.

„Was macht deine Hand? Haben sie dir wieder einen frischen Gips verpasst?", erkundigte Ally sich.

„Am besten einen mit Stahlplatten verstärkt, sodass du ihn dieses Mal nicht mehr so einfach auseinanderrupfen kannst", lachte Mario über seinen schlechten Witz so sehr, dass er sich den Bauch halten musste.

Vor ihrer Abreise hatte Ella Julia erlaubt, mit den anderen darüber zu reden, denn sie wollte die Geschichte nicht noch fünf Mal erzählen müssen. Davon hatte Lukas anscheinend nichts mitbekommen, der sah Ella nämlich mit hochgezogenen Augenbrauen fragend an. Insgeheim freute sich Ella, diese Entscheidung getroffen zu haben, sollte er nur nicht denken, er würde einen besonderen Status in ihrem Leben genießen. Das tat er nämlich so ganz und gar nicht. Nicht einmal ein bisschen. Okay, das war jetzt vielleicht ein wenig gelogen! Aber dies musste er ja nicht wissen. Ella mochte es nicht, wenn andere Menschen ihre Schwachstellen kannten, dann am besten noch gegen sie verwendeten. Sie wollte sich um keinen Preis verletzlich zeigen. Wer schwach war, machte sich angreifbar, aber Ella hatte es satt, immer die Zielscheibe zu sein. Schließlich war sie so viel mehr! Während sich Ella noch über ihren kleinen Triumph freute, bemerkte sie plötzlich ein Gefühl in ihrem Bauch. Ein Gefühl, welches sie gut kannte, allerdings hier drinnen noch nicht verspürt hatte. Sie hatte Hunger! Ihr Bauch grummelte und verlangte nach Essen. Oder wie sie es nannte, er applaudierte! Durch ihren Aufenthalt in der Notaufnahme hatte sie das Mittagessen verpasst. Das Pflegepersonal, welches in der Spätschicht da war, hatte dies anscheinend übersehen. Ihr war es nur Recht. Auch wenn sich in den letzten Tagen ihre Gefühle und Gedanken nur gedreht hatten, so war die Magersucht immer noch ein großer Teil von ihr. Ella hasste das Gefühl, satt zu sein, ja, sie hasste es überhaupt, irgendetwas in ihrem Magen zu spüren. Das wollte sie nicht, sie war ja kein Mastschwein, welches man für Weihnachten vollstopfen musste. Sie brauchte nichts zu essen, nicht so wie die anderen, die von einem vollgedeckten Tisch zum nächsten liefen, um sich dort die fetten Bäuche vollzustopfen. Schließlich war sie diszipliniert und hatte Selbstbeherrschung gelernt. Zumindest hatte sie dies einmal. Hier drinnen blieb ihr ja fast nichts anderes übrig, als sich der Gesellschaft anzupassen und sich alle paar Stunden dreimal am Tag mit irgendwelchen Chemiebomben und Geschmacksverstärkern vollzustopfen.

Jetzt war es auch schon egal, dann würde sie halt doch fett und wabblig sterben. Das sie keine Selbstbeherrschung oder sonstige sinnvolle Eigenschaften hatte, hatte sie ja in der Vergangenheit mehr als nur einmal unter Beweis gestellt. Dann könnte sie sich auch mal richtig etwas gönnen. So sehr sie das Hungergefühl auch liebte, aber vielleicht würde sie heute Abend beim Essen mal so richtig über die Stränge schlagen. So eine Art Henkersmahlzeit, denn selbst wenn sie heute ihren Plan nicht in die Tat umsetzen konnte, würde der richtige Zeitpunkt dafür schon noch kommen. Allzu lange konnte es nicht mehr dauern.

„Können wir reden?" Jemand packte Ella von hinten am Arm. Sie war gerade auf dem Weg zurück in ihr Zimmer gewesen. Vor dem Abendessen wollte sie sich noch einmal kurz duschen. Die anderen wollten währenddessen noch eine weitere Runde Uno spielen. Doch anscheinend nicht alle von ihnen. Als Ella sich erschrocken umdrehte, erkannte sie Lukas hinter sich.

„Kannst du mal aufhören, mich ständig festzuhalten", schnaufte Ella, die merkte, wie die Wut schon

199

wieder in ihr aufkochte. Wer dachte er, dass er war?

„Ja, sorry, wollt ich nicht." Schnell ließ Lukas ihren Arm los und sah betreten zu Boden. Was war denn mit dem jetzt los? „Können wir trotzdem kurz miteinander reden? Also vielleicht nicht hier?"

„Worüber sollten wir denn bitte reden?", fragte Ella, denn sie sah es gar nicht ein, auch nur noch ein einziges Wort mit diesem Verräter zu wechseln.

„Ja komm, jetzt stell dich nicht so an." Auch Lukas schien langsam wütend zu werden. Er schnappte sich Ella am Arm und zog sie hinter sich her, in einen der Gänge, die man vom Stationszimmer aus nicht sehen konnte. Verkrampft versuchte Ella sich noch aus seinem festen Griff zu befreien. Es gelang ihr nicht, dafür war sie einfach zu schwach. Vermutlich wog sie noch nicht einmal die Hälfte von ihm, kein Wunder also, dass sie keine Chance gegen ihn hatte. „Was willst du?", zischte Ella ihn böse an, als sie schließlich stehen blieben.

„Mit dir reden. Wie oft soll ich dir das noch sagen", zischte er mindestens genauso wütend zurück.

„Worüber denn?", konterte Ella, die ihn provokant ansah, dabei verschränkte sie ihre Arme vor der Brust.

„Ich wollte mich bei dir entschuldigen", kam es kleinlaut zurück.

Das kam unerwartet. „So? Für was denn?", fragte Ella nicht mehr ganz so schnippisch.

„Ich geh mal davon aus, dass du mitbekommen hast, was ich zu den anderen gesagt hab. Das du deswegen pissig auf mich bist."

„Ach? Was hast du denn gesagt?" Krampfhaft versuchte Ella ihre wütende Fassade aufrecht zu halten. Er sollte ja nicht merken, dass sie von seiner Entschuldigung schon völlig besänftigt war.

„Na, das mit dem ... mit dem. Na, du weißt schon. Das, was ich beim Frühstück gesagt habe. Das war so nicht gemeint", druckste er herum.

„Nö, weiß ich nicht", tat sie auf doof. Langsam fand Ella Gefallen daran, ihn ein wenig ärgern zu können.

„Ach, komm schon! Du weißt, was ich meine. Auf jeden Fall wollte ich mich dafür entschuldigen. Kannst' jetzt damit machen, was du willst", flüsterte er. Mit gesenktem Blick stand Lukas vor ihr.

„Was sollte denn das? Beziehungsweise, wolltest du das wirklich? Also hast du wirklich gedacht, dass ich darauf eingehen werde?", hakte Ella nach, ihr war ein wenig übel, außerdem begannen ihre Hände zu schwitzen. Solche Konfrontationen lagen ihr einfach nicht, da wurde sie immer gleich nervös.

Weiterhin sah Lukas mit gesenktem Blick zu Boden, dabei trat er nervös von einem Fuß auf den anderen. „Na ja, ich hab mir gedacht, man kann es ja mal ausprobieren." Weiter konnte er nicht reden, denn Ella unterbrach ihn, indem sie ihm einmal gegen den Arm boxte. Normalerweise war sie keine gewaltsame Person, aber dieser Typ machte sie einfach nur sauer. Das war anscheinend eine Sprache, die er deutlich verstand.

„Au!", zischte er. Jetzt sah er sie an, dabei hielt er sich beleidigt den Arm. „Ich hab doch gesagt, es tut mir leid und dass ich's nicht wollte. Also, dass ich's schon wollte, aber dass ich dir damit nicht irgendetwas unterstellen wollte. Ich wollt's halt mal probieren, also so mal anfragen, wies bei dir so aussieht", stockte er, als er bemerkte, dass er sich nur noch weiter in die Misere ritt.

Dazu sagte Ella gar nichts, denn sie wollte testen, wie weit er sich noch um Kopf und Kragen reden wollte. Wenn sie ihn sich so genau ansah, war er doch eigentlich ganz süß.

„Sorry Mann, so wollte ich das jetzt nicht sagen! Eigentlich wollte ich mich echt bei dir entschuldigen. Ich find dich ja auch angezogen ganz nett", versuchte er es erneut zu retten. „Und ich find, dass du ne ganz tolle Frau bist, die sich gar nicht so stark verstecken braucht. Ich mag dich. Wirklich! Und ich will nicht, dass du dir was antust. Es bricht mir das Herz, dich so leiden zu sehen."

Ach, war er nicht einfach ein Traum. Ella schmolz dahin. Er war doch gar nicht so schlecht, wie alle sagten. Tief sahen sie sich in die Augen, noch bevor Ella etwas dagegen unternehmen konnte, zog er sie an sich und gab ihr einen zärtlichen Kuss auf die Lippen. Im ersten Moment war sie so verwirrt, dass sie es einfach nur zu ließ. Doch dann fing sie an, sich mental fallen zu lassen und erwiderte den Kuss.

Ein wenig waren sie in diesem Flur stehen geblieben, hatten sich geküsst und die Nähe des jeweils anderen genossen. Unterbrochen wurden sie schlussendlich von den anderen, die langsam alle aus ihren

Zimmern kamen, um pünktlich beim Abendessen zu sein.

Ella war glücklich und aufgeregt. So aufgeregt, dass sie fast nichts von dem Essen hinunter bekam. Lustlos stocherte sie darin herum. Es war nur Brot mit ein wenig Aufstrich. Das perfekte Essen, um gelegentlich davon etwas in ihrem Pullover verschwinden zu lassen. Das würde sie nach ihren Strafminuten auf der Bank im Klo entsorgen. Auch wenn sie sich vorhin noch vorgenommen hatte, heute noch ein letztes Mal ordentlich zuzulangen und sich kein Essen zu verbieten, konnte sie nicht. Zum einen saß ihr die Krankheit im Nacken, die ihr immer wieder ins Ohr flüsterte, dass sie eh schon viel zu fett geworden war und sich endlich mal zurücknehmen müsste. Zum anderen war ihr immer noch ein wenig übel von der Aufregung, denn sie hatte das Gefühl, tausend Schmetterlinge schwirrten in ihrem Bauch herum. Da war schlichtweg kein Platz für ein Abendessen. Auch nicht, wenn es ihre Henkersmahlzeit werden sollte.

Die Minuten auf der Bank zogen sich zäher als Kaugummi hin. Ella war müde, dazu tat ihr Arm furchtbar weh. Gemeinsam zog Lukas mit Maggy und Ally ihre Runden um die besagte Strafbank. Heute war Filmabend. Die Gruppe hatte sich schon einen Film ausgesucht und würde, nachdem die zwei Frauen ihre dreißig Minuten abgesessen hatten, den Film reinwerfen und sich einen gemütlichen Abend machen. Jedoch wollte Ella nicht, sondern die Gelegenheit nutzen, alleine in ihrem Zimmer zu sein, um ihren Plan zu Ende zu bringen. Um alles zu Ende zu bringen! Auch die Geschichte mit Lukas würde sie nicht davon abhalten können. Sie wollte nicht verletzt werden, denn sie glaubte, er würde ihr eines Tages sehr weh tun. Aber sie wollte das nicht mehr. Zu oft wurde sie bereits in ihrem Leben verletzt und hintergangen. Das musste sie sich nicht noch einmal antun, besonders nicht, wenn sie wusste, wie sie es verhindern konnte, dass ihr überhaupt jemals wieder jemand wehtun würde. Ihn würde das schon nicht sonderlich stören. Schließlich kannten sie sich ja kaum, sie war nur ein nutzloser Nebencharakter, den man jederzeit austauschen konnte. Er sah ja gut aus. Charmant konnte er auch sein, daher würde er nicht lange alleine bleiben. Da war sich Ella ziemlich sicher.

So kam es, dass Ella nach dreißig Minuten nicht aufstand, um in Richtung Aufenthaltsraum zu gehen, sondern in die entgegengesetzte Richtung. In Richtung ihres Zimmers.

„Ella, wo willst du hin?", rief ihr eine Stimme hinterher.

Mittlerweile kannte sie diese schon ziemlich gut. Es war Lukas gewesen. Langsam drehte sie sich um: „Ähm, ich komm nicht mit. Mir tut mein Arm ziemlich weh. Ich bin müde, da ich ja heute schon den ganzen Tag in der Notaufnahme war." In seinem Gesicht sah sie seine Enttäuschung.

„Ja komm, du musst ja jetzt nicht mehr viel machen." Schon kam er näher, bis er schließlich so nahe bei ihr stand, dass sie sein Parfüm riechen konnte. Er roch gut, irgendwie vertraut. „Du musst nur in meinen Armen liegen", flüsterte er ihr ins Ohr. Da waren sie wieder, die vielen kleinen Schmetterlinge in ihrem Bauch und ihr Herz schlug ihr bis zum Hals. Für einen kurzen Moment wurde sie wieder schwach, dabei vergaß sie, was sie sich für heute noch vorgenommen hatte. Aber nein, sie musste stark sein. Dieses Gefühl wäre nur von kurzer Dauer. Der Plan, den sie heute umsetzen wollte, der war für die Ewigkeit. „Nein, tut mir leid. Mir geht es einfach nicht so gut", flüsterte sie zurück.

„Kann ich dir irgendwie helfen?", bot er sofort an.

Ella schaute auf, sie sah in seine braunen Augen, die sie liebevoll anblickten. „Nein danke, ich brauche nur ein wenig Schlaf." Aufmunternd versuchte sie ihn anzulächeln. Anscheinend gelang ihr das nicht sonderlich gut, denn er sah sie besorgt an.

„Versprich mir, dass du dir nichts antust. Dass du davor zu mir kommst." Dann nahm er ihre Hand, doch noch bevor Ella irgendetwas darauf antworten konnte, wurden die zwei durch ein Räuspern unterbrochen: „Darf ich Sie beide bitten, ein wenig mehr Abstand zueinanderzuhalten." Herr Groos hatte sich neben den zwei positioniert und sah sie nun erwartungsvoll an.

„Selbstverständlich, ich wollte eh gerade gehen", meinte Lukas, ließ Ellas Hand wieder los und machte zwei Schritte zurück.

„Von Ihnen habe ich nichts anderes erwartet", erwiderte Herr Groos, sah Lukas kopfschüttelnd an, dann ging er wieder zurück zum Stationszimmer. Was er mit diesem Satz gemeint hatte, erklärte er nicht.

Verdutzt sah Ella Lukas an, der zu lachen anfing. Die ganze Situation war paradox und surreal gewesen.

„Hey, was ist jetzt? Kommt ihr endlich?", fragte Mario, der im Türrahmen auftauchte.

„Jaaa, ich komm ja schon, Zwergi", rief Lukas ihm über die Schulter hinweg zu, aber sein Blick war weiterhin auf Ella gerichtet. Kopfschüttelnd verschwand Mario wieder im Inneren des Raumes. Ella wollte sich nun auch umdrehen, um endlich zurück in ihr Zimmer zu gehen, als Lukas ihr noch ein: „Versprich es mir", hinterherrief. Kurz drehte sie sich noch einmal um und überlegte. Sie wusste, dass sie dieses Versprechen zu 100% nicht einhalten konnte, aber dies konnte sie ihm ja so nicht sagen. Also meinte sie nur knapp: „Mach ich." Eilig verschwand sie hinter ihrer Zimmertür. Zurück ließ sie einen misstrauischen Lukas, der ihr ihr Versprechen nicht so recht abkaufte. Er würde nachher auf jeden Fall noch einmal nach ihr sehen. Oder sollte er gleich den Schwestern Bescheid sagen? Auf der anderen Seite hatte Ella ihn darum gebeten, Stillschweigen zu bewahren, dies wollte er nach Möglichkeit auch respektieren. So würde er ihr wohl einfach vertrauen müssen. Geheuer war ihm die Sache allerdings nicht so richtig, dies hatte sie ihm angesehen.

Als Ella das klackende Geräusch der zufallenden Tür hinter sich vernahm, konnte sie entspannt ausatmen. Aufgeregt lief sie in dem Zimmer auf und ab. So viel

Platz wie in ihrem vorherigen Zimmer hatte sie dafür nicht, aber es reichte, um ein paar Runden zu drehen. Draußen begann es bereits zu dämmern. Im Zimmer war es schon ganz düster. Trotzdem schaltete Ella das Licht nicht an. Man konnte sie und was sie vorhatte, so deutlich schlechter erkennen, wenn sie das Licht aushatte. Hingegen konnte sie durch das Licht, das vom Stationszimmer durch das große Fenster in den Raum schien, genügend erkennen. Sichtschutz bot ihr zudem ein Plissee, das jemand vom Pflegepersonal heruntergelassen hatte. Perfekte Bedingungen also. Zudem hatte sich Ella bereits einen Plan gemacht, wie sie ihr Vorhaben nun in die Tat umsetzen wollte. Als sie vorhin ihren Rucksack mit den wenigen Dingen, die sich darin befanden, in den Schrank einräumen wollte, war ihr ein alter, rostiger Nagel aufgefallen, der, warum auch immer, in der Hinterwand des Schranks steckte. Diesen würde sie versuchen herauszuziehen, um es dann auf den „klassischen" Weg zu probieren, sich die Pulsadern durchzutrennen. Schon öffnete sie die Schranktür. Zum Glück war es schon ein relativ alter und nicht besonders teurer Schrank. Das Holz war bereits ein wenig spröde, so ging der Nagel deutlich leichter heraus als gedacht. Aufmerksam betrachtete Ella ihr Werkzeug. Seltsam, sie fühlte sich so ruhig, so entspannt, aber dennoch wild entschlossen, ihr Vorhaben auf keinen Fall scheitern zu lassen. Noch einmal würde sie nicht scheitern. Nie wieder würde sie scheitern und weder ihren noch den Erwartungen ihrer Mitmenschen nicht gerecht werden. Nichts und niemand würde sie heute noch stoppen. Es gab keinen Zweifel mehr.

Für einen kurzen Moment hoffte Ella noch darauf, dass ihre Vernunftstimme auftauchte, um sie davon abzuhalten. Jedoch kam da nichts. Da war nur die Krankheit, die sie wie ein Cheerleader beim Superbowl anfeuerte. Doch bevor sie den endgültigen Schritt gehen würde, wollte Ella noch etwas erledigen. Schnell schnappte sie sich noch einmal ihren Zeichenblock und zog eine schon etwas ältere Zeichnung hervor, die sie bereits vor einigen Monaten angefertigt hatte, für genau diesen Moment. Das Bild zeigte eine junge Frau im Porträt. Eine weinende Frau, gezeichnet vom Leben. Die Wangenknochen traten deutlich hervor und unter ihren Augen zeichneten sich Augenringe ab. Ihr Schädel endete nicht in einem Haaransatz, sondern war zur Seite hin aufgeklappt. Daraus wuchsen Blumen, aber auch einige andere Zeichen, die Ellas Schmerz und ihren Kampf mit der Erkrankung deutlich machen sollte. Ella hatte versucht, in dieses Bild all ihren Schmerz und ihr Leid in bildlicher Form darzustellen. Sie fand, dass ihr das ziemlich gut gelungen war. Das Bild war, wie beinahe jede Zeichnung von Ella, nur mit dem Bleistift gemalt worden, was dem Ganzen noch einen gewissen Charakter verlieh. Lange blickte Ella auf dieses Bild hinab. Sie hatte es in einem Moment gemalt, in der die Krankheit sie zum ersten Mal richtig getroffen hatte. Mit voller Wucht war sie damals aus dem Leben katapultiert worden. Zu ihrem Leidwesen nicht körperlich, sondern nur mental. Es war der Moment gewesen, in dem Ella bereits zu sterben begonnen hatte, indem sie entschied, eines Tages, wenn sie nicht mehr allzu große Angst davor hatte, Selbstmord zu begehen. Dieser Tag war heute, denn sie hatte keine Angst mehr davor. Es war der einzige Ausweg in ein besseres Leben. Nein, ein Leben war es dann nicht mehr, aber ein besseres Sein. Niemand würde ihr je wieder wehtun, niemand würde sie mehr verurteilen und ihr sagen, sie sei es nicht wert und sie würde nie etwas erreichen. Dann wäre sie frei. Endlich würde sie ihre Mum wiedersehen. Ella glaubte fest daran, dass es etwas nach dem Tod gab. Es würde leichter sein, er wäre ohne Schmerz und Leid. Man würde dort die Ewigkeit verbringen, mit all dem, was man liebte. Ella freute sich schon darauf, Sandra wiederzusehen, aber auch Loki, den kleinen, weiß-schwarz gemusterten Kater, den sie als Kind hatte. Dort, wo sie hingehen würde, würde es ihr gut gehen. Endlich. Sie legte das Blatt mit der Zeichnung auf den Tisch. Dafür musste sie bestimmt fünf Bücher, dazu eine Menge Papierschnipsel zur Seite schieben. Von Ordnung schien Julia nicht allzu viel zu halten. Aber was interessierte das Ella nun schon noch groß? Bald hatte Julia ihr Zimmer wieder ganz für sich.

Ein paar letzte Worte wollte Ella dem Bild noch hinzufügen. So schnappte sie sich einen Stift und ergänzte ein paar Zeilen. Auch diese hatte sie sich schon vor langer Zeit überlegt, nun mussten sie nur noch verschriftlicht werden: „Manchmal stellt uns das Leben Aufgaben, denen wir nicht gerecht werden können. Ich bin an der Aufgabe des Lebens gescheitert. Nun bin ich an einem Punkt angekommen, an dem ich mein eigenes Versagen nicht mehr ertragen kann. Es schmerzt zu sehr zu sehen, wie ich all meinen geliebten Menschen zur Last werde. Ich bin nicht stark genug, dem standzuhalten! Lebt wohl."

Es war kurz, aber es spiegelte das wider, was Ella dachte. Ordentlich räumte sie den Stift wieder zurück zu den anderen. Mehr gab es von ihrer Seite nicht zum Aufräumen. Ella griff nach dem Nagel, den sie davor auf das Bett gelegt hatte. Sie musste ihn mit rechts greifen, da sich dort der Gips befand. Dort würde sie mit dem Nagel beim besten Willen nicht hindurch kommen. Ein furchtbarer Schmerz durchzog ihre Hand, als sie diese fest um ihr Werkzeug schloss. Doch nichts war so schmerzhaft wie das Leben, das sie jeden Tag ertragen musste, daher ignorierte Ella den Schmerz so gut es ging. Langsam hob sie die Hand, dann atmete sie noch einmal tief durch. Sie tat das Richtige. Es gab keinen Zweifel und dann ... stach sie zu. Mit voller Wucht traf der Nagel auf ihre Haut und drang hindurch wie durch weiche Butter. Es schmerzte höllisch, doch Ella versuchte, den Schmerz zu ignorieren, als sie versuchte, den Nagel noch ein wenig weiter durch ihr Fleisch zu ziehen. Es blutete, alles war voller Blut und Ella schrie. Sie selbst nahm es gar nicht so wirklich war, denn sie war wie in Trance. Ihr wurde schwindlig, langsam verdunkelte sich der Raum um sie herum immer mehr.

Obwohl sie ihren eigenen Schrei hörte, konnte sie ihn nicht zuordnen, woher er kam. Ella hörte noch, wie die Tür aufflog. Mehrere Personen stürmten herein. Aus der Ferne vernahm sie eine Stimme, die ihr in den letzten Tagen so vertraut geworden war. Doch sie wusste nicht mehr, von wem sie kam. Die Welt um sie herum verschwamm. Ella fühlte sich, als würde sie in ein tiefes schwarzes Loch fallen. Sie fiel und fiel und fiel, es schien endlos oder etwa doch nicht?

Kapitel 19

Neun Monate später

Nach dem Essen machte Ella sich wieder auf den Weg zurück in ihr Zimmer. Eine gute halbe Stunde blieb ihr noch, bevor ihr Vater gemeinsam mit seiner, mittlerweile Ehefrau hier auftauchen würde. Noch immer war das Verhältnis zwischen ihnen eher angespannt, doch alle drei bemühten sich daraus das Beste zu machen. Während Ella durch die leeren Flure schritt, strich sie gedankenverloren über ihr linkes Handgelenk. Noch immer war die Narbe deutlich zu erkennen, gelegentlich schmerzte sie noch, besonders, wenn es zu starken Wetterveränderungen kam. Ihre Gedanken wanderten zu dem Abend, als das Ganze geschehen war.

Erst im Krankenhaus war Ella wieder zu sich gekommen. Um sie herum war es laut gewesen, überall piepste es und an ihr hatten lauter Schläuche gehangen. Man hatte sie in ein Krankenhaus gebracht, dasselbe, in dem sie bereits die Hand eingegipst bekommen hatte. Dieses Mal war es für sie allerdings nicht gleich wieder zurück ins StAP gegangen, sondern direkt in den OP und anschließend auf eine Überwachungsstation. Sie hatte viel Blut verloren, durch den rostigen Nagel hatte das Krankenhauspersonal Angst, sie hätte sich zusätzlich noch eine Blutvergiftung zugezogen. Insgesamt war sie fünf Tage in der Klinik gewesen, bevor es für sie wieder zurück in die geschlossene Abteilung gegangen war. Ella hatte Angst vor ihrer Rückkehr gehabt. Was würden die anderen nur über sie denken? Würden sie sie dafür verurteilen? Waren sie sauer auf sie, weil sie nichts gesagt hatte? Doch es war ganz anders gekommen, als sie erwartet hatte, denn Maggy und Mario waren zwischenzeitlich entlassen worden. Daher hatten nur Ally, Julia und Lukas sie mit offenen Armen empfangen. Wie erwartet hatte sie erneut das Überwachungszimmer beziehen müssen, dieses Mal allerdings alleine. Julia schlief gemeinsam mit Ally in einem Raum. Jedoch hatten es sich die drei nicht nehmen lassen, Ella ein kleines Willkommensgeschenk zu machen. Sie hatten das Zimmer peinlich genau aufgeräumt. Vermutlich war es nach Ellas Selbstmordversuch einer Grundreinigung unterzogen worden. Julia hatte sich von ihren Eltern einen großen Bilderrahmen bringen lassen, um das Bild, welches Ella zum Abschied dagelassen hatte, einzurahmen. Doch alle drei hatten gemeinsam ein paar Veränderungen vorgenommen. Die Blumen, die aus dem Schädel der jungen Frau hervor wuchsen, hatten sie bunt ausgemalt, nicht ganz so präzise, wie es Ella getan hätte, aber hier ging es schließlich um die Geste. Außerdem hatten sie auch unter den Worten von Ella etwas ergänzt: „Nichts im Leben kann so grausam sein wie das Leben selbst. Doch während der Tod so furchtbar endgültig ist, bleibt das Leben weiterhin voller wundervoller Möglichkeiten. Lass uns gemeinsam das Leben ein bisschen weniger grausam machen. Denn egal, wie schlecht es dir geht. Eine gute Freundin kann nie zur Last werden. Wir lieben dich. Ally, Julia, Maggy, Mario und Lukas."

Alle hatten sie das eingerahmte Bild zusammen mit einem Strauß frischer Tulpen auf ihr Bett gelegt. Als Ella das Bild gesehen hatte, hatte sie weinen müssen. Auch wenn sie diese Personen noch nicht lange kannte, sie hatte sie schon jetzt unfassbar in ihr Herz geschlossen. Wie Ally gesagt hatte: „Psychiatrie ist Familie." Damals hatte sie den Satz nicht so richtig verstanden. Jetzt tat sie es.

Zwei Wochen war sie noch in der geschlossenen Abteilung geblieben, bis sie schließlich einen Rehaplatz im Alten Schloss bekommen konnte. Noch immer hatte sie regelmäßigen Kontakt zu ihren Freunden aus der geschlossenen. Es war das erste Mal in ihrem Leben, das Ella tatsächlich von sich behaupten konnte, wirklich gute Freunde an ihrer Seite zu haben, dann war da schließlich noch Lukas. Ein wirkliches Paar waren sie nicht. Noch immer konnte Ella ihn, zumindest emotional, nicht so nah an sich lassen, dass es für eine Liebesbeziehung reichen konnte. Aber sie sahen sich häufig. Dreimal die Woche auf jeden Fall. Er wollte, dass sie sich im Moment hauptsächlich auf ihre Therapie konzentrierte, denn „So was" machte er nicht noch einmal mit ihr mit. Mit „So was" meinte er die gesamte Situation in der Klinik. Er war derjenige gewesen, der sie damals gefunden hatte. Die Stimme, die ihr so furchtbar bekannt vorgekommen war, die sie allerdings in dieser Situation nicht zuordnen konnte, war Lukas. Er war derjenige gewesen, der nach Hilfe gerufen hatte und versucht hatte, die Blutung zu stillen. Er war an ihrer Seite geblieben, bis die Rettungssanitäter sie aus der ersten der vielen verschlossenen Türen geschoben hatten. Julia und Ally hatten ihr davon erzählt, als sie wieder zurückgekommen war. Selbst verlor Lukas eher wenige Worte über die ganze Situation. Doch das war in Ordnung so, jeder ging mit so einem Erlebnis anders um. Ella war froh, dass es kein Thema war, das zwischen ihnen stand. Sie genoss seine Gesellschaft und war sich fast sicher, dass es ihm ähnlich ging. Er war eine Konstante in ihrem Leben, die sie sehr zu schätzen wusste. Auch wenn er sich in den letzten Monaten kaum verändert hatte. Noch immer dealte er mit Drogen, um sich so seinen Unterhalt zu verdienen. Zudem vermutete Ella, er schreckte nicht zurück, seine Ware zu konsumieren. Dies war allerdings ein Thema, über das er mit ihr kein Wort sprach. Jedes Mal, wenn sie versucht hatte, ihn darauf anzusprechen, war er wütend geworden und hatte das Gespräch abgeblockt. Irgendwann hatte Ella es aufgegeben, ihn dazu zu befragen. Es gab genügend andere Themen, über die sie stundenlang quatschen konnten. Denn auch wenn man es ihm nicht so wirklich ansah, war er ein sehr vielschichtiger Mensch mit Weltansichten, die sich Ella von einem Mann nur erträumen konnte. Bei ihm konnte sie frei sein und viel mit ihm lachen, doch wenn es darauf ankam, war er ihre stützende Schulter, an der sie sich ausweinen konnte.

Kapitel 20

Den Nachmittag verbrachte Ella mit ihren Eltern in einem Café mit Blick auf den Schlosspark. Das Café war gut gefüllt, sodass Ella am Anfang schon befürchtete, keinen Platz mehr zu bekommen. Es war ein eher kleineres Café mit tiefen Fenstern, die den Raum viel größer wirken ließ, als er eigentlich war. Das Highlight an sonnigen Tagen war allerdings die große Terrasse, die Richtung Park zeigte. Von hier aus konnte man den ganzen Park überblicken und weiter hinten am Horizont auch die Skyline der Stadt bewundern. Gerade an so sonnigen Tagen wie heute war das einfach ein kleines Träumchen.

Wie immer hatten Klaus und Petra nicht allzu viel zu erzählen, obwohl sie gerade erst aus ihren Flitterwochen zurückgekommen waren, die sie in einem Luxushotel in Saint Tropez verbracht hatten. Ein paar Tage der zweiwöchigen Reise waren sie sogar auf einer angemieteten Yacht gewesen. Jeder andere hätte Ellas Eltern darum beneidet, aber Ella war einfach froh gewesen, dass sie zwei Wochen einfach mal ihre Ruhe hatte. Seitdem Ella wieder Besuch empfangen durfte, wann immer sie wollte, war einer der beiden fast täglich vorbeigekommen. Meistens war es Petra gewesen. Gerade zu Beginn hatte man ihr angemerkt, dass sie das überhaupt nicht wollte, dies nur aus reinem schlechtem Gewissen machte. Doch Ella war das egal gewesen. Brav saß sie die Stunde ab, dann kümmerte sie sich um die wirklich wichtigen Dinge, ihre Gesundheit und ihre Freunde. Ihr gefiel es im StAP, hier fühlte sie sich wohl, aber auch langsam ein wenig zu Hause. Wie es in ihrem wirklichen zu Hause und damit in ihrem alten Leben weitergehen sollte, darüber hatte sie sich noch keine Gedanken gemacht. Jetzt war sie erst einmal hier und genoss die Zeit. Das Personal war sehr nett, auch die sonstigen sozialen Kontakte taten ihr erstaunlich gut. Als Erstes hatte Ella einer Reha eher suspekt gegenübergestanden, doch seit sie hier war, bereute sie die Entscheidung keinesfalls. Im Gegenteil, sie genoss es endlich mal ein wenig mehr rauszukommen, etwas zu unternehmen und Dinge auszuprobieren, wofür ihr früher der Elan gefehlt hatte. Vor einigen Wochen hatte die gesamte Station einen Ausflug in einen Freizeitpark unternommen. Das hatte Ella das letzte Mal mit ihrer Mum gemacht, das war viele Jahre her. Teilweise war Ella damals noch zu klein für einige Fahrgeschäfte gewesen.

Während die kleine Familie ihren Kaffee schlürfte und sich wie beinahe immer nur betreten anschwieg, ließ Ella ihren Blick über den Park wandern. Sie war zufrieden. Nicht richtig glücklich, aber definitiv zufrieden, wie ihr Leben im Moment verlief. Noch immer saß ihr die Erkrankung im Nacken, doch ihre innere Stimme war nicht mehr so laut, wie sie früher einmal gewesen war. Sie war nicht mehr der einzige Mittelpunkt in ihrem Leben. Ella hatte gelernt, mit der Erkrankung zu leben, sie wusste, wie sie mit ihr umgehen musste oder was sie zu tun hatte, wenn die Krankheit mal wieder versuchte, die Kontrolle zu übernehmen.

„Weißt du schon, wann du wieder nach Hause kommst?", fragte ihr Vater plötzlich und riss Ella damit aus ihren Gedanken.

„Ähm nein, nicht so wirklich. Das Thema kam in der Therapie bis jetzt noch nicht so wirklich auf." Das stimmte so nicht genau, schon seit einigen Wochen wurde das Thema Entlassung vermehrt angesprochen. Ella hatte es immer wieder geschafft, das Personal davon zu überzeugen, dass sie es im Moment nicht zu Hause schaffen würde, lange würde diese Ausrede allerdings nicht mehr funktionieren.

„Na ja, vielleicht wäre es nun langsam an der Zeit dafür. Uns wurde gesagt, dass du sehr gute Fortschritte machst, dass sie es dir durchaus zutrauen, zu Hause zurechtzukommen", mischte sich nun auch Petra mit in das Gespräch ein.

Sogleich knirschte Ella mit den Zähnen. Warum wurden solche Informationen einfach an Dritte weiter gegeben? Und was mischten sich diese Leute überhaupt in ihr Leben ein? Sie konnten doch froh sein, dass sie das viel zu große Haus nur für sich hatten. Was musste Ella da noch mit einziehen?

„Du musst dabei auch ein wenig an deine Zukunft denken. Nach deinem Schulabschluss hast du ja nichts mehr gemacht. Es wäre langsam an der Zeit, an so etwas wie ein Studium zu denken. Jetzt, wo du dazu auch in der Lage bist", sagte Ellas Vater.

Natürlich die Karriere, wie konnte Ella nur vergessen, dass das wichtigste im Leben eine ordentliche berufliche Laufbahn war.

„Was dein Vater damit sagen wollte, ist, dass es langsam an der Zeit ist, sich über deine Zukunft Gedanken zu machen. Du kannst ja nicht dein ganzes Leben darauf hoffen, einen reichen Mann kennenzulernen, der dir dann alles bezahlt", versuchte Petra das Gespräch ein wenig aufzulockern. Das gelang ihr eher weniger.

„Du meinst so wie du?", erwiderte Ella provokant.

„Ella!", kam prompt die Reaktion ihres Vaters. Petra hingegen schien so geschockt über diese Anschuldigung, dass bereits die ersten Tränen in ihren Augen schimmerten.

„Ist doch wahr. Du lässt dich doch auch nur von Papa finanzieren." Ella war das egal, sollte sie doch heulen.

„Das stimmt so nicht. Petra kümmert sich darum, dass unser zu Hause stets ordentlich und gemütlich ist", brachte Klaus seine Stimme wieder unter Kontrolle.

„Haben wir dafür nicht eine Putzfrau?", meinte sie. Provokant verschränkte Ella die Arme vor der Brust.

„Ella, es reicht", fauchte Klaus, der wütend mit der Faust auf den Tisch schlug.

Die Leute von den umliegenden Tischen hoben die Köpfe und sahen verwundert in die Richtung, aus der der Knall gekommen war. „Ich muss mal kurz auf die

Toilette", flüsterte Petra mit bebender Stimme, dann stand sie eilig auf.

Meine Güte, man konnte sich aber auch anstellen. Seit diese Frau an der Seite ihres Vaters war, durfte Ella sich alles Mögliche anhören, aber wenn sie einmal kontra gab, wurde sie gleich wieder als die Böse hingestellt.

„Ella, was sollte das? Petra gibt sich alle Mühe, dass du schnell wieder zu uns nach Hause kommen kannst. Sie leidet so sehr unter dieser Geschichte und kümmert sich so um dich", sprach Klaus, dabei sah er seine Tochter durchdringend an.

„Ach ja? Was hat sie denn bitte gemacht, dass ich mich besser fühle? Als sie mir gesagt hat, dass ich eine Belastung für alle bin? Als ihr mich in die geschlossene abgeschoben habt und euch eine Woche einen Scheißdreck um mich geschert habt. Keiner von euch beiden war da, als es mir richtig schlecht ging. Warum also sollte ich euch jetzt vorheucheln, als ob es so gewesen wäre?"

Daraufhin blieb es still. So still, dass Ella die Augen verdrehte, aufstand und einfach ging. So was musste sie sich nicht mehr antun, sie hatte im vergangenen Jahr genug mitgemacht. „Ella, bleib hier", hörte sie ihren Vater noch hinter sich herrufen. Da er sich allerdings noch nicht einmal die Mühe machte, ihr nachzulaufen, machte sie sich auch nicht die Mühe, stehen zu bleiben. Ella schlenderte zurück Richtung StAP. Es hatte gut getan, den zwei einmal ordentlich die Meinung zu geigen. Sollten sie doch schauen, was sie mit diesen Infos anfingen. Ellas Problem war das jetzt nicht mehr. Sie wollte sich gar nicht mehr mit so negativen Menschen beschäftigen. Jahrelang hatte sie sich darum geschert, was die anderen wohl von ihr dachten, dabei hatte sie penibel darauf geachtet, niemanden zur Last zu fallen.

Damit war jetzt Schluss. Schließlich war sie auch jemand. Erst recht musste sie es nicht jedem recht machen. Das Petra sie nicht leiden konnte, war ja schon lange klar. Und ihr Vater? Keine Ahnung, was er von seiner Tochter hielt. Vermutlich deutlich mehr, als er zeigte. Dafür war er zu feige, dafür waren ihm die Meinungen der anderen einfach zu wichtig. Kein Wunder, dass er sich eine Partnerin wie Petra angelacht hatte. Gemeinsam strukturierten sie ihr Leben um die Meinung der anderen und darum, immer perfekt aufzutreten. Zu lange hatte Ella das Ganze beobachtet und sich im Hintergrund gehalten, doch in den letzten Monaten war ihr bewusst geworden, dass es mehr gab als das, was die anderen Menschen von einem dachten und dass so gut wie jeder seine Leichen im Keller liegen hatte. Was hatte sie in den letzten Wochen für unterschiedliche Menschen kennengelernt. Vom Manager mit Burn-out über die Mum mit drei Kindern und Depressionen und dem dreiundzwanzigjährigen Junkie ohne Schulabschluss, war alles mit dabei gewesen. In ihrer schlimmsten Verfassung waren sie doch alle gleich gewesen. Sie alle waren am Druck der Gesellschaft und den damit verbundenen Verpflichtungen zerbrochen. Sie hatten erst wieder lernen müssen, was es bedeutete, für sich zu leben. Denn im Endeffekt tat man genau das. Man lebte für sich, für sonst niemanden. Jeder Mensch war so fokussiert darauf, ja nichts falsch zu machen, dass ihm die Fehler bei dem Gegenüber meist überhaupt nicht auffielen. Man sah nur das, was bei den anderen gut lief, aber nie, dass auch andere Menschen ihre Macken hatten. Manchen Personen machten das System, das ständige Vergleichen und der ständige Antrieb noch mehr zu machen, in der Hinsicht nichts aus, dass sie es schafften, sich im Alltag gelegentlich eine Auszeit zu schaffen, doch andere, vermutlich die Mehrheit, konnte dem Druck früher oder später nicht mehr standhalten. All das hatte Ella in den vergangenen Monaten gelernt. Nun stand sie jeder Person ein wenig anders gegenüber. Gerade bei ihren Eltern beobachtete sie die chronische Unzufriedenheit schon lange. Doch mittlerweile wusste sie, dass sie nicht genauso enden musste. Sie war jung. Das Leben war noch voller Möglichkeiten. Auch wenn es nicht so lief, wie sie sich das immer vorgestellt hatte, würde sie ihren Weg schon finden. Ob sie diesen Weg weiterhin mit Klaus und Petra gehen wollte, wusste sie noch nicht. Das Konstrukt Familie war in ihrer Welt mit ihrer Mum gestorben. Klaus und Ella hatten sich beide nie darum bemüht, dieses Konstrukt aufrecht zu erhalten. Sie waren zwei Fremde geworden, die zufällig unter dem gleichen Dach wohnten. Ella ließ sich auf eine der Bänke im Park fallen. Sie wollte nicht mehr zurück in ihr altes zu Hause, in ihr altes Leben.

Zu viele Erinnerungen und Ängste waren mit diesem Ort verbunden. Zehn Monate war sie schon nicht mehr dort gewesen, vieles hatte sich verändert. Sie hatte sich verändert, trotzdem hatte sie Angst davor, dorthin zurückzukehren und wieder in alte Muster zu fallen. Denn auch wenn es ihr jetzt schon deutlich besser ging, die Krankheit war immer noch da und wartete auf eine Gelegenheit, wieder zuzuschlagen.

Nervös kaute Ella auf ihren Fingernägeln herum, allein der Gedanke daran ließ sie schon wieder mindestens zwei Monate in ihrem Genesungsprozess zurückfallen. Das sie nicht für immer hierbleiben konnte, war ihr bewusst. Eine wirkliche Alternative gab es für sie allerdings nicht. Zumindest wusste sie keine. Sie würde sich einmal mit Lukas zusammensetzen, um mit ihm das Ganze zu besprechen. Auch wenn man es ihm nicht wirklich zutraute. Häufig hatte er erstaunlich gute Ideen.

Ella war ohne ihre Eltern zurück ins StAP gegangen. Wahrscheinlich war Petra jetzt beleidigt und wartete auf eine offizielle Entschuldigung ihrerseits. Darauf konnte sie lange warten, denn Ella verspürte in keiner Weise das Bedürfnis danach, sich bei dieser Frau zu entschuldigen. Im Gegenteil, sie fand nichts Verwerfliches daran, was sie zu ihr gesagt hatte. Vermutlich hätte sie es ein wenig schöner verpacken können, aber Petra hatte sich auch nie eine Gelegenheit nehmen lassen, gegen Ella zu schießen. Wer austeilen konnte, musste auch einstecken können. Dass die gute Frau das nicht konnte, das wusste Ella, aber da musste sie jetzt durch. Schließlich hatte Ella es auch auf die harte Tour lernen müssen.

Zurück in ihrem Zimmer schnappte sie sich erst mal ihr Handy. Einer der wichtigsten Gegenstände in ihrem Leben, seit sie zurück aus der geschlossenen Abteilung gekommen war. Etwas, was sie zuvor kaum bis gar nicht genutzt hatte, doch mittlerweile war es die meiste Zeit ihr einziger Kontakt zur Außenwelt und damit zu ihren Freund*innen. Komisch, gar keine neuen Nachrichten von Lukas. Sie hatte ihm geschrieben, bevor sie mit ihren Eltern hinunter in das Café gegangen war. Das war mittlerweile fast zwei Stunden her. Normalerweise musste sie nicht lange auf eine Antwort warten. Na ja, vermutlich hatte er irgendetwas zu tun. Ihr war zwar nicht ganz bewusst was, aber er würde schon seine Gründe haben.

Ein merkwürdiges Gefühl machte sich in ihrem Bauch breit. Sie versuchte es zu ignorieren und sich gut zuzureden. Bestimmt machte er etwas mit Freunden. Schließlich waren sie ja auch kein Paar, warum also sollte seine Welt sich dann nur um sie drehen? Trotzdem, dieses seltsame Gefühl blieb. Ella schmiss sich aufs Bett und starrte auf den schwarzen Bildschirm. Wann vibrierte es endlich, wann kam eine neue Nachricht? Gefühlt lag sie eine Ewigkeit da und starrte weiter auf den schwarzen Bildschirm. Irgendwann gab sie es auf. Es half ja nichts. Er würde schon antworten, wenn er Zeit hatte. Was machte er denn, dass er keine Zeit hatte, ihr zu antworten? Lukas wusste doch, dass heute ihre Eltern vorbeikommen wollten.

Beinahe immer endete dies in einer Katastrophe. Er konnte sie doch nicht gerade jetzt im Stich lassen.

„Ella, jetzt reiß dich mal zusammen. Du bist nicht von diesem Typen abhängig", murmelte Ella leise, damit versuchte sie sich ein wenig zu beruhigen. Sie setzte sich wieder auf und legte das Handy auf ihr kleines Nachtkästchen, das neben dem Bett stand. Auf dem Tisch lag noch ihre Zeichnung, die sie heute früh begonnen hatte, aber noch nicht zu Ende gestellt war. So konnte sie sich ein wenig ablenken und würde nicht die ganze Zeit vor dem Handy sitzen und auf eine Nachricht hoffen.

Ganz ging Ellas Plan nicht auf. Zwar konnte sie sich noch weitere zwei Stunden mit ihrer Zeichnung beschäftigen, doch ihre Gedanken schweiften immer wieder zu dem kleinen elektrischen Kasten, der hinter ihr lag. Mit einem Ohr horchte sie, ob es nicht doch einmal ein Geräusch von sich gab. Doch es blieb still, so sank Ellas Laune immer weiter, bis sie nur noch lustlos ein paar Striche über das Papier zog. Das war genau das, was Ella immer vermeiden wollte. Sie wollte ihre Laune nicht von einem anderen Menschen abhängig machen. Schon gar nicht, dass ihr irgendjemand wehtun konnte. Doch Lukas war nicht mehr irgendjemand. Er war ihre Stütze, ihr Fels in der Brandung, auch wenn er das selbst vermutlich nicht so sah. Sie brauchte ihn und er ließ sie einfach im Stich. So fühlte es sich zumindest an. Zu ihrer Enttäuschung mischte sich Wut dazu, dass er sie so lange warten ließ, aber auch Wut auf sich selbst, dass sie überhaupt auf ihn wartete. Als ob sie allein nicht lebensfähig war. Schließlich konnte er machen, was immer er wollte, sie waren schließlich nicht zusammen. Das hatten sie einstimmig so beschlossen. Ella war einfach noch nicht bereit für eine Beziehung, denn sie musste sich erst einmal um sich selbst kümmern.

Kapitel 21

Als Ellas Handy endlich klingelte, war es bereits abends. Die Sonne war schon lange untergegangen. Gemeinsam mit Jasmin saß Ella am Tisch, sie spielten eine Runde Karten. Endlich kam das lang ersehnte *Ping*. Ella hatte den Ton angemacht, um ja nichts zu verpassen. Eilig sprang sie auf, sodass ihr Stuhl nach hinten kippte, beinahe wäre das Nachtkästchen samt Handy umgefallen. Im letzten Moment konnte Ella ihn noch fassen und wieder gerade hinstellen.

Jasmin lachte. „Was ist denn mit dir los? Hast du ein Gespenst gesehen? Oder hast du so viel Angst, du könntest verlieren, dass du gleich abhauen musst?"

Ella erwiderte ein müdes Lächeln, antwortete allerdings nicht darauf. Ihre Aufmerksamkeit lag voll und ganz auf dem kleinen Gerät in ihren Händen.

„Sorry, war beschäftigt", stand in kleinen Buchstaben auf dem Bildschirm. War beschäftigt!? Womit war er denn bitte beschäftigt? Kein Emoji, kein „Ich ruf dich gleich an", kein „Wie wars?" oder dergleichen. Einfach nichts. Hatte sie irgendetwas falsch gemacht? War er irgendwie sauer auf sie? Schnell ging sie in Gedanken die letzten Gespräche durch. Eigentlich war alles wie immer gewesen. Sie hatten viel gelacht und sich gut verstanden. Wahrscheinlich übertrieb sie nur ein wenig. Wenn sie einen stressigen

Tag hatte, war Ella ja auch oft kurz angebunden, dann konnte sie nicht von ihm verlangen, sich immer 24/7 nur um sie zu kümmern. Er war ja auch noch jemand. Wahrscheinlich hatte er den ganzen Tag mit Freunden verbracht oder war seinen Geschäften nachgegangen. Das war zumindest das, was Ella versuchte, sich einzureden. Ganz glauben tat sie es nämlich nicht. Vermutlich interpretierte sie allerdings wirklich ein wenig zu viel in diese eine kleine Nachricht. Sie wüsste nicht, warum er sich plötzlich von ihr distanzieren wollen würde. Ella machte das Handy wieder aus, ohne eine Nachricht zurückgeschrieben zu haben. Wenn sie so lange auf seine Nachricht warten musste, dann konnte er ruhig auch ein wenig auf ihre Antwort warten. Achtlos schmiss sie das Handy auf ihr Bett. Als sie wieder hochsah, blickte sie in das besorgte Gesicht von Jasmin.

„Alles in Ordnung bei dir? Du bist ganz weiß im Gesicht?", fragte sie.

„Ja natürlich, ich bin nur langsam ein wenig müde. Ich glaube, ich sollte mich fertig fürs Bett machen." Ella hatte keine Lust, Jasmin lang und breit zu erklären, was genau gerade ihr Problem war. Jasmin war nett und supersüß, aber ihre Beruhigungstechniken waren noch ausbaufähig, sie würde Ella nur noch mehr ein schlechtes Gewissen einreden, aber das war das Letzte, was Ella jetzt gebrauchen konnte.

„Jetzt schon? Es ist doch gerade mal halb neun. Was ist mit unserem Spiel?", fragte Jasmin.

„Tut mir leid. Mir ist grade nicht so gut. Die Sache mit meinen Eltern und so. Das war ein ziemlich aufwühlender Tag. Lass uns einfach morgen weiterspielen. Wir können die Karten ja so liegen lassen", versuchte Ella eine gute Ausrede zu finden.

Erst murmelte Jasmin etwas Unverständliches, dann widmete sie sich ihrem eigenen Smartphone. Bestimmt würden bereits fünf ungelesene Nachrichten von Jonas auf sie warten. Die zwei standen ständig im Austausch. Sie telefonierten so häufig, dass Ella mittlerweile oft schon das Gefühl hatte, dass sie zu dritt hier drinnen wohnen würden. Während Jasmin weiter mit Jonas schrieb, sah Ella zu, schnell in das gemeinsame Bad zu kommen. Sie wollte ihre Ruhe. Das war ihr alles zu viel. Erst diese dumme Diskussion mit Petra und ihrem Vater, dann auch noch die Geschichte mit Lukas. Für so etwas war sie noch nicht stark genug. Bis zu ihrer nächsten Therapiestunde würde sie noch bis Montag warten müssen.

Nervös ging sie im Bad auf und ab. Da war es wieder. Nein, das war sie wieder. Nicht so laut und bedrängend wie früher, aber sie war da. Leise schlich sie sich immer näher an. Das war der Moment, auf den sie die letzten Monate gewartet hatte. Sie war bereit, anzugreifen und wer wusste, ob sie ihr Opfer dieses Mal noch einmal loslassen würde. Ella wusste, dass sie da war und sie wusste, dass Ella es wusste. Doch sie würde weiterhin auf den perfekten Moment warten und dieser Moment würde kommen, das war sicher.

Kapitel 22

Beim Frühstück am nächsten Morgen stocherte Ella lustlos in ihrem Essen umher. Mal wieder hatte sie sich einen Tisch am Fenster ausgesucht, an dem sie ungestört war. Sie wollte mit niemandem reden oder überhaupt in der Nähe von anderen Menschen sein. Das gestaltete sich allerdings ein wenig schwierig, weswegen sie einfach hoffte, dass sie niemand ansprach. Bis jetzt hatte das ziemlich gut funktioniert. Das lag unter anderem daran, dass die meisten Patient*innen zu Hause waren. Die Station wirkte fast wie ausgestorben. Die ganze Zeit hatte Ella sich immer davor gedrückt, über das Wochenende nach Hause zu gehen. Sie wollte nicht mehr dorthin zurück, bevor sie wieder in diese sterile viel zu große Villa ging, ließ sie sich lieber noch einmal in die geschlossene Abteilung einweisen. Da waren wenigstens Leute, die sie verstanden. Niemand verurteilte sie oder sagte ihr, wie fehlerhaft sie doch war. Hier in der Klinik war sie sicher vor ihren Eltern, vor ihrer Erkrankung, aber vor allem sicher vor sich selbst. Ein neues Leben sollte sie zu Hause anfangen. Einen Job suchen oder noch besser irgendwas studieren. Das hätte ihren Eltern so gepasst. Nur damit sie wieder jemanden hatten, auf dem sie den ganzen Tag herumhacken konnten. Sie konnte es ihnen doch eh nicht recht machen. Früher hatte sie immer davon geträumt, dass, wenn sie jemals ein Studium erfolgreich abgeschlossen hatte, ihr Vater ihr endlich einmal sagen würde, wie stolz er doch auf sie war. Das er es immer gewesen war und sie genau das war, was er sich von seiner Tochter gewünscht hatte. Mittlerweile wusste sie, dass er ihr nie sagen würde, wie stolz er war, dies wäre nämlich gelogen. Das wusste sie. Auf die Meinung von Petra konnte sie eh verzichten. Die Frau konnte sich noch nicht einmal selbst leiden, wie sollte sie dann fremde Personen supporten können?

„Ella, hörst du bitte auf, in deinem Essen herumzuspielen. Iss endlich auf!" Schlagartig wurde Ella aus ihren Gedanken gerissen. Neben ihr stand Frau Dolhuber, eine der Krankenschwestern, die heute im Frühdienst da war.

„Oh, Entschuldigung, ich war wohl etwas in Gedanken versunken!", entschuldigte sich Ella und schaufelte sich eine große Portion ihres Müslis in den Mund. Es schmeckte nach nichts. Trotzdem schluckte Ella das Essen möglichst schnell hinunter, dabei schenkte sie der jungen Frau ein gequältes Lächeln. Sie hoffte, dass diese Geste ausreichen würde, damit Frau Dolhuber wieder ging und sie alleine ließ. Doch die rundliche, kleine Frau mit braunem vollem Haar dachte gar nicht daran, Ella alleine zu lassen. Mit einem Seufzer ließ sie sich auf den Stuhl gegenüber fallen. In Gedanken verdrehte Ella die Augen, versuchte sich aber nichts anmerken zu lassen. Sie mochte die junge Schwester, daher wollte sie nicht unhöflich sein.

„Wie geht es dir? Du wirkst, als würde dir etwas

ganz fürchterlich auf der Seele brennen", fing Frau Dolhuber das Gespräch an.

Na toll, so schnell würde Ella sie also nicht mehr losbekommen. „Jasmin hat erzählt, dass du gestern anscheinend eine schlechte Nachricht bekommen hast, die dich recht zu beschäftigen scheint", redete sie weiter. Diese kleine Petze, aber wer konnte es ihr übel nehmen? Sie war noch jung und wusste von Ellas Vergangenheit. Jasmin war eine sehr fürsorgliche Person, die sich gerne um andere Menschen kümmerte und dabei über Gott und die Welt quatschen konnte. Sie würde später bestimmt einmal Krankenschwester oder Ähnliches werden. Trotzdem sollte sie aufhören, sich in Angelegenheiten einzumischen, die sie nichts angingen. Ellas Leben war eine davon.

„Ja, ich hab mich mit einem Freund gestritten", sagte sie mit gesenktem Blick, dann widmete sie sich wieder ihrem Müsli.

„Du meinst Lukas? Willst du mir erzählen, was passiert ist", hakte Frau Dolhuber in einem sanften Ton nach. Sie war wirklich ein herzensguter Mensch, aber Ella hatte gerade einfach keine Lust auf irgendwelche psychologischen Gespräche. Zum Glück war Frau Dolhuber genauso sensibel wie gefühlvoll, denn sie merkte, dass Ella lieber ihre Ruhe haben wollte, daher meinte sie: „Wenn du etwas brauchst, darfst du dich jederzeit melden. Es ist immer jemand für dich da." Mit diesen Worten erhob sie sich ächzend aus ihrem Stuhl, dann tätschelte sie Ella zum Abschied noch einmal kurz die Schulter.

Zum Glück ging sie.

Mit einem tiefen Seufzer lehnte Ella sich zurück. Ihr Blick fiel auf die Uhr. Oh, schon zehn vor zehn! Um 10:00 Uhr mussten alle fertig gegessen haben und ihr Geschirr zurück in die Küche bringen. Schnell versuchte Ella die Reste ihres mittlerweile aufgeweichten Müslis hinunterzuschlingen. Das gelang ihr eher so mäßig. Vor lauter Stress verschluckte sie sich und musste kräftig husten. Im gleichen Moment vibrierte plötzlich etwas auf dem Tisch vor ihr. Es war ihr Handy. Am Wochenende durften sie dieses nämlich auch mit zu den Mahlzeiten bringen. Normalerweise machte Ella von dieser Lockerung keinen Gebrauch, doch heute konnte sie den Blick kaum davon lassen. Zu groß war die Angst, eine Nachricht oder gar einen Anruf von Lukas zu verpassen. Sie hatte ihm auf seine eher dürftige Nachricht ebenso dürftig geantwortet. Jetzt war sie gespannt, was er heute sagen würde. Als Ella das Handy anmachte, wanderte ihr Blick auf das kleine Symbol, welches eine Nachricht ankündigte. Doch es war nicht wie erhofft, das Symbol für eine Nachricht von Lukas, sondern das Zeichen für eine E-Mail, die eingetrudelt war.

Enttäuscht schmiss sie das Handy zurück auf den Tisch. Was war nur los mit ihm? Normalerweise schrieben oder telefonierten sie beinahe den ganzen Tag. Jetzt hatte sie binnen vierundzwanzig Stunden nur eine kleine poplige Nachricht von ihm bekommen. Hatte sie doch irgendetwas falsch gemacht und sie hatte es nicht gemerkt? Sie würde ihn nach dem

Frühstück einmal anrufen. Schließlich wollte sie ihm noch immer von dem gestrigen Tag erzählen. Schnell machte Ella sich wieder daran, das Müsli irgendwie ohne weitere Zwischenfälle hinunterzubekommen.

*Tut*Tut*Tut*, es kam ihr vor wie eine gefühlte Ewigkeit, bis am anderen Ende der Leitung endlich die gewohnte Stimme zu hören war. „Hey, was los?", klang er, als hätte er gerade noch tief und fest geschlafen.

„Hey, sorry, hab ich dich aufgeweckt?", fragte sie, da sie jetzt ein schlechtes Gewissen bekam. Anscheinend hatte er wirklich einfach nur geschlafen.

„Ja, passt schon. War ne lange Nacht. Brauchst du was?"

Komisch, sonst war er doch auch nicht so kurz angebunden. Warum hatte er denn bitte eine lange Nacht gehabt? Beziehungsweise mit wem denn? Ella versuchte ihren Frust hinunterzuschlucken und möglichst fröhlich zu klingen. „Nene, alles gut! Wollte bloß nachfragen, ob alles gut ist, du hast ja gestern nicht geantwortet."

Vom anderen Ende kam nur ein betretenes Schweigen. „Na dann, schlaf ruhig noch weiter, du alte Schlafmütze! Wir sehen uns ja eh heute Nachmittag", lachte Ella, obwohl ihr gerade gar nicht nach Lachen zumute war.

Von Lukas kam nur ein: „Mhm." Dann knackte es und wieder kam ein *Tut*Tut*Tut*. Er hatte tatsächlich einfach aufgelegt. So ein Arschloch. Wütend pfefferte Ella ihr Handy auf ihr Bett. Doch lange hielt die

Wut nicht an. Sofort kamen weitere Gedanken auf, mit denen die Unsicherheit kam. Hatte sie wirklich irgendwas falsch gemacht, war er sauer auf sie oder, was fast am schlimmsten wäre, hatte er jemanden kennengelernt und wollte jetzt keinen Kontakt mehr zu ihr? Schon öfters hatte sie darüber nachgedacht, was wohl sein würde, wenn einer von ihnen jemand anderes kennenlernen würde. Denn auch wenn sie offiziell kein Paar waren, für Ella fühlte es sich beinahe so an. Sie verbrachten viel Zeit miteinander, konnten über alles reden, lachten viel gemeinsam und auch auf körperlicher Ebene waren sie sich schon deutlich nähergekommen. So weit es die Klinik mit den Doppelzimmern nun einmal zu ließ. Auch wenn sie es nie offen ausgesprochen hatte, war es kein Geheimnis, dass sie etwas für ihn empfand. Eigentlich war sie sich sicher gewesen, dass er Ähnliches dachte. Zumindest war sie das immer gewesen. Langsam schlichen sich da allerdings Zweifel ein. Ella schüttelte den Kopf, als könnte sie so die düsteren Gedanken herausschütteln. Es brachte ihr nichts, sich jetzt den Kopf zu zerbrechen. Vielleicht war er wirklich einfach nur müde gewesen und heute Nachmittag war alles wieder wie immer. Dann wären die Stunden, in denen sie sich jetzt ihren Kopf zerbrach, völlig umsonst gewesen. Doch obwohl sich Ella wirklich alle Mühe gab, nicht sofort den Teufel an die Wand zu malen, blieb ein ungutes Gefühl in ihrem Bauch zurück. Ihr Bauch hatte sie bis jetzt noch nie getäuscht.

Kapitel 23

Die Stunden bis zu ihrem geplanten Treffen vergingen wie in Zeitlupe. Jasmin war mit ihren Eltern frühstücken und dann noch auf irgendeinen Ausflug gefahren. So hatte Ella das Zimmer für sich alleine. Obwohl sie normalerweise sehr froh über solche Stunden war, schien sie heute die Stille beinahe zu erdrücken. Nun ja, ganz still war es nicht mehr. Ella hatte sie schon lange nicht mehr so laut gehört, doch die Krankheit hatte sich heute extra in ihr Sonntagsgewand geschmissen und war geradewegs in Ellas Kopf geschlichen. Dort war sie nur aus einem Grund, um möglichst viel Chaos anzurichten. Sie wollte Ella auf die Probe stellen. Und Ella? Die war dankbar, endlich wieder eine vertraute Bekannte an ihrer Seite zu haben. Es fühlte sich ein wenig an, wie nach Hause kommen. Die Krankheit war so lange Zeit ihr einziger Begleiter gewesen. Auch wenn es ihr damit nicht gut ging, zumindest wusste sie, wie das Leben damit war. Der Schmerz, die Gedanken, die Zweifel und Ängste. Ella kannte sie alle beim Namen. Sie waren Jahre lang 24/7 an ihrer Seite gewesen. Hier fühlte sich Ella geborgen. Hier war sie daheim. Ella lag auf dem Bett und blickte an die kahle weiße Decke. Sie hörte die Stimme, die ihr zuflüsterte, dass sie niemand war und sie nie etwas erreichen konnte. Ihre Gedanken fingen an zu kreisen, immer schneller und schneller. Ella schloss die Augen. So viele Monate hatte sie versucht, die Krankheit aus ihrem Kopf zu verbannen. Sie hatte sie in einen Käfig gesperrt und versucht, den Schlüssel irgendwie loszuwerden. Doch die Krankheit war stärker gewesen. Sie hatte den Käfig in tausend Stücke gerissen und marschierte nun wutentbrannt zurück, bereit Ella von jedem Versuch, ohne sie leben zu wollen, abzuhalten und ihren alten Posten wieder zu erhalten. Ella wusste, dass die Chancen nicht schlecht für die Erkrankung standen. Sie selbst würde sie auf jeden Fall nicht aufhalten.

Lukas kam zu spät. Natürlich kam er zu spät. Er kam eigentlich immer zu spät, mittlerweile müsste Ella das schon gewöhnt sein. Doch dieses Mal fühlte sich jede Minute, die verstrich, grausam und endlos an. Nervös blickte Ella sich immer wieder um und suchte den Park nach seinem bekannten Gesicht ab. Wie immer trafen sie sich unter der alten Weide, an der Ella schon den gestrigen verbracht hatte. Besucher durften nur selten und unter Ausnahme ins StAP, deswegen musste man sich Ausweichmöglichkeiten suchen. Wenn das Wetter warm und schön war wie heute, gab es dafür alleine im Park reichlich Möglichkeiten. Im Winter sah das hingegen schon schwieriger aus. Da hatten Ella und Lukas sich oft in der Stadt getroffen. Dort waren sie in ein Café oder ein Restaurant gegangen, doch der Winter war zum Glück vorbei. So genoss Ella die Sonnenstrahlen, die auf sie hinunterschienen. Es war ein wundervoller Tag, ähnlich schön wie gestern. Das perfekte Wetter, um den ganzen Tag, die Sonne, dazu die aufblühende Natur zu bewundern. Jedoch hatte Ella dafür keinen Blick. So sehr sie die Natur auch liebte, heute stand etwas anderes im Mittelpunkt. Ihr war schlecht vor Aufregung, vielleicht war es auch die große Portion Nudeln, die sie zum Mittagessen gegessen hatte. Doch das konnte kaum sein. Nach dem Essen hatte sie die Zeit ausgenutzt, in der sie allein war und sich für beinahe eine halbe Stunde auf die Toilette verkrümelt. Dort hatte sie so lange erbrochen, bis nur noch grüne, schleimige Magensäure herauskam. Das hatte sie schon lange nicht mehr getan, aber es hatte sich gut angefühlt, vertraut. So fühlte Ella sich wieder wie sie selbst. Das gehörte einfach zu ihr. Sie wollte nicht die Ella sein, die alles im Griff hatte und bei der alles reibungslos lief, das konnte sie gar nicht. So sehr sie sich auch hasste, es war besser, als ganz ohne die Erkrankung leben zu müssen. Als sie neu ins StAP umgezogen war, hatte sie ein Zimmer ohne Bad und Toilette. Das Klinikpersonal wollte kontrollieren und verhindern, dass die Mädchen und Frauen sich nach dem Essen erbrachen. Aber nur, weil das Pflegepersonal dachte, sie würden es nicht tun, hieß es nicht, dass sie nicht doch ihre Wege gefunden hatten. Jeder der Patientinnen hatte ihren eigenen Weg, damit umzugehen, doch das Endergebnis blieb dasselbe. Irgendwann war es Ella zu anstrengend geworden, ständig alle Personen in ihrem Umfeld bescheißen zu müssen. Zudem machte sie große Fortschritte in der

Therapie, dass sie wirklich dachte, sie könnte eines Tages ohne diesen Zwang leben. Da hatte sie sich wohl zu früh gefreut. Die Krankheit hatte sie noch viel mehr im Griff, als ihr ursprünglich bewusst war. Sie würde nie ohne sie leben können. In diesen Fall hieß es, sie oder die Erkrankung. Erst zum Schluss würde sich herausstellen, wer als Sieger hervorgehen würde.

„Hey, sorry, dass ich so spät bin!" Eine gewohnte Stimme riss sie aus ihren trüben Gedanken. Lukas ließ sich neben sie ins Gras fallen. Er sah müde aus. Seine Augenringe waren dunkelblau gefärbt und zeichneten sich deutlich ab. Schnell rutschte Ella ein wenig zur Seite, um ihm Platz zu machen. „Ist doch kein Problem. Pünktlichkeit ist einfach nicht so dein Ding", lachte sie, dann hörte sie aber auf, weil er nicht mitlachte. Besorgt sah sie ihn an. „Ist alles in Ordnung bei dir?" Mit dem Ellenbogen stupste sie ihn sachte an.

Kurz sah er sie an. „Ja, ja klar, war nur ne kurze Nacht!", meinte er, beugte sich zu ihr hinüber und hauchte ihr einen zärtlichen Kuss auf die Wange, dann legte er seinen Arm um ihre Schultern.

Sogleich entspannte sie sich. Eigentlich war doch alles wie immer. Sie legte ihren Kopf auf seine Schulter, dann sahen sie gemeinsam auf den kleinen Teich, in dem sich die Enten tummelten.

„Wie wars gestern mit deinem Vater und seiner Ollen?", fragte Lukas schließlich in die Stille hinein.

Also hatte er es doch nicht vergessen.

„Ach, das Übliche! Sie hat sich wieder aufgespielt und irgendwann geheult. Und mein Vater hatte natürlich nichts Besseres zu tun, als sie in Schutz zu nehmen und mir zu sagen, dass ich eh nichts tauge." Wenn Ella an die Situation zurückdachte, wurde sie schon wieder sauer. Zu solchen Leuten sollte sie wieder zurückgehen. Ganz bestimmt nicht! Wieder kehrte Schweigen zwischen den beiden ein.

„Na ja, ich kann ihn da schon irgendwie verstehen!", sagte Lukas schließlich.

Entgeistert sah Ella ihn an. Wie bitte? Wie sollte sie das denn jetzt verstehen. Er merkte, dass sie ihn falsch verstanden hatte, daher berichtigte er seine Aussage. „Na, also, ich würde dich auch vor jedem anderen verteidigen." Er lächelte sie unter seinen tiefen Augenringen hervor an. Auch Ella musste schmunzeln. Er war schon ein guter Kerl. Warum genau hatte sie sich noch einmal Sorgen gemacht? „Na, das will ich doch meinen." Schon beugte sie sich nach vorne und gab ihm einen Kuss, bevor sie sich wieder zurück in seine Arme kuschelte.

„Ja klar, ist doch mein Job. Wenn dein Vater schon nicht hinter dir steht, dann doch wenigstens ich."

„Ich bin mir ziemlich sicher, dass ich gar nicht möchte, dass mein Vater so hinter mir steht, wie du es immer tust."

Jetzt mussten sie beide lachen. Im Laufe des Nachmittages taute Lukas immer mehr auf, zum Schluss war es, als hätte es die letzten vierundzwanzig Stunden gar nicht gegeben. Trotzdem wurde Ella das

Gefühl nicht los, dass ihm etwas auf der Seele brannte. Sie versuchte sich immer wieder zu beruhigen. Er würde ihr schon sagen, wenn etwas nicht passen würde. Vielleicht hatte er Streit zu Hause mit seinen Geschwistern oder seiner Mum. Über seine Familie redete er eher ungern, dies respektierte sie. Aber ihr mulmiges Gefühl blieb.

Als Ella am Abend in ihrem Bett lag und in die Dunkelheit starrte, schweiften ihre Gedanken immer wieder zu ihm zurück. So sehr sie sich auch bemühte, an etwas anderes zu denken, es gelang ihr nicht. Dazu kamen die Sorgen, was der morgige Tag für sie bereithielt. Sie hatte die böse Vorahnung, dass ihre Eltern das Thema Entlassung auch vor dem Klinikpersonal angesprochen hatte. Aber sie wollte nicht nach Hause, denn sie hasste es dort so sehr. Es war schlichtweg nicht mehr ihr zu Hause. Das StAP war nun ihr zu Hause, ihr Safespace, der Ort, an dem sie sich willkommen und gemocht fühlte. Wenn es nach ihr gehen würde, würde sie für immer hierbleiben. Oder zumindest so lange, bis sich etwas anderes auftun würde. Dass sie das wohl eher vergessen konnte, war ihr bewusst. Trotzdem war sie noch nicht bereit, von hier wegzugehen. Sie brauchte einfach noch ein bisschen länger Zeit. Okay, wenn sie ehrlich zu sich war, brauchte sie noch eine Menge Zeit. Sie wollte den Umzug noch weit in der Zukunft wissen. Das der Lauf der Dinge langsam nicht mehr aufzuhalten war, wusste sie, sie wollte es nur nicht wahrhaben. Wie sollte es denn zu Hause werden?

Würde sie weiter zu Therapie gehen? Würde sie wieder wie früher den ganzen Tag in ihrem Zimmer sitzen und aus dem Fenster starren? Oder würde sie tatsächlich etwas ändern, mehr rausgehen, mehr mit Freunden unternehmen und endlich mal das Leben genießen? Bei dem Gedanken musste Ella fast schon lachen. Sie und einfach mal das Leben genießen, das passte nicht. Denn sie merkte ja schon jetzt, dass sie jede kleine Verunsicherung völlig aus der Bahn warf. Wie sollte das nur in einem Alltag werden, der nicht von vorne bis hinten von geschultem Personal strukturiert und kontrolliert wurde? Ein Leben außerhalb des StAP konnte sie sich einfach nicht mehr vorstellen.

Während viele der anderen Patient*innen nichts mehr wollten als endlich wieder in ihr gewohntes Umfeld, war es bei Ella genau anders herum. Hier war die Welt noch in Ordnung. Zu Hause würde sie es nicht mehr sein. Ob sie so eine Unsicherheit im Leben noch einmal überleben würde, da war sie sich nicht sicher. Dann wären die letzten Monate Therapie völlig umsonst gewesen. Da musste ihr Vater mal in den sauren Apfel beißen und seine ungeliebte Tochter gehen lassen. Ganz einfach. Es wäre eine Win-win-Situation. Endlich konnten Klaus und Petra in Ruhe in ihrer doch allzu perfekten Welt leben und Ella musste sich nicht mehr wie eine Aussätzige fühlen, sie könnte ihr Leben endlich so gestalten, wie sie es wollte.

Es fühlte sich an, als wäre sie stundenlang wach gelegen, bevor ihr die Augen zu fielen. In dieser Nacht träumte Ella ganz wirres und unverständliches Zeug von Killerenten und bösen Drachen, die bei jeder Berührung das Weinen anfingen. Als am Morgen der Wecker klingelte, fühlte sich Ella, als wäre sie von einem Bus angefahren worden. Ähnlich sah sie auch aus. Ihre Augen waren angeschwollen und verschwanden beinahe, sie war einfach zu müde, sie weiter aufzumachen. Ihre Haare standen in alle Richtungen ab, an ihrem Mundwinkel hing noch der getrocknete Sabber der Nacht. Nur gut, dass Lukas noch nie bei ihr übernachtet hatte, er hätte fluchtartig das Haus verlassen und wäre nie wieder zurückgekommen. Obwohl, so überragend hatte er gestern auch nicht ausgesehen, da konnte er bei ihr vermutlich auch einmal ein Auge zudrücken. Gemeinsam mit den Gedanken an Lukas kam auch wieder das seltsame Bauchgefühl, das sie auch gestern schon durch den Tag begleitet hatte. Sie versuchte die Gedanken wegzuschieben, um sich nun voll und ganz auf den heutigen Tag zu konzentrieren. Neue Woche, neuer Tag, neue Möglichkeiten. Montags hatte Ella immer Psychotherapie, sie liebte ihre Psychotherapeutin. Es war eine Frau mittleren Alters. Noch nie zuvor hatte sie einen so herzensguten Menschen kennengelernt. Frau Meier war vielleicht keine außergewöhnliche Schönheit, aber sie hatte einen Charakter, der das Äußerliche komplett vergessen ließ. Ein Gespräch mit ihr fühlte sich immer an, als würde sie sich mit einer alten, sehr guten Freundin treffen und einfach mal ein bisschen quatschen. Es war zwar immer nur eine gute Stunde, aber Ella fühlte sich danach immer wie neu geboren. So mussten sich Leute fühlen, die regelmäßig zum Yoga oder zum Sport gingen. Es fühlte sich immer so an, als hätte man eine Menge geschafft, irgendwo fühlte man sich ausgelaugt, aber zufrieden. Der Körper war einmal von innen grundgereinigt worden und man konnte wieder frisch und munter in das restliche Leben starten. Dass dieses Frischegefühl noch nicht einmal bis zur nächsten Mahlzeit reichte, versuchte Ella gepflegt zu ignorieren. Heute würde sie sich noch einmal richtig viel Mühe in der Therapie geben. So einfach würde sie der Krankheit das Steuer nicht überlassen. Auch wenn man es ihr nicht anmerkte, sie war in den letzten Monaten über sich hinausgewachsen und deutlich stärker geworden.

Kapitel 24

Verdammt! Verdammt! Verdammte Scheiße! Mit einem lauten Knall ließ Ella die Tür hinter sich zufallen. Zum Glück war Jasmin nicht da, um sie mit dummen Fragen über ihre verschissene Therapiestunde auszufragen. Es war genau das eingetroffen, wovor Ella die letzten Wochen so viel Angst hatte. Ihre Eltern hatten das Thema Entlassung angeschnitten. Ellas Therapeutin hielt das für eine super Idee. Eine ganz dumme Idee war das, aber wie sollte Ella das den anderen denn bitte klar machen? Frau Meier hatte versucht, Ella ein wenig an die Hand zu nehmen und gemeinsam mit ihr die nähere Zukunft zu planen. Das Thema Entlassung stand dabei natürlich ganz oben. Doch Ella wollte das nicht. Sie konnte es nicht, sie konnte nicht wieder zurück in dieses Höllenloch. Das hatte sie auch versucht, Frau Meier klarzumachen. Natürlich ein wenig freundlicher ausgedrückt, doch die Message war klar gewesen. Und was hatte Frau Meier daraufhin gemacht? Sie hatte Ella kurzerhand gesagt, dass sie nicht für immer bleiben konnte, es langsam der richtige Zeitpunkt war, endlich wieder in ein neues Leben zu starten. Die Person, die Ella in den vergangenen Monaten fast am nächsten gestanden hatte, der sie alles erzählt hatte, all ihre Sorgen und Ängste geteilt hatte, diese Person wollte sie nun einfach abschieben wie ein krankes Tier, welches nur ein großes Loch in den Geldbeutel fraß. Was sie danach noch erzählt hatte, wusste Ella gar nicht mehr, sie hatte auch nicht mehr zugehört. Warum auch, sie würden doch eh alles so machen, wie es ihnen passte. Keiner achtete auf Ella und was sie wollte. Wie immer hatte sie nur ruhig zu sein und alles über sich ergehen zu lassen.

Wütend boxte Ella mit der geschlossenen Faust gegen das Bettgestell und noch einmal und noch mal. So lange, bis ihre Haut schon ganz gerötet war und drohte gleich aufzuplatzen. Das tat gut. Es gab doch nichts entspannenderes, als endlich mal wieder ein wenig Schmerz zu spüren. So mussten sich Raucher fühlen, wenn sie nach langer Zeit endlich mal wieder an einer Zigarette ziehen konnten. Ein *PING* hielt Ella davon ab, den nächsten Schlag gegen das Bettgestell auszuführen. Eilig lief sie zu ihrem Handy. Das war bestimmt Lukas, sie musste ihm unbedingt erzählen, was diese unverschämte Psychologin zu ihr gesagt hatte. Es war eine Nachricht von Lukas, doch keine, wie Ella sie sich gewünscht hätte.

„Ich muss mit dir reden." Punkt, mehr stand da nicht. Sofort war da wieder dieses ungute Gefühl in ihrem Bauch, das sie schon die letzten Tage immer verfolgt hatte. Ella wurde bleich im Gesicht, ihre Beine wurden ganz weich, sie musste sich setzen. Mit zitternden Händen tippte sie eine Antwort: „Ja klar, du kannst immer mit mir reden. Was ist denn los?"

Anders als in den vergangenen Tagen ließ sich Lukas dieses Mal keinen halben Tag Zeit, um zu antworten.

PING „Kannste dich für heute Abend um acht abmelden? Wir treffen uns bei der alten Eisdiele."

Mit der „alten Eisdiele" meinte er eine kleine Bar, die tatsächlich früher eine Eisdiele gewesen war. Sie war nicht weit vom StAP entfernt, ungefähr zehn Minuten, wenn man zu Fuß unterwegs war, mit dem Fahrrad sogar nur vier Minuten. Schon oft hatten sie sich dort getroffen, auch abends noch ein, zwei Cocktails getrunken. Doch nach gemütlich Cocktails schlürfen, klang es dieses Mal nicht. Noch einmal tippte Ella in ihr Handy: „Was ist denn los?"

Dieses Mal brauchte es ein wenig länger, bis Lukas zurückschrieb: „Erzähl ich dir, wenn wir uns treffen. Nichts, was man am Handy klärt." Was waren denn Dinge, die man nicht am Handy klärte? Ella wurde schlecht, sie spürte, wie ihr die Tränen in die Augen stiegen. Bevor alle Dämme brachen, sendete sie noch ein kurzes „Okay", dann schmiss sie ihr Handy vor sich auf den Boden und vergrub ihr Gesicht in ihren Händen.

Auch als die Tränen langsam versiegt waren und sie sich ein wenig beruhigt hatte, blieben die Übelkeit und das schlechte Gefühl, sie sollte jetzt Mittagessen gehen. Schon bei dem Gedanken sah sich Ella schon wieder kotzend über der Kloschüssel, aber dieses Mal nicht selbst verursacht. Ein Klingeln riss Ella aus ihren trüben Gedanken. Als Erstes konnte sie das Geräusch nicht wirklich zuordnen, bis sie schließlich merkte, dass es ihr Handy war, das noch immer vor ihr auf dem Fußboden lag. Als Ella auf den Bildschirm blickte, leuchtete ihr in großen Buchstaben das Wort „Papa" entgegen. O nein, das hatte ihr gerade noch gefehlt, nicht der! Seine Moralpredigt wegen gestern konnte er sich wirklich schenken. Doch ihr blieb beinahe nichts anderes übrig, als tatsächlich dran zu gehen. Mit einem heiseren „Ja", meldete sie sich.

„Hallo Ella, schön, dich zu hören." Mit so einer netten Begrüßung hatte sie nicht gerechnet. „Stör ich?", fragte Ellas Vater zögerlich nach.

„Nein, nein, alles in Ordnung. Ich bin gerade auf meinem Zimmer."

„Ach, sehr schön! Wie war die Therapiestunde heute?" Er hatte noch nie nachgefragt, wie die Therapie lief.

„Ja, ganz gut", antwortete Ella zögerlich.

„Ah schön." Wieder kehrte Stille am anderen Ende der Leitung ein. „Über was habt ihr so geredet?"

Okay, irgendetwas stimmte hier nicht. Nicht nur, dass er nachfragte, wie die Therapie lief, jetzt wollte er auch noch wissen, was sie dort besprochen hatten.

„Papa, was willst du?" Stille. Ella hörte, wie Klaus am anderen Ende einmal tief durchatmete. „Ella, ich habe noch einmal über das Gespräch von Samstag nachgedacht, dann auch mit deiner Psychologin geredet. Wir würden es beide für sehr sinnvoll halten, wenn du wieder nach Hause kommst."

Schon wollte Ella zu einer Schimpftirade anfangen, als ihr Vater sie unterbrach: „Lass mich als Erstes ausreden. Du hast in den vergangenen Monaten so tolle Fortschritte gemacht, wir, also Frau Meier und ich, sind der Meinung, dass jetzt die Zeit gekommen ist, dass wir es zu Hause probieren können. Ich kann verstehen, wenn du nicht mehr bei uns wohnen möchtest. Deswegen würde ich dir anbieten, dass wir dir eine geeignete Wohnung suchen, die ich anfangs noch finanzieren werde, bis du im realen Leben angekommen bist und für dich alleine sorgen kannst." Er machte eine kurze Pause, um Ella die Möglichkeit zu geben, alles einmal sacken zu lassen. Dann fuhr er fort: „Ich habe mit Frau Meier auch schon über einen möglichen Entlassungstermin geredet. Sie meinte, von ihrer Seite aus darfst du jeder Zeit nach Hause gehen. Du bist dort oben fertig therapiert, du darfst am Mittwoch nach Hause. So hättest du auch noch genügend Zeit, dich von deinen Freundinnen zu verabschieden. Was sagst du?"

Jedoch sagte Ella gar nichts mehr. Sie wusste überhaupt nicht, was sie darauf noch antworten sollte, denn sie fühlte sich übergangen und verletzt. Wie konnte Frau Meier ihr nur so in den Rücken fallen und solche Themen mit ihrem Vater besprechen, bestimmt hatte Petra das ganze Gespräch mitgehört und fleißig kommentiert. Nein, zu diesen Leuten konnte sie nicht zurück, lieber brachte sie sich davor um. Aber hierbleiben? War das wirklich noch eine Option, nachdem sie hier so einem Verrat ausgesetzt war?

„Ella, alles gut?", kam es aus dem Lautsprecher.

„Ja, ja klar, ich überleg es mir." Mit diesen Worten legte Ella auf, ohne auf eine Antwort zu warten.

Zum zweiten Mal an diesem Tag glitt ihr das Smartphone aus der Hand und fiel zu Boden.

Kapitel 25

Der restliche Tag zog an Ella vorbei wie ein Film. Sie nahm an allem teil, doch realisierte sie gar nicht so richtig, was um sie herum passierte. Frau Meier kam noch einmal auf sie zu, doch Ella lehnte ein weiteres Gespräch ab. Zu tief saß der Schmerz, den sie im Angesicht dieses Vertrauensbruchs fühlte. Diese Frau war eine so wichtige Bezugsperson für sie gewesen und jetzt verbündete sie sich gemeinsam mit ihrem Vater. Eine der Personen, die ihr Leben am negativsten geprägt hatten. Das Mittag- wie auch das Abendessen erbrach Ella. Beide Male, aber so, dass Jasmin zum Glück nichts mitbekam, denn sie hatte Montags so viele unterschiedliche Therapien, so war sie kaum da und bekam nicht mit, wie schlecht es Ella ging.

Je mehr der Tag voran schreitete, umso schlimmer wurde es. Die Angst vor dem kommenden Gespräch mit Lukas stieg umso weiter der Zeiger auf der Uhr wanderte. Nach dem Abendessen lief Ella so lange in ihrem Zimmer auf und ab, bis Jasmin ihr drohte, sie gleich an das Bett zu fesseln, damit sie endlich still hielt.

Endlich war es so weit. 19:40 Uhr. Länger konnte Ella nicht warten. Sie hielt die Ungewissheit nicht mehr aus, sie musste wissen, was Lukas so wichtiges mit ihr besprechen wollte, dass er es noch nicht einmal am Telefon kurz ansprechen konnte. Schließlich wusste sie ja gar nichts. Noch nicht einmal, um welches Thema es sich handelte. Hatte sie irgendetwas falsch gemacht? Hasste er sie jetzt? Hatte er ein neues Jobangebot? Würde er auswandern? Es könnte alles sein. Ella hoffte einfach, dass es nicht das eine Thema war. Das Thema, wovor sie so Angst hatte. Sie hoffte einfach nur, dass er niemanden kennengelernt hatte und sie deswegen verließ. Konnte man das Verlassen nennen? Schließlich waren sie nicht zusammen. Doch wenn sich Ella ehrlich eingestand, fühlte es sich genauso an. Sie küssten sich, sie schliefen miteinander, sie konnten sich alles erzählen, sie hatten mehr als nur freundschaftliche Gefühle füreinander. Das Freundschaft +, das es am Anfang sein sollte, war es schon lange nicht mehr. Ehrlich gesagt, war es das auch nie so wirklich gewesen.

Schnell streifte Ella sich eine Jacke über ihren Pullover. Nachts, wenn die Sonne nicht mehr schien, war es doch noch sehr frisch draußen. Sie verabschiedete sich noch kurz von Jasmin, bevor sie aufbrach. Wenn sie so spät aus der Klinik wollte, musste sie sich an der Rezeption abmelden, aber auch wieder pünktlich um 21:00 Uhr anmelden. Also fast 1 ½ Stunden. Die Nacht war kühl, der Himmel war übersät von Sternen, der Mond schien hell und leuchtete gemeinsam mit einigen Laternen Ella den Weg Richtung Stadt. Es war nur ein kleiner Weg, den sie innerhalb des Parks gehen musste, bevor sie auf die Hauptstraße kam, die direkt in die Altstadt führte. Sie zog sich die Jacke bis zu den Ohren, an eine Mütze hatte sie leider nicht gedacht. Ella nahm den Weg gar nicht so recht wahr. Hastig ging sie vorbei an kleinen Einfamilienhäusern, die irgendwann immer größer wurden und der Stadt ihren Flair gaben. Anschließend ging sie über eine Brücke, die über einen großen Fluss führte. Mit ihrer Hand strich sie über das raue Metall des Geländers. Für einen kurzen Moment blieb sie stehen und blickte nach unten. Das Wasser war tiefschwarz und drohte beinahe über die Ufer zu steigen. Die vergangenen Wochen hatte es viel geregnet. Es schauderte Ella, während sie den reißenden Fluss beobachtete, wie er Tonnen an Wasser die Sekunde unter ihr vorbei förderte. Schnell ging sie weiter. Bevor sie hier noch auf dumme Ideen gebracht wurde, doch Ella wusste, dass die vergangenen Stunden etwas in ihr ausgelöst hatten. Sie hatten die Türen weit aufgerissen für etwas, was Ella nicht fähig war, zu kontrollieren. Ob sie diese Tür heute noch durchschreiten würde oder nicht, dies hing davon ab, was Lukas ihr jetzt erzählen würde. Doch Ella war sich fast sicher, dass es heute noch so kommen würde. Schon oft hatte sie an dieser Brücke gestanden, mit genau diesen Gedanken, die sie auch jetzt quälten. Würde heute der Tag sein, an dem sie diesen Gedanken das letzte Mal dachte?

Lukas wartete bereits auf sie. Dass sie so etwas noch miterlebte. Ein Lukas, der sogar zehn Minuten zu früh war. Doch schon an seinem Blick konnte Ella ausmachen, dass sie sich diese Bemerkung lieber sparen sollte. Heute würde es um etwas anderes gehen.

So wie er aussah, waren es keine guten Nachrichten. Geradewegs ging sie auf ihn zu, sie setzte schon zu einer Umarmung an, aber Lukas machte ihr mit einer Handbewegung deutlich, dass sie das besser lassen sollte. „Lass mal lieber. Ich glaub, das wäre nicht so gut." Betreten sah er zu Boden.

Noch immer standen sie ein paar Meter vom Eingang der Bar entfernt. Er wirkte nicht so, als würde er noch hineingehen wollen. „Was ist denn los? Sollen wir reingehen?", versuchte Ella die Situation ein wenig aufzulockern, obwohl ihr überhaupt nicht nach Auflockerung zumute war.

Er sah sie immer noch nicht an, er schüttelte nur den Kopf. „Ich glaube, das braucht es nicht mehr." Dann schwieg er.

Ihr Herz klopfte so laut, dass sie seine nachfolgenden Worte kaum verstand. „Ella, ich hab jemanden kennengelernt, ich glaube, wir sollten uns nicht mehr treffen."

Stille. Zumindest verbal. Ellas Kopf dröhnte so laut, dass sie glaubte, er würde gleich explodieren. Ihr war übel und es kostete sie eine Menge Überwindung, Lukas nicht vor die Füße zu kotzen. Ihr blieb für einen kurzen Moment die Luft weg, ihre Knie versagten ihren Dienst, sodass sie einen Schritt nach hinten taumelte. Lukas versuchte sie zu stützen, doch sie schlug seine Hand einfach weg. Er hatte sie verraten, sie betrogen. Jetzt wusste sie, warum er die letzten Nächte so schlecht geschlafen hatte. Während sie in der Klinik saß und sich mit ihren Eltern herumärgerte, hatte er nichts Besseres zu tun, als seinen Schwanz in irgendeine andere zu stecken. Dieses verdammte Arschloch, wie hatte sie sich nur auf ihn einlassen können? Wie hatte sie sich so von ihm ausnutzen lassen können? Er sagte irgendwas, aber Ella hörte nicht zu. Sie war so wütend, so verletzt, so zerbrochen. Er war die ganze Zeit ihre einzige Stütze gewesen. Jetzt war diese Stütze weg, ohne Vorwarnung war sie einfach eingestürzt. Mühsam sammelte Ella ihre letzten Kraftreserven und gab ihm eine ordentliche Ohrfeige, dann drehte sie auf dem Absatz um und rannte los, so schnell sie ihre Beine tragen konnten. Sie hörte noch ein „Ella!", das er ihr halbherzig hinterherrief. Aber er machte keine Anstalten, ihr zu folgen. Ella rannte immer weiter. Sie wollte hier weg. Einfach nur weg aus dieser verdammten Klinik, aus dieser verdammten Stadt, weg von diesen furchtbaren Leuten, die als einziges Ziel in ihrem Leben hatten, Ella wehzutun. Jetzt konnte sie nicht mehr, wollte nicht mehr. Sie war nicht der Boxsack für alle anderen. Doch wer war sie dann? Ein niemand! Das war sie. Deswegen erlaubten es sich auch die anderen so mit ihr umzugehen. Sollten sie doch sehen, wie sie ohne sie zurechtkamen. Ella rannte, bis ihre Lunge so sehr brannte, dass sie stehen bleiben musste, dann sah sie sich um.

Ohne es zu wissen, war sie zurück zu der Brücke gelaufen, die sie vor gut zehn Minuten von der anderen Seite aus erst überquert hatte. Ob das ein Zeichen war? War doch heute schon der Tag, an dem sie es endlich wagen sollte?

Sie hatte nichts zu verlieren. Binnen vierundzwanzig Stunden hatte sie alles verloren, was ihr im Leben Halt und Freude gebracht hatte. Das letzte Mal war sie gescheitert, doch dieses Mal würde sie triumphieren. Ohne lange zu überlegen, kletterte sie über das Geländer. Das Metall war kalt und rau, es riss ihr beim Hinüberklettern die Handflächen auf. Doch Ella nahm das gar nicht wirklich war. In ihrem Kopf gab es nur noch eine Stimme. Es war die Krankheit, die mit einem großen Satz durch die Tür gesprungen war und sie nun mit freudiger Erwartung und einem breiten Lachen anfeuerte. Spring, Spring, Spring, SPRING.

Noch einmal blickte Ella zurück auf die Straße. Mittlerweile hatten einige Autos angehalten, die die junge Frau über die Brüstung haben klettern sehen. Doch Ella nahm die vielen Rufe gar nicht mehr an. In ihrem Kopf gab es nur noch eine Stimme, die nur ein Wort kannte: **„SPRING!"**

Und sie sprang. Im ersten Moment hatte sie Angst, doch das Gefühl verschwand schnell. Was sie dann fühlte, hatte sie so zuvor noch nie gefühlt. Es war pure Freiheit. So mussten sich die Vögel fühlen, die sie so oft beobachtet hatte. Sie war frei. So frei wie die Tiere, die sie in ihrem Leben so oft um ihre Freiheit beneidet hatte. Nun war sie einer von ihnen. Nun konnte sie die Welt aus der Vogelperspektive beobachten. Sie hatte einen Vogelblick.

„Wir werden alles uns nur Mögliche tun, um Ihre Tochter zu retten. Doch es steht nicht gut um sie."